Kathryn Littlewood ist Schriftstellerin, Schauspielerin und Comedian, lebt in New York, USA, arbeitet oft in Los Angeles – und hat eine ebenso große Schwäche für Pain au chocolat wie für Kinderbücher. Sie ist eine leidenschaftliche Köchin, aber eine fürchterliche Bäckerin, und gibt zu, dass ihr noch nie ein Kuchen geglückt ist. Essen tut sie ihn dennoch für ihr Leben gern!

Eva Schöffmann-Davidov ist eine der renommiertesten Kinder- und Jugendbuchillustratorinnen Deutschlands. Nach ihrem Studium an der Fachhochschule für Gestaltung in Augsburg machte sie sich in der Kinder- und Jugendliteratur schnell einen Namen und gewann zahlreiche Preise für ihre Gestaltungen. Als Dozentin gab sie ihr Wissen und ihre Erfahrung auch an junge Künstler weiter. Heute illustriert sie Kinderbuchserien und Jugendbücher unter anderem von Bestsellerautoren wie Kerstin Gier oder Tanya Stewner. Die Illustratorin lebt mit ihrer Familie in Augsburg.

Alle Bände über »Die Glücksbäckerei«:
Band 1: Das magische Rezeptbuch
Band 2: Die magische Prüfung
Band 3: Die magische Verschwörung
Band 4: Die magische Verwandlung
Band 5: Die magische Rettung
Band 6: Die magische Zeit
Band 7: Das magische Fest
Band 8: Die magische Schule
Band 9: Die magischen Zwillinge

Weitere Informationen zum Kinder- und Jugendbuchprogramm der S. Fischer Verlage finden Sie unter *www.fischerverlage.de*

Kathryn Littlewood

Die Glücksbäckerei
Die magische Zeit

Aus dem Amerikanischen
von Eva Riekert

Mit Vignetten
von Eva Schöffmann-Davidov

FISCHER Taschenbuch

Zu diesem Buch ist bei Hörbuch Hamburg ein Hörbuch,
gelesen von Sascha Icks, erschienen,
das im Buchhandel erhältlich ist.

FSC www.fsc.org MIX Papier aus verantwortungsvollen Quellen FSC® C083411

Erschienen bei FISCHER Kinder- und Jugendtaschenbuch
Frankfurt am Main, November 2020

Das amerikanische Original trägt den Titel
›Magic by the Minute. A Bliss Novel.‹

Dieses Werk wurde vermittelt durch die Literarische Agentur
Thomas Schlück GmbH, Hannover
Lektorat: Kerstin Kipker
Satz: Dörlemann Satz, Lemförde
Druck und Bindung: CPI books GmbH, Leck
Printed in Germany
ISBN 978-3-7335-0397-0

Für die drei Evas, Meisterbäckerinnen

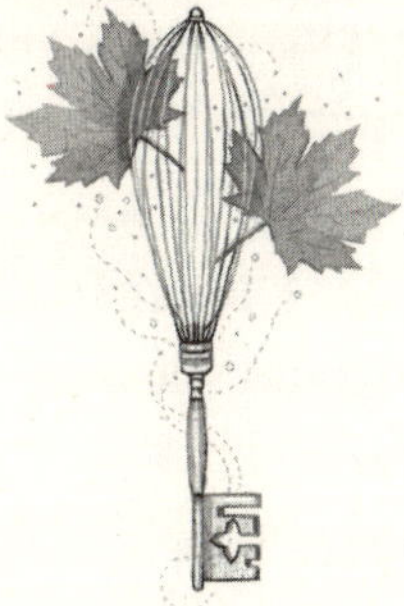

Inhalt

Prolog
Das Mal der Pfote

Meisterbäckerin Rosmarin Glyck stand, umgeben von einem halben Dutzend Teigschüsseln, an dem großen Küchenblock in der Familienbackstube. Puderzuckerstaub und verkrusteter Eischnee überzogen ihre Schürze. Sie seufzte.

Alle Schüsseln waren voll mit verpatzten Backversuchen.

Warum machte es ihr so viel Mühe, ein einfaches Blech *Leichter-als-Luft-Baisers* zu backen? Jeder hatte mal einen schlechten Tag, aber das hier war geradezu absurd.

In einer der Schüsseln hatte das Eiweiß, das sie geschlagen hatte, scharfe Spitzen gebildet, an denen man sich hätte blutig piksen können. In einer anderen Schüssel befand sich eine Flüssigkeit, so dünn wie die Milch von einer sehr traurigen Kuh. Sie konnte schlagen, so lange sie wollte – die Konsistenz veränderte sich nicht. In einer dritten hatte sich das Eiweiß auf rätselhafte Weise verflüchtigt und nur eine schneeartige Puderschicht hinterlassen, die hinter Roses Rücken ein Geräusch machte, das wie spöttisches Kichern klang.

»Was ist hier so komisch?«, fragte sie scharf und wirbelte herum. Ein puderiges Gebilde in der Schüssel stob in einem Wölkchen davon.

»Ich hab doch gar nicht gelacht«, meckerte jemand hinter Rose. Ihr zehnjähriger Bruder Basil kam aufgebracht durch die Hintertür. Seine sommersprossigen Wangen waren fast so rot wie sein feuerroter Haarschopf. »Bist du *immer* noch nicht fertig?«

Rose musste dieses Rezept nur einfach hinter sich bringen – sie wollte später mit ihrem Freund Devin Stetson zu einem Schulball und war vor diesem wichtigen Date so aufgeregt, dass ihr das normale, alltägliche Zauberbacken wie eine mühselige Schufterei vorkam.

»Als was bist du verkleidet?«, fragte Rose ihren Bruder.

»Als Öko-Krieger natürlich.« Basil trug eine viel zu große Tarnhose und eine wattierte Jacke. In einem Beutel, der mit Klebeband seitlich an sein Bein geklebt war, steckte eine Spaghettizange, und auf seinem Kopf saß ein raffiniert gebasteltes aufsetzbares Fernglas, das er sich von Devin ausgeliehen hatte.

Rose seufzte erneut. *Devin war so schlau, so erfinderisch, so …*

Basil schnipste mit den Fingern. »Jetzt träum hier nicht rum – wir haben zu arbeiten!« Er stapfte in seinen Stiefeln über die Terracottafliesen und warf einen Blick in die Rührschüsseln. »Was ist denn hier für ekliges Zeug drin? Tapetenkleister? Enthaarungswachs?«

Rose packte die Schüssel und stellte sie in das große Spülbecken. »Das sind, äh, nur erste Versuche. Ich will einfach sichergehen, dass die Baisers perfekt sind, ehe du davon isst.«

»Für Versuche haben wir keine Zeit!« Basil griff sich verzweifelt an den Kopf. »Es geht um einen *ökologischen Ernstfall.* Plastiktüten ersticken die Bäume in ganz Calamity Falls. Nur *ich* kann diese Epidemie aufhalten.«

Rose verdrehte die Augen und zog eine frische Rührschüssel unter der Arbeitsplatte hervor. »Du nimmst dieses Schulprojekt viel zu wichtig. Ich glaube, euer Lehrer wollte eigentlich nur, dass ihr eine Blume einpflanzt oder so was.«

»Das würde vielleicht ein Durchschnittsschüler machen«, sagte Basil aufgebracht. »Aber ich muss diese Baisers essen und dann – leichter als Luft – in die Bäume fliegen und die ganzen Plastiktüten einsammeln. Und sie dann alle morgen mit in die Schule nehmen, damit ich Extrapunkte kriege. Das hab ich dir doch schon erklärt, Rose – nun mach schon!«

Während ihr Basil im Nacken saß, fuhr Rose mit dem Finger über das Zauberrezept in dem magischen Backbuch, um noch mal zu überprüfen, ob ihr auch wirklich nichts entgangen war. Mit den Rezepten aus dem Backbuch zauberten sie und ihre Familie Gebäck aller Art, das kleine Unpässlichkeiten beheben sollte. Dieses spezielle Baiser-Rezept war eigentlich unglaublich einfach: Eiweiß, Puderzucker und eine Prise *Wind unter den Flügeln* zusammenmischen – fertig! Von letzterer Zutat hatte Rose noch ein Fläschchen von ihrer Reise nach San Caruso übrig, die ein paar Monate zurücklag.

Rose machte sich an die Arbeit, schlug das Eiweiß mit einem Elektroquirl zu Schaum und fügte nach und nach den Puderzucker hinzu. Das war für eine Meisterbäckerin Routinearbeit, daher schweiften ihre Gedanken wieder zu Devin und dem Schulball ab. Es sollte ihre erste Tanzveranstaltung mit ihrem ersten (und hoffentlich letzten) Freund werden. Sie stellte sich die festliche Herbstdekoration vor, die glitzernden Lichter, Devins Hand in ihrer, während sie sich zu der Musik drehten. Sie lächelte vor sich hin.

»Was summst und tanzt du da rum?« Schnaubend deutete Basil auf ihre Füße, die ein paar Tanzschritte probiert hatten. »Du träumst wieder von dem blöden Schulball, statt dich auf die Baisers zu konzentrieren!«

»Tu ich nicht«, schwindelte Rose und griff geistesabwesend nach dem Fläschchen mit *Wind unter den Flügeln.* Sie überprüfte noch mal das Etikett auf dem bläulichen Glas – sie wollte ja nicht aus Versehen die falsche Zutat hineinschütten und Basils Vorwurf bestätigen. »Ich weiß, was ich tue. Ich bin hier schließlich die Meisterbäckerin, oder nicht?«

Basil verschränkte die Arme. »Schon, aber ich teile mein Zimmer mit Tymo. Ich kenn mich aus – du musst mir in Sachen Verknalltheit nichts vormachen. Ich kenne das Phänomen, wenn jemand, der gerade noch ganz normal war, plötzlich durchdreht, seinen kleinen Bruder komplett ignoriert und nur noch vom Knutschen und Daten träumt.«

»Ich kann locker an den Schulball denken und nebenher die Baisers machen«, sagte Rose. »Ich kann mehrere Sachen gleichzeitig tun, verstehst du?«

Vorsichtig fügte sie eine Prise *Wind unter den Flügeln* hinzu. Die Zauberzutat, die weder ganz flüssig noch ganz aus Luft war, floss fast unsichtbar mit einem Hauch Glimmer aus dem bläulichen Fläschchen heraus und überzog die Oberfläche des Eischnees. Die schaumigen Spitzen zitterten und schimmerten, als seien sie von einem leichten Morgennebel umgeben.

Während Rose die Zutat mit dem Teigschaber unterhob, stieg ein Windstoß aus der Schüssel auf und wehte ihr das Haar aus dem Gesicht. Die Brise duftete wie ein Wald nach einem erfrischenden Regenguss. Rose und Basil hörten beide wie aus der Ferne den Ruf eines Adlers – als erinnere sich der Wind unter den Flügeln an seine Zeit am Himmel.

Der Windstoß ließ nach, während Rose ein letztes Mal mit dem Schaber durch den Teig strich und die Schaummasse dann vorsichtig in eine Spritztüte füllte. Schließlich setzte sie sternförmige Kleckse auf ein Backblech und schob es langsam in den warmen Ofen, den sie einen Spalt offen ließ, damit der Dampf entweichen konnte.

Diesmal hatte sie alles ganz richtig gemacht.

»Na bitte«, sagte Rose und klopfte sich Zucker von den Händen. »Jetzt warten wir drei Stunden, und dann sind sie fertig.«

»Drei *Stunden?*«, rief Basil. »Aber ich bin doch schon eingekleidet!«
»Denk dran, was Großvater Balthasar immer sagt«, dozierte Rose. »*Geduld.*«
Basil wollte gerade wieder etwas einwenden, wurde aber vom Bimmeln der Glocke im Verkaufsraum der Bäckerei unterbrochen. Mehrere Leute trampelten laut murrend herein.
»Hey!«, rief ein Mann. »Ist da jemand zum Bedienen? Raus mit euch!«
Rose sah Basil nervös an, dann rief sie: »Komme schon!«, und schob sich durch die Schwingtür.
Im nächsten Moment zog sie erschrocken die Luft ein.
Der Verkaufsraum – sonst so freundlich und hell, mit Vitrinen und Bistrotischen an den großen Schaufenstern, geschmückt mit weißen Spitzendeckchen und kleinen Zierkürbissen –, verdunkelte sich durch vier der wildesten und haarigsten Personen, die Rose je gesehen hatte. »Äh, kann ich Ihnen behilflich sein?«, fragte sie.
»Du!«, brüllte einer und kam ungestüm auf Rose zu wie ein Zottelteppich mit Jacke. »Was habt ihr in die Spritzkuchen getan, die ihr uns angedreht habt?«
Rose erkannte die Besucher wieder. Sie waren alle im

Laufe des Vormittags dagewesen. Aber jetzt sahen sie ein bisschen anders aus als zuvor.
Mr Bipple hatte einen langen grauen Bart, der ihm bis zum Knie reichte wie bei einem sagenumwobenen uralten Zauberer. Mr Rosenbaum war jünger, daher war sein Bart, der noch länger war, rötlich braun. Professor Meed sah wie eine dick ausgestopfte Vogelscheuche aus. Sein strohartiges Haar kam ihm aus den Ärmeln und aus dem Kragen hervor und ringelte sich aus seinen Nasenlöchern und Ohren. Die arme Mrs Tuttle hatte es am schlimmsten getroffen. Sie sah mit dem Flaum von silbrigen Haaren auf ihren Wangen und ihrem Kinn, an Hals und Schultern sowie auf Armen und Händen aus wie ein grauer Werwolf.
Nur oben auf ihren glänzenden kahlen Köpfen hatten die vier Pechvögel keine Haare.
»Das geht nicht mit rechten Dingen zu!«, schrie Mr Rosenbaum.
»Ich beschwere mich bei der Nationalen Arzneimittelbehörde!«, rief Professor Meed.
»Ich weiß nicht«, sagte die alte Mrs Tuttle und strich sich über die Wangen. »Irgendwie gefällt mir dieser neue Look. Ich will nur oben auf dem Kopf auch Haare haben.«
Die vier gehörten den Coolen Kahlen an, einer Selbst-

hilfegruppe für Menschen mit Haarausfall. Am Morgen hatten sie ein Treffen in der Bäckerei gehabt. Als Rose mitbekommen hatte, worüber sie sprachen, überlegte sie, dass sie ihnen helfen könnte, indem sie haarwurzelanregende Spritzküchlein backte: haarfeine Stränge aus süßem Teig, die in kochend heißem Fett von haarigen Kokosnüssen gegart wurden, bis sie dick und knusprig wurden.

Rose schluckte betroffen – die Ladung mit verunglückten Baisers war ein kleiner Fehler gewesen, aber das hier? Das war *eine Katastrophe.*

»Nun?«, knurrte Mr Bipple. »Was hast du dazu zu sagen, Mädchen?«

»Ähm, einen Augenblick, bitte«, sagte Rose und verschwand rückwärts in Richtung Backstube. »Gleich kommt jemand.«

Obwohl die Männer und Mrs Tuttle mit wütend gesträubten Körperhaaren protestierten, drückte Rose sich weiter nach hinten, bis sie mit Basil zusammenstieß, der hinter ihr aufgetaucht war. Sie schob sich und ihn nach hinten durch die Schwingtür.

»Ich hab's ja gewusst!«, sagte Basil vorwurfsvoll. »Vor lauter Verknalltheit …« – er zuckte mit den Augenbrauen – »… bist du in 'ne echt haarige Situation geraten.«

»Rede nicht von Haaren«, stöhnte Rose.

In dem Moment ließ ein lautes, bebendes Stöhnen den Backofen erzittern.

Mit einem *Wumm!*, das die Rührschüsseln von der Arbeitsplatte fegte, knallte die Backofentür auf und stieß eine Wolke schwarzen Rauchs aus. Rose und Basil rannten hin und wedelten mit den Händen, um den Rauch zu vertreiben, damit sie etwas sehen konnten.

Wo vorher der Boden des Backofens gewesen war, gähnte jetzt nur noch ein Loch, umgeben von rauchendem, geschmolzenem Metall. Und unter der Öffnung war ein schwarzer Schlund, der tief bis in den Boden führte. Das Backblech und die *Leichter-als-Luft-Baisers* waren verschwunden.

Basil raufte sich die Haare. »Mann, bin ich froh, dass ich keines von *den* Dingern gegessen habe.«

Rose traten Tränen in die Augen, und die kamen nicht nur von dem schwelenden Rauch.

»Keine Sorge, meine Herren und meine Dame«, kam eine liebreizende Stimme aus dem Verkaufsraum. »Spontaner Haarwuchs ist um diese Jahreszeit nichts Ungewöhnliches.« Rose seufzte erleichtert: Es war Tante Lily! »*Lilys Schokoladenladen* stellt ganz spezielle *Halbe Vollmond-* und *Volle Halbmondpasteten* her, von denen einem – wenn man sie gleichzeitig isst –

die Haare rasch ausfallen. Begeben Sie sich direkt in meinen Laden und sagen Sie der Verkäuferin, dass jeder von Ihnen ein Dutzend davon auf meine Rechnung bekommen kann.«

Die Ladentürglocke bimmelte erneut, und Rose konnte hören, wie die Coolen Kahlen wieder hinaus in den frischen Herbsttag verschwanden. Einen Augenblick später kam Tante Lily in die Backstube geeilt. Ihre rot angemalten Lippen formten sich zu einem erschrockenen O, als sie das Unheil sah.

»Ich hab weiter unten auf der Straße Geschrei gehört und bin gekommen, um zu helfen«, sagte Lily. »Was ist passiert, um Himmels willen?«

»Rose vermasselt ein Rezept nach dem anderen«, sagte Basil. »Wahrscheinlich weil sie an nichts anderes als an Devin Stetson denken kann.«

Rose legte die Arme um die schlanke Taille ihrer Tante. »Ich weiß nicht, was mit mir los ist«, sagte sie. »Meine Gedanken schweifen in letzter Zeit *tatsächlich* dauernd ab, aber nur ein bisschen. Ich habe diese Rezepte immer wieder nachgelesen und überprüft, aber es ist trotzdem alles schiefgegangen.« Sie lehnte sich zurück und sah ihre Tante mit bebenden Lippen an. »Liegt ein Fluch auf mir? Könnte … könnte die Internationale Nudelholzgesellschaft was gemacht haben,

aus Rache, dass ich ab und zu ihre Pläne durchkreuzt habe?«
Tante Lily strich sich die kurzen schwarzen Haare glatt, besah sich den Raum und nahm Rose in Augenschein. Dann, mit einem kleinen Aufschrei, packte sie Roses rechten Arm. »Seit wann hast du dieses Mal auf dem Handgelenk?«
Auf Roses Handgelenk befanden sich vier rote Stellen – ein größerer roter Fleck und im Bogen darüber drei kleinere Punkte.
»Was für ein Mal?«, fragte Basil und drängte sich zwischen sie, um auch was zu sehen. »Sind das Giraffen-Pocken? Wird Roses Hals jetzt lang und länger?« Er rieb sich das Kinn. »Das könnte vielleicht das Problem mit den Plastiktüten in den Bäumen lösen.«
Rose überging seine Bemerkung. »Die roten Stellen hab ich erst seit ein paar Tagen, glaube ich. Wahrscheinlich habe ich mich an einem Ofenblech verbrannt, aber es ist nichts Ernstes.«
»Das ist *kein* Brandmal«, sagte Tante Lily kopfschüttelnd und ließ Roses Hand sinken. »Das sieht nicht gut aus – ganz und gar nicht. Es ist das Mal der Pfote, und wenn du diesbezüglich nichts unternimmst, dann klappt es in Zukunft mit *keinem* Rezept mehr.«

Kapitel I
Keine Rückzieher

»O nein«, stöhnte Rose und klappte in der Essecke zusammen, wo die Familie immer zu Mahlzeiten saß. »Sie haben mich also mit einem Fluch belegt, nicht?«

Allein im letzten Jahr hatte die Internationale Nudelholzgesellschaft mehrfach versucht, die geheimen magischen Rezepte der Familie Glyck zu stehlen. Sie hatten sie für alle möglichen verruchten Vorhaben missbrauchen wollen. Die Nudelholzleute hatten geplant, die ganze Welt mit muffigen, massenproduzierten Keksen zu manipulieren, sie hatten versucht, die Mächtigen der Welt ins Koma zu versetzen und dafür Mitglieder ihrer Gesellschaft an die Schaltknüppel der Macht zu stellen. Erst vor ein paar Monaten hatten sie Zuckerplagen nach Calamity Falls geschickt, um Chaos anzurichten. Das Trinkwasser aus den Hähnen schmeckte immer noch leicht nach Erdbeersaft.

»Du hast bewiesen, dass du in der Lage bist, die Nudelholzgesellschaft aufzuhalten.« Lily beugte sich vor, um den zerstörten Backofen zu untersuchen. »Aber *dieses* Zeichen ist von einem gewissen Hund, und *diesen* Hund zu beeindrucken, ist eine ganz andere Sache.«

»Wie schwer kann es schon sein, einen Hund zu beeindrucken?« Basil ließ sich seiner Schwester gegenüber in die Nische fallen. Er riss die Spaghettizange aus dem Beutel an seinem Bein und drückte sie beim Sprechen zusammen. *Klack, klack.* »Hunde sind die besten Zuhörer.« *Klack, klack.* »Sie lieben *all* meine Witze.« *Klicke-di-klacke-di-klack.*

Mit einem zuckersüßen Lächeln nahm ihm Lily die Zange aus der Hand. »Es geht nicht einfach um irgendeinen Hund. Er ist ein Großmeister, und er will anscheinend, dass Rose sich erst als würdig erweist, ehe sie den Titel Meisterbäckerin wirklich und wahrlich tragen darf.«

»Aber mein Rezept steht doch längst in unserem magischen Backbuch.« Rose sprang von der Bank auf und trat an den Küchenblock. »Ich bin schon offiziell!«

Sie schlug das schwere Buch auf, das voll war mit

magischen Rezepten der Familie Glyck, und blätterte direkt nach hinten, wo im Sommer ein Rezept aufgetaucht war, das Rose selbst erfunden hatte: *Schokopfefferkuchen der Brüderlichkeit.* Aber an Stelle der geschwungenen Schönschrift, die die Geschichte von Lady Rosmarin Glyck und ihrem lebensrettenden Rezept erzählte, fand sie nur einige bis zur Unleserlichkeit verblasste Zeilen. In leuchtend roter Farbe war quer über die Seite gestempelt: *VORBEHALTLICH DER ZUSTIMMUNG DURCH DEN HUND.* Darunter, ebenfalls in Rot, war ein Pfotenabdruck wie der auf Roses rechtem Handgelenk.

»Aber das ist ungerecht!«, rief Rose. »Jeder hat doch seit Monaten behauptet, dass ich eine Meisterbäckerin bin! Wer ist dieser Hund? Warum hat der überhaupt *irgendwas* zu bestimmen?«

Lily klappte das Buch zu. »Nicht *ein* Hund, Rose. *Der* Hund.« Ein wilder Blick erschien auf ihrem hübschen Gesicht, und sie setzte hinzu: »Wir brauchen deine Mutter.«

»Sie ist drüben im Supermarkt zum Einkaufen«, sagte Basil. »Sie kommt bestimmt jeden Moment –«

Und schon bimmelte die Glocke aufgeregt, denn die Ladentür wurde aufgestoßen. »Wo sind sie?«, rief eine vertraute Stimme. »Die Nudelholzgesellschaft soll ihre dreckigen Pfoten von meinen Kindern lassen! Diesmal hat sie keine Chance!«

Rose, Lily und Basil stoben in den Verkaufsraum.

Ihre Mutter Polly stand unter der geöffneten Tür. Die Bäume auf der Straße hinter ihr wurden von heftigem Wind gepeitscht – als sei sie so schnell nach Hause geeilt, dass sie hinter sich einen Sturm ausgelöst hatte. Sie schwang einen schweren hölzernen Löffel wie ein Schwert.

»Die Nudelholzgesellschaft ist nicht hier«, sagte Lily. »Die Kinder sind in Sicherheit!«

Langsam ließ Polly den Holzlöffel sinken. »Mrs Carlson hat mir zugerufen, dass sie eine Explosion gehört hat. Wenn *sie* sogar was gehört hat, dachte ich mir, muss es was Schlimmes sein.«

»Mom, kann ich jetzt reinkommen?«, kam eine hohe Stimme hinter Polly hervor. »Die Tasche hier ist so schwer. Ich falle gleich hin!«

Polly trat zur Seite, und Roses vier Jahre alte Schwester Nella taperte herein. Sie trug eine gehäkelte Tasche, die voll war mit Lebensmitteln. Sie schaffte nur ein paar Schritte in den Laden, dann ließ sie die Tasche auf den Fliesenboden fallen und sich selbst daneben.

Polly schloss die Tür und schnupperte. »Wonach riecht das denn hier? Irgendwie verbrannt …«

Niedergeschlagen setzte sich Rose auf einen der Bistrostühle. »Man hat mir meine Auszeichnung als Meisterbäckerin genommen, Mom!«

»Unsinn!«, sagte Polly und schälte sich aus ihrer Jacke.

»Ich hab den ganzen Tag schon Rezepte verhunzt. Tante Lily sagt, daran ist ein Hund schuld«, fuhr Rose fort, »dabei *weiß* ich gar nichts von einem Hund –«

Polly unterbrach Rose, indem sie ihr die Hand auf die Schulter legte. »*Der* Hund?« Sie fuhr zu Lily herum. »Bist du sicher?«

»Sieh doch selbst.« Lily nahm Roses rechte Hand und drehte sie um, damit Polly das Mal der Pfote auf ihrem Handgelenk sehen konnte. »*Das hier* lässt keinen Zweifel«, sagte sie. »Und außerdem hat der Hund Roses Rezept gelöscht.«

»Na gut!«, sagte Rose. »Ich verstehe! Es gibt einen Hund und … ich muss ihm was beweisen oder so.«

Polly seufzte und ging zur Ladentür. Sie schloss sie ab und drehte das GESCHLOSSEN-Schild um. »Rosie, es tut mir leid. Ich habe vergessen, dass es noch einen letzten Schritt gibt, um eine richtige Meisterbäckerin zu sein. Meine eigene Bewährung liegt so lange zurück, dass sie mir nur noch wie ein Traum vorkommt. Nachdem dein Rezept in dem Backbuch aufgetaucht war, dachte ich – nahmen *wir alle* einfach an –, dass dein Status eine abgemachte Sache ist.«

»Ist dieser Hund etwa eine Person, irgend so ein fast vergessenes Mitglied der Glycks mit einem Spitznamen?«, fragte Basil und hockte sich neben Nella, um in der Einkaufstasche zu kramen.

»Keine Person«, erklärte ihm Polly. »Nicht mal ein Tier, auch wenn er gerne als solches in Erscheinung tritt und sich immer als Hund gezeigt hat, solange ich zurückdenken kann.« Sie setzte sich Rose gegenüber. »Wahrscheinlich könntest du den Hund einen *Geist* nennen, der über jeden zu Gericht sitzt, der den Titel einer Meisterbäckerin annehmen will.«

»Manchmal wird er auch der *Hund der Meisterschaft* genannt«, sagte Lily. »*Der Vierbeiner der Vollendung, der Köter* –«

»*Es reicht,* Lily«, sagte Polly und nahm Roses Hände in ihre. »Der Hund ist ein … ein *Proktor,* eine Art Aufsichtsführender, Rose. Er überwacht eine Prüfung und beurteilt, was du kannst, ehe er zulässt, dass du ins Backbuch aufgenommen wirst.«

Rose spürte, wie sie der Mut verließ. »Habe ich denn nicht schon oft genug gezeigt, was ich kann?« Ihr einziges Bestreben in all der Zeit war es, den Leuten mit ihrer Backkunst zu helfen und sie glücklich zu machen – und jetzt wollte ihr irgend so ein Geisterhund das wieder nehmen?

»*Natürlich* hast du das«, sagte ihr Mutter. »Nimm das bitte nicht persönlich. Es ist die letzte Hürde, die jede Meisterbäckerin nehmen muss, ehe sie in dem magischen Backbuch Rezepte veröffentlichen darf.«

Das erschien Rose in gewisser Weise vernünftig – ein Hüter ihres Familienbackbuchs, der darauf achtgab, dass nicht jedes *beliebige* Rezept darin auftauchte. Das machte Sinn.

Aber selbst wenn ihr die Sache schon irgendwie vernünftig vorkam, bedeutete das nicht, dass sie sich darüber freuen musste. »Hast du diese Prüfung auch machen müssen?«, fragte sie ihre Tante.

Tante Lily zog die Stirn in Falten. »Ich fürchte, nein. Ich habe es mit keinem Rezept ins magische Backbuch geschafft und bin nie Meisterbäckerin geworden. All meine Erfindungen sind im Anhang gelandet.« Bedauernd blickte sie in den grauen Tag hinaus. »Irgendwann vielleicht mal.«

In dem Moment bimmelte die Türglocke wieder, und die Ladentür flog auf.

»Ich dachte, ich hätte abgeschlossen«, sagte Roses Mutter und drehte sich um.

Im Eingang stand ein riesiges wolliges Wesen, fast so

groß wie Rose. Es war ein Hirtenhund von beachtlichem Ausmaß. Sein weißgraues Fell war lang und dicht wie eine übertriebene Puppenperücke. Aus dem haarigen Hundegesicht wuchs so viel Fell hervor, dass es aussah, als habe der Hund dichte, buschige Augenbrauen und einen struppigen Schnauzbart. Seine Pfoten hatten Laub aufgewirbelt, das in den Laden hineinflog.

»Ähm«, sagte Rose. Sie wusste nicht recht, wie sie einen Zauberhirtenhund begrüßen sollte. »Hallo ...?«

Der Hund tapste herein. Das Laub unter seinen Pfoten knisterte, und die Tür schloss sich, ohne dass sie jemand berührte.

Basil und Nella sprangen vom Boden auf und zogen die Einkaufstasche aus dem Weg, als der Hund schnurstracks an Polly und Lily vorbeistapfte und direkt vor Rose stehen blieb.

Der Hund kam mit der Schnauze heran und beschnüffelte Rose. Sie bog sich zurück und machte eine Grimasse, als der Hund ihr feucht ans T-Shirt und ins Gesicht schnaubte.

Mit einem letzten Schnauben setzte sich das Tier auf seine großen Hinterläufe und wandte sich Roses Mutter zu. »Polita Glyck«, sagte er näselnd. »Dich habe ich ja wohl ... wie lange? Zwanzig Jahre nicht gesehen.«

Rose war von der Stimme des Hundes überrascht –

er klang wie ein gebildeter Herr aus den Südstaaten. Nicht, dass sie ein sprechender Hund sonderlich verblüffte – ihre Freunde, der Kater Gus und die Maus Jacques, konnten ja auch beide reden. Und taten das auch. Ohne Unterlass. Aber keiner der beiden klang so kultiviert wie der Hund, der redete, als sei er aus einem alten Hollywood-Film getreten.

»Ach ja, ich entsinne mich! Die Überschwemmung in Galena am Yukon, 1995.« Sein massiger Körper schwang zu Rose und Lily herum. »Polita erfand ein absolut *großartiges* Rezept für …« Er legte den Kopf zur Seite. »Für …?«

»Du weißt genau, wofür«, fuhr ihn Roses Mutter an. Sie eilte hinter den Ladentisch und packte einen Besen. Mit wütenden Bewegungen begann sie die Blätter aufzufegen, die der Hund angeschleppt hatte. »Und mein Name ist *Polly.*«

»Ich glaube, jetzt erinnere ich mich«, sagte der Hund, und seine Stimme wurde sonor wie die eines Fernsehansagers. »*Flotationsfladen:* Auftrieb für Untergangsgefährdete.« Der Hund nickte Rose, Basil und Nella zu. »Eure Mutter hat damals alle Einwohner der Stadt gerettet.«

Polly stieß den Besen auf den Boden. »Und du hast mir dafür eine Eins minus gegeben!«

Der Hund kratzte sich hinter seinen Schlappohren. »Das war sogar noch großzügig. In Wahrheit war es eine Zwei plus – ich selbst mag die Fladen lieber süßer, verstehst du –, aber ich habe dich etwas hochgestuft, weil du mit so viel Leidenschaft dabei warst.«

»Ha! Ich hab's ja gewusst!«, rief Basil. »Mom verlangt immer, dass ich glatte Einser bringe, und nun stellt sich raus, dass sie *die ganze Zeit* eine Zweierschülerin war.«

»Genug in alten Zeiten geschwelgt«, sagte der Hund und nahm Rose ins Visier. »Du musst wohl die sogenannte Meisterbäckerin Lady Rosmarin Glyck sein.« Er schnaubte abfällig. »Wie kann man einem *Kind* einen solchen Titel geben?!«

»Ich bin kein *Kind*«, sagte Rose mit zusammengepressten Zähnen. »Ich bin dreizehn.«

»Darf ich kurz unterbrechen!«, sagte Lily, hob eine Hand und winkte mit ihren lackierten Nägeln. »Lily Le Fay. Sehr erfreut, Sie kennenzulernen, aber nun muss ich meiner Nichte zu Hilfe kommen. Sie ist nicht irgendein Mädchen.«

Der Blick des Hundes schweifte kurz zu Lily. »Ah. Natürlich. Wer kennt Sie nicht.« Er rückte so zur Seite, dass die Sicht auf Lily blockiert war. Rose hörte, wie ihre Tante beleidigt mit der Zunge schnalzte.

»Du hast deinen Pfotenabdruck auf mir hinterlassen«, sagte Rose und zeigte dem Hund das Mal auf dem Handgelenk. »Und du versaust mir meine Rezepte. Was also muss ich machen, damit das alles wieder aufhört?«

Der Hund lachte. »Dein Eifer gefällt mir. Folge mir, und wir fangen damit an, dich zu prüfen.« Er tappte zur Tür und rief zurück: »Ich nehme an, du hast die Gaben schon zusammengepackt und bist reisefertig, auch wenn ich erwartet hätte, dass du bei diesem Wetter eine Jacke trägst. Egal, wir dürfen nicht trödeln.«

»Halt mal!«, sagte Rose. »Ich gehe nirgendwohin. Ich habe ja gerade erst davon gehört, dass es dich gibt.«

Mit einem Knurren drehte sich der Hund um und sah Polly an. »Hast du sie nicht darauf vorbereitet? Dieses Rezept steht schon seit *Monaten* in meinem Backbuch – mehr Zeit als genug, um Lady Rosmarin Glyck auf ihre Prüfung vorzubereiten.«

»Tut mir leid«, sagte Polly und schob die Lippen vor. »Wir waren dieses Jahr sehr, *sehr* beschäftigt, und um ehrlich zu sein, hatte ich dich und das schreckliche Hochwasser völlig vergessen.«

Der Hund schüttelte den großen haarigen Kopf. »Wirklich sehr schade. Rückwirkend bekommst du jetzt nur noch eine Zwei. Eine erlernte Lektion ist nicht viel wert, wenn man sie vergisst.« Der Hund seufzte. »Hast du wenigstens deine Gaben?«, fragte er Rose.

»Ähm«, sagte Rose, »man sagt mir immer, meine Backkunst sei meine wertvollste Gabe, aber ich vermute mal, dass du was anderes meinst.«

»Du hast sie nicht mal mit den Gaben versorgt?«, jaulte der Hund auf. »Pass auf, dass ich dir nicht eine Drei minus verpasse, Polita Glyck!«

»Wow, Mom«, sagte Basil. »Da krieg ja sogar ich bessere Noten!«

Polly wusste ihre Verärgerung kaum in Zaum zu halten – Rose konnte sehen, dass sie sich innen auf die Wange biss, um nicht loszuschreien. Ihre Mutter stellte den Besen beiseite und sagte mit gefährlich ruhiger Stimme: »Vielleicht kannst du uns ein wenig Zeit geben, damit wir zumindest die *Gaben-Zeremonie* vollziehen können. Sonst würde es keine gerechte Prüfung werden.«

Der Hund trottete zum Schaufenster. Der Wind draußen hatte nachgelassen, und die Wolken hatten sich geteilt. Goldene Nachmittagssonne ergoss sich auf die belebte Hauptstraße. Die buschigen Augenbrauen des Hundes hoben sich, als er an der Kreuzung einen leuchtend roten Hydranten entdeckte.

»Es ist schon eine Weile her, seit ich das letzte Mal

unterwegs war«, sagte der Hund wehmütig, »und ich verspüre den Wunsch, diese hübsche Stadt mit meiner Marke zu versehen.«

Basil beugte sich vor und flüsterte Nella zu: »Das bedeutet, dass er alles anpinkelt.« Nella kicherte und hielt sich schnell den Mund zu.

»Also gut, abgemacht«, fuhr der Hund fort. »Ich benötige einige Zeit, um mein neues größeres und wuscheligeres Aussehen zu testen. Bisher war ich eine viel kleinere Rasse.«

»Ein kleiner kläffender Yorkshireterrier«, flüsterte Polly Rose zu.

Der Hund spitzte ein Ohr und wandte sich um. »Aha, du erinnerst dich also doch noch an unsere gemeinsame Zeit. Wir sind wieder bei der Zwei plus!« Er nickte Rose zu. »Ich gebe dir Zeit bis zum Anbruch der Dunkelheit, um die Sache mit den Gaben zu erledigen. Aber keine Minute länger! Sobald die Dämmerung einbricht, müssen wir wirklich los.«

»Dämmerung?«, fragte Rose mit bebender Stimme. »Anbruch der Dunkelheit? *Heute?*« Ihr Magen fühlte sich an, als sei er in einen Schacht hinuntergestürzt.

Lily nahm Roses Hände. »Rose, ich weiß, was du denkst, aber –«

»Nein!«, rief Rose und rückte von ihr ab. »Tut mir leid,

dass ich gerade laut geworden bin! Aber heute Abend kann ich nicht gehen, Hund. Ich möchte auf einen Ball, auf den ich mich schon seit Wochen freue. Ich lasse mich auf deine Prüfung ein, versprochen, aber erst morgen.« Sie verschränkte die Arme.

Der Hund ließ sich auf den Boden fallen und wurde platt wie ein großer grauweißer Flokati. »Mir reicht es allmählich. Polita, erkläre du es deiner Tochter. *Ich* möchte meine Energie sparen, um noch ein paar Blumenbeete aufzuwühlen.«

Polly nahm Rose in den Arm. »Es tut mir leid, Rosie«, flüsterte sie. »Aber wenn du heute Abend nicht mit dem Hund gehst, dann wird dein Rezept niemals in das Backbuch aufgenommen, und du wirst nie eine wahre Meisterbäckerin sein.«

Rose war zum Heulen zumute. Wie ungerecht war das denn! Sie hatte sich all die Zeit so vielen hinterhältigen Schurken entgegengestellt und so viele unschuldige Leute gerettet, und jetzt wollte sie nur eine *klitzekleine* Pause von alldem. Ein *einziges* Mal wollte sie Rose Glyck sein, ein normales Mädchen, und nicht Lady Rosmarin Glyck, die junge Meisterbäckerin, auf deren Schultern die ganze Welt lastete.

Alle im Raum starrten sie erwartungsvoll an.

Basil würde es wahrscheinlich völlig egal sein, wenn sie

jetzt verkündete, dass sie das Backen aufgeben würde. Und ihre Mutter würde sie so oder so unterstützen.

Aber da war ja noch Tante Lily, die so verzweifelt danach strebte, das zu werden, was Rose längst war, eine Meisterbäckerin. Sie hatte sich diesen Titel einst so sehr gewünscht, dass sie einige sehr finstere Dinge gemacht hatte. Es würde sie verletzen, wenn sie sah, dass Rose ihre Gabe des Backens so leichtfertig verschleuderte.

Und da war Nella mit den Kulleraugen, noch so klein, dass sie bisher erst wie ein unfertiger Plätzchenteig war, der nur darauf wartete, zu der Person gebacken zu werden, die sie einmal werden sollte. Rose konnte die Vorstellung nicht ertragen, dass ihre kleine Schwester womöglich glauben sollte, Mädchen dürften einfach so aufgeben, wenn es brenzlig wurde.

Rose ließ die Schultern sinken. »Also gut«, sagte sie leise. »Ich komme heute Abend mit. Ich möchte offizielle Meisterbäckerin werden.«

»Keine Sorge, Rose«, sagte Tante Lily und stellte sich neben Polly, »Devin wird es verstehen. Die besten Männer verstehen einen immer.«

Polly nahm sie in die Arme. »Du wirst das super machen, Rose. Du bist doch mein kleines Wunderkind.«

»He!«, rief Basil. »Was ist mit mir?«

Polly zerzauste das wilde rote Haar ihres ungestümen

Sohnes. »Du bist auch ein Wunderkind, nur auf ganz andere Weise.«

Der Hund stöhnte und kam wieder auf die Füße. »Also gut, das war ja alles ganz herzzerreißend. Hoffen wir mal, dass dir deine Familie und deine Freunde auch nützliche Sachen mitgeben. Du brauchst jegliche Hilfe, die dir zu Verfügung steht.«

Die Ladentür ging von alleine auf und ließ einen Schwall Kälte herein. Der Hund trottete zum Ausgang.

Rose spürte, wie sie jemand am T-Shirt zupfte. Neben ihr stand die kleine Nella und hielt eine große Konservendose im Arm, die sie aus der gehäkelten Einkaufstasche gezogen hatte. »Ich hab ein Geschenk für dich, Rosie!«

»Kondensmilch«, las Rose von dem gelb-roten Etikett ab. »Danke, aber vielleicht fällt dir doch noch was *anderes* ein, etwas, das irgendwie nützlich wäre?«

»Vergiss es, Rosmarin Glyck«, sagte der Hund von der Tür her. »Keine Rückzieher. Was man überreicht bekommt, *muss* man annehmen. Du kannst einfach nur hoffen, dass sich diese Dose Kondensmilch irgendwie als nützlich erweist.«

Rose stellt die Dose auf den Bistrotisch, ging in die Hocke und umarmte ihre Schwester. »Okay. Dann ist es wohl ein *perfektes* Geschenk. Danke, Nella.«

»Bitte!«, erwiderte Nella und schlang Rose die Arme um den Hals.

Der Hund trat hinaus. »Bei Sonnenuntergang bin ich zurück, Rosmarin! Dann musst du bereit sein!« Unter dem Gebimmel der Glocke flog die Tür hinter ihm zu.

Rose beobachtete, wie der Hund die Straße entlangschlenderte, während hinter ihr ihre Mutter und ihre Tante vorzubereiten begannen, was sie als »die *Zeremonie für die Gaben der Liebsten*« bezeichneten.

»Es ist so viel zu tun und so wenig Zeit!«, jammerte Polly. Sie fing wild an, in Schubfächern und Schränken zu kramen und dies und das herauszuziehen. »Lily, ruf doch bitte Albert und Großvater Balthasar an.«

»Bin schon dabei«, sagte Tante Lily, die bereits hektisch über ihr Handy wischte.

»Basil, such du nach deinem Bruder.«

Basil salutierte, dann flitzte er nach oben in die Wohnräume der Familie über der Bäckerei.

Um sie herum summte die Bäckerei vor Energie und Aufregung, doch all das berührte Rose nicht.

Sie verspürte nichts als Enttäuschung.

Kapitel 2
Die Gaben der Liebsten

Rose wartete in ihrem Zimmer, während die übrige Familie die Bäckerei für die *Gaben-Zeremonie* vorbereitete. Sie saß auf der Bettkante, ließ die Beine baumeln und starrte auf den Boden.

Großvater Balthasars tiefer Bass drang durch ihren lilafarbenen Fransenteppich dumpf von unten herauf. Als ältester Anwesender der Familie Glyck hatte er das Kommando übernommen, kaum dass er nach Hause gekommen war. Sie konnte außerdem das *Klick-klack!* von Tante Lilys High Heels hören und das *Pling!* von Tymos Handy, wenn Textnachrichten seiner zahlreichen Freundinnen eingingen.

Rose wusste, dass sie dankbar für die Hilfe der anderen

sein musste. Aber es war schwer, sich über Gaben zu freuen, die sie überhaupt nicht haben wollte und die ihr bei einer Prüfung helfen sollten, die sie gar nicht ablegen mochte. *Will ich tatsächlich eine Meisterbäckerin sein?*, fragte sie sich. *Das Leben wäre vielleicht einfacher, wenn –*

»Wir sind jetzt bereit, Rose!«, rief ihre Mutter die Treppe herauf. »Komm nach unten.«

Rose nahm ihren Rucksack, einen knallroten Beutel, den sie fürs neue Schuljahr gekauft hatte. Zwangsläufig fiel ihr Blick auf die Kleider, die über der Lehne ihres Schreibtischstuhls lagen, zuoberst ein schlichtes Kleid mit weiß-gelbem Blumenmuster. Sie trug nur selten Kleider – Hosen waren praktischer, wenn sie draußen auf Jagd nach magischen Zutaten ging –, aber für ihren ersten Ball musste es dann doch natürlich ein Kleid sein. Tante Lily war mit ihr losgezogen, um eines auszusuchen für dieses sehr besondere Date mit Devin. Rose war in das Blumenkleid hineingeschlüpft, hatte sich vor dem Spiegel in der Anprobe darin gedreht und sich fröhlich und zuversichtlich gefühlt.

Aber niemand würde sie heute Abend darin tanzen sehen.

Sie riss den Blick davon los, hängte sich den Rucksack

über die Schulter, holte tief Luft und ging nach unten.

Die Bäckerei war dunkel – die Rollos an den großen Schaufenstern waren heruntergezogen und sperrten den Rest der Welt aus. Dieser Moment gehörte allein der Familie Glyck.

Langsam nahm Rose die letzten paar Stufen, und bei jedem Schritt wurde die Dunkelheit von einer kleinen Flamme erleuchtet. Im Raum ging hier und da eine Kerze nach der anderen an – dünne weiße Geburtstagskerzen, in Muffins gesteckt, die auf den Tischen und Regalen verteilt standen. Als Rose die letzte Stufe erreicht hatte, erfüllte ein warmes Flackern die Bäckerei.

Ihre Familie stand hinter einem der Bistrotische, den sie in die Mitte des Raumes geschoben hatten. Großvater Balthasar, dessen Runzeln von den Schatten wie tiefe Furchen wirkten, stand neben seinem Schottischen Faltohr-Kater namens Gus. Und neben Gus stand die kleine französische Maus Jacques. Albert hatte den Arm um Polly gelegt. Er war ein großer, schlanker Mann mit leuchtend roten Haaren wie die seiner Söhne, und sein Schnauzbart war so buschig, dass seine Oberlippe vollkommen darunter verschwand. Tante Lily, die neben Roses Eltern stand, trug ein glitzerndes schwarzes Cocktailkleid.

Ein greller Schein flammte auf, und Polly schlug Tymo auf den Arm. »Okay, okay«, flüsterte er und steckte sein Handy in die Tasche. Aber in dem kurzen Moment hatte Rose Basil und Nella neben ihrem großen ältesten Bruder stehen sehen. Alle drei zappelten nervös herum.

Einen Augenblick lang vergaß Rose den Schulball. Egal, welchen Herausforderungen sie im vergangenen Jahr ausgesetzt gewesen war, ihre Familie hatte sie stets unterstützt. Sie verspürte einen Kloß im Hals und schluckte.

»Unser kleines Mädchen wird eine junge Dame«, flüsterte Albert. Roses Mutter schniefte und wischte sich stolz eine Träne aus dem Auge.

»Kann man wohl sagen«, meinte Großvater Balthasar. Er führte Rose an den Bistrotisch und sagte: »Ich kann mich noch daran erinnern, als ich das Mal der Pfote bekam. Bei mir tauchte der Hund als winzig kleiner Teacup-Pudel auf. Ich musste die kleine Nervensäge in meiner Hosentasche herumtragen.«

»Inzwischen hat er sich aber ziemlich verändert!«, meinte Rose.

»Das habe ich gehört.« Großvater Balthasar half Rose, den Rucksack abzuschütteln und auf den Boden zu stellen, dann rückte er ihr einen Stuhl zurecht. »So, die

Zeremonie ist einfach. Wir übergeben dir einer nach dem anderen, was wir als *Gaben der Liebsten* ausgewählt haben. Dann musst du die jeweilige Gabe annehmen und sie *muss* bei deiner Prüfung verwendet werden. Hast du das alles verstanden?«

»Ich glaube schon«, sagte Rose.

»Können wir anfangen?«, fragte Tymo. »Nachher findet der Schulball statt, und ich muss mir noch überlegen, wie ich zwischen Tracy, Emily und Brittany jongliere, ohne dass eine von ihnen merkt, dass sie nicht meine einzige Freundin ist.«

»Red doch jetzt nicht von dem Ball!«, sagte Nella und trat ihn ans Schienbein.

»Aua!«

»Nella, hör auf zu treten«, schalt Polly. »Tymo, und du hörst auf, den Mädchen was vorzumachen. Basil, verkneif dir den Gag über Tymo, den du dir gerade ausgedacht hast.«

»Ooooch«, sagte Basil und schob die Hände in die Taschen. »Woher hast du das gewusst?«

»Es wird spät«, sagte Tante Lily. »Wir fangen besser mal an.«

»Gute Idee!« Großvater Balthasar nickte.

»Vergesst nicht: Was ihr gebt, muss von Herzen kommen, sonst ist es nicht brauchbar«, sagte Polly. »Wenn ihr noch was anderes aussuchen wollt, ist das jetzt die letzte Gelegenheit.«

Alle warfen sich Blicke zu, aber keiner rührte sich.

»Sieht also aus, als ob's losgehen kann«, sagte Großvater Balthasar. »Gus, du weißt, was zu tun ist.«

Der dicke graue Kater erhob sich träge und streckte sich. »Ah, jawohl, ich übernehme den wichtigsten Teil«, sagte er. »*Mäuseträger.*«

»*Bien sur*«, sagte Jacques, eilte neben Gus und setzte sich in die Kuhle auf dem pelzigen Rücken von Gus. »Bringe mich zum Tisch.«

Der Kater sprang vor Rose auf den Tisch, dann machte er einen Buckel, und Jacques stellte sich auf die Hinterbeine. Der Mäuserich hob eine winzige silberne Flöte an die Schnauze und begann, mit viel Gefühl eine festliche Weise zu spielen.

Großvater Balthasar räusperte sich. »Die Überreichung der *Gaben der Liebsten* möge beginnen.« Rose erwischte ihn, wie er auf einen Text blickte, den er in die Handfläche seiner runzeligen Hand gekritzelt hatte. »Und so nahm Lady Rosmarin Glyck ihren Ehrenplatz ein, und ihr Vater Albert Glyck überreichte ihr eine Gabe seines Herzens.«

Albert trat vor und zog ein großes, steifes Stück Stoff hinter dem Rücken hervor. Im flackernden Kerzenlicht konnte Rose kaum erkennen, was es war – es war übersät mit dunklen, fleckigen Mustern, und einen Augenblick fragte sich Rose, ob man ihr die Tarnjacke von Basil überreicht hatte, die er morgens getragen hatte. Doch als sie daran schnupperte, wurde ihr klar, worum es sich handelte. »Eine Schürze?«

»Nicht einfach irgendeine alte Schürze, Kind«, sagte Albert und ließ die ausgefransten Schürzenbänder durch die Finger gleiten. »Ich habe diese Schürze getragen, seitdem ich mein erstes Blech Kekse gebacken habe – da war ich ungefähr in deinem Alter. Sie hat immer in der Backstube gehangen, aber sie ist dir vielleicht nicht aufgefallen. Mit all den Mehl- und Teigflecken war sie gut getarnt.« Ihr Vater machte ein zufriedenes Gesicht und trat wieder neben Polly.

»Danke, Dad.« Rose rieb den Stoff zwischen den Fingern. Er war grob und an manchen Stellen fast durchgewetzt. Dann legte sie das gute Stück in ihren Rucksack auf Nellas Dose mit Kondensmilch. Sie hatte keine Ahnung, wie diese zwei Sachen ihr irgendwie nützlich sein sollten.

»Als Nächstes«, sagte Großvater Balthasar, »bekam Lady Rosmarin von ihrer Tante, Lily Le Fay, ein Geschenk ihres Herzens.«

Lily trat vor. Die Pailletten auf ihrem Kleid glitzerten.

Sie drückte ein Buch fest an ihre Brust. Ihre leuchtend roten Lippen verzogen sich zu einem breiten Lächeln, und sie legte, über Gus und Jacques hinweg, den Band auf den Tisch.

»Das Rezeptbuch aus deiner TV-Sendung«, sagte Rose, die den Titel erkannt hatte: *30 Minuten Küchenzauber mit Lily*. Das Rezeptbuch war gefüllt mit Billig-Versionen der echten Rezepte aus dem magischen Backbuch der Glycks. Die einzige Zauberzutat in allen war ein blaugraues Pulver mit der wundersamen Wirkung gewesen, alle, die davon aßen, zu Anhängern von Lily Le Fay zu machen.

»Danke«, sagte Rose und fragte sich, ob ihr der Hund überhaupt gestatten würde, auch nur einen einzigen Blick in dieses Werk zu werfen.

»Ich weiß, dass es nicht nach viel aussieht«, sagte Tante Lily. »Die Rezepte sind nicht gerade … nun ja, nicht die besten. Aber es ist ein Band aus einer limitierten Sonderedition. Sieh mal.«

Roses Tante kippte das Buch hin und her. Silbrige Regenbogenfarben reflektierten das Kerzenlicht, und mit der Bewegung des Buches bewegte sich auch das Hologramm von Lily auf dem Buchdeckel. Die Lily auf dem Umschlag schwenkte einen Schneebesen herum.

Jacques brach sein Spiel mitten in der Melodie ab. Seine

Barthaare bebten. »Das ist ja, wie ihr es auszudrücken pflegt, *der Wahnsinn*!«

»Damit bin ich während deiner Prüfung immer an deiner Seite«, sagte Tante Lily.

Jacques nahm sein Spiel wieder auf, und Großvater Balthasar las wieder von seiner Handfläche ab: »Und dann erhielt Rosmarin Glyck ein Geschenk von ihrem jüngsten Bruder – ach was, jetzt reicht's mit dem geschwollenen Gelaber. Los, Basil, du bist dran.«

»Eine Sekunde!«, rief Basil und rannte auf die dunkle Backstube zu. »Bleibt alle, wo ihr seid!« Einen Moment später kam er durch die Schwingtür zurück und zog eine schwere Segeltuchtasche hinter sich her. Mit großer Mühe hob er sie auf den Tisch.

Gus jaulte und machte, mit Jacques auf dem Rücken, der dabei nicht eine Note ausließ, einen Satz.

»Okay, Rose, ich konnte nicht nur einen Gegenstand aussuchen, weil ich *so viele* coole Sachen habe.« Basil breitete die Arme aus und deutete auf den Sack. »Meine Gabe der Liebsten ist das, was mir am meisten am Herzen liegt – mein Sack mit Standup-Requisiten!«

»Nein, Basil«, sagte Polly und rieb sich den Nasenrücken. »Bei den *Gaben der Liebsten* darf jeder der Liebsten nur eine Sache beisteuern. Eine Sammlung von Sachen in einem Sack zählt nicht als *ein* Geschenk.«

»Warum nicht?«, schmollte Basil.
»Das ist nun mal die Regel«, sagte Albert. »Tut mir leid, mein Lieber.«
»Regeln sind doof«, murrte Basil. »Na gut, wartet mal.«
Basil zerrte den Sack auf den Boden. Er kroch halb hinein und warf verschiedene Sachen hinter sich. »Bowlingkegel mit Gewicht? Nö. Übergroße Clownsschuhe? Eine Fliege, aus der Wasser spritzt? Ein *Furzkissen*?« Er tauchte aus dem Sack auf, rieb sich das Kinn und betrachtete liebevoll das bonbonfarbene Furzkissen. »Nein, das brauche ich wahrscheinlich selber.« Er drückte darauf, und es machte ein leises *Pffft*. Nachdem er einen Moment weiter herumgekramt hatte, kam er mit einem dürren gelben Gummihuhn hervor.
Basil stellte das Gummihuhn vor Rose hin. »Ich kann's nicht fassen, dass ich das mache«, sagte er, »aber … die Gabe soll ja von Herzen kommen, und das hier ist mein wertvollster Besitz.«
Rose zog die Augenbrauen hoch. »Ein Gummihuhn? *Das* liegt dir so am Herzen?«
»Es hat sogar einen Namen«, sagte Basil beleidigt. »Es heißt Bertha und war mein allerererstes Requisit.« Und sehr ernst setzte er hinzu: »Bitte pass gut auf Bertha auf, Rose.«

»Du kannst dich auf mich verlassen«, versicherte Rose ihm und packte das Huhn am Hals. »Danke, Basil.«

Er hielt ihr ermutigend die hochgestreckten Daumen hin. »Hals- und Beinbruch!« Während er den Sack vom Tisch zerrte, wisperte er Nella hörbar zu. »So sagen wir im Showgeschäft für *Viel Glück*.«

»Ich kann mir nicht vorstellen, dass Bertha noch übertroffen werden kann«, sagte Großvater Balthasar, »aber jetzt bist du dran, Polly.«

Roses Mutter trat vor und stellte vorsichtig ein antikes Stundenglas hin. Die Sanduhr war ungefähr zehn Zentimeter hoch, und ihr dunkles Holzgestell war mit einem dekorativen Blattwerk verziert. Der Sand in dem Glas schimmerte silbern und hellblau im Kerzenlicht. Das Stundenglas sah wertvoll aus – viel zu wertvoll, um in Roses Rucksack zu verschwinden.

»Aber nein, Mom«, hauchte Rose. »Das kann ich nicht annehmen.«

»Es hat meiner Urgroßmutter gehört«, sagte Polly leise. »Ich habe vorgehabt, es später an dich zu vererben. Aber du brauchst schon jetzt etwas, um deine Backzeit zu stoppen, und diese Sanduhr hat mir immer die perfekte Zeit angesagt. Egal, wie lange etwas im Ofen sein muss, sobald der Sand durchgelaufen ist, ist dein Backwerk fertig.«

Behutsam nahm Rose die Sanduhr hoch und fuhr die eingeritzten Blätter nach. »Danke, Mom. Die ist perfekt.«

Polly nahm Rose kurz in die Arme, und obwohl sie es versuchte, konnte sie die Tränen nicht zurückhalten. Dann trat sie wieder zu Albert. Rose wickelte das Stundenglas in Alberts Schürze, damit es geschützt war.

Großvater Balthasar winkte Tymo zu. »Lass sehen, was du hast.«

Tymo griff in seine hintere Hosentasche und zog einen billigen grünen Plastikspiegel heraus. Als Rose ihn in die Hand nahm, konnte sie ihr verwirrtes Gesicht in der gesprungenen Spiegelfläche sehen.

»*Hermana*, du kennst mich als einen in Dingen der Liebe erfahrenen Mann«, begann Tymo.

»Einen *Mann*?« Basil bog sich vor Lachen.

»Basil, das reicht«, schalt ihn Polly.

»Danke, *Madre*«, sagte Tymo. »Wie ich soeben sagte, ich bin inzwischen so was wie ein Experte in Sachen Liebe, aber so war es nicht immer. Erst als ich in diesen Spiegel blickte, wusste ich, was Liebe ist. Aus dem Spiegel blickte mich der kleine Junge an, der ich war, und mit einem Schlag wusste ich, wie viel ich der Welt zu bieten hatte. Vielleicht kann der Spiegel dasselbe für dich tun.« Er zuckte die Schultern. »Ich hatte überlegt, dir mein Handy zu geben, falls du mal was im Internet nachgucken müsstest oder so, aber dann hätten all meine Freundinnen mich nicht mehr erreichen können.«

»Ich halte … ihn immer in Ehren«, sagte Rose mit gerunzelter Stirn.

»Gemäß der Liste in meiner Hand bin ich jetzt dran«, sagte Großvater Balthasar. »Ich mache es kurz.« Er zog ein grünes Glasfläschchen aus der Tasche und reichte es Rose.

»Allerleigewürz«, las sie vom Etikett ab. »Ist das so eine Gewürzmischung, wie man sie auch für den Kürbiskuchen nimmt?«

»Nun, du kannst damit auch im Handumdrehen eine köstliche Kürbispastete machen, das stimmt. Aber das *Allerlei* ist wörtlich zu nehmen – diese Mischung kann zu jedem Gewürz werden, das du gerade brauchst.« Der alte Mann nickte dem flötenspielenden Mäuserich zu. »Jacques? Ich glaube, du kannst jetzt mit dem Geflöte aufhören.«

Jacques ließ seine Weise ausklingen, dann zupfte er Gus am Fell. Knurrend sprang der dicke graue Kater wieder auf den Tisch.

Die Maus hielt Rose mit beiden Pfoten eine winzige

schwarze Kapsel hin. »Ich schenke die Gabe des klaren Blicks«, piepste Jacques. »Sie kommt, wie sagt man doch gleich – direkt aus meiner Brust.«

»Aus deinem Herzen«, korrigierte ihn Gus.

»Du sagst Kartoffel, ich sage *escargot*«, erwiderte Jacques.

»So geht der Spruch nicht«, sagte Gus.

Rose nahm die kleine Pille aus Jacques' Pfoten entgegen und hielt sie zwischen Daumen und Zeigefinger. »Ist es eine Medizin?«

»*Non*«, sagte Jacques. »Öffnen Sie es, *Mademoiselle* Glyck. Mein Geschenk ist darin.«

Erst jetzt merkte sie, dass es gar keine Pille, sondern ein winziges Plastiketui war. Vorsichtig klappte sie den Deckel auf und fand darin eine Brille in Puppengröße mit silbernem Gestell.

Rose konnte sich nicht vorstellen, was sie mit einer so winzigen Brille anstellen sollte – außer, dass sie sie womöglich aus Versehen zerbrach –, aber sie brachte ein Lächeln hervor und sagte: »Danke, Jacques. Und auch dir, Großvater.«

Großvater Balthasar kraulte Gus den flauschigen Rücken. »Jetzt fehlst nur noch du, Gus. Was hast du für sie mitgebracht?«

»Dann muss es wohl sein.« Mit einem Seufzen tapste

Gus leise über den Tisch auf Rose zu. »Wenn du so gut sein willst, dann reiß mir eines der dunklen Schnurrhaare aus. Nur eines, bitte.«

»Tut das nicht weh?«, fragte Rose und griff behutsam unter sein Kinn, um in sein Gesicht zu schauen. Dort sah sie acht steife dunkle Schnurrhaare – vier auf jeder Seite.

»Doch«, sagte Gus. »Mach es schnell, so, wie man ein Pflaster abreißt.«

Der Kater wurde steif vor Abwehr, während Rose tat, was er gesagt hatte. Sie zupfte ein einziges dunkles Schnurrhaar heraus, und Gus jaulte auf, als sei ihm jemand auf den Schwanz getreten. Sein Rückenfell sträubte sich, und seine grünen Augen waren ganz aufgerissen vor Schreck.

»Gus!«, rief Rose und nahm ihn schützend in den Arm. »Hab ich dir weh getan?«

Gus schnappte nach Luft und versuchte, sich wieder zu fassen. »Das«, sagte er, »ist eines meiner neun Leben. Eines benutze ich natürlich gerade selbst, und das da …« Er nahm das Schnurrhaar, das Rose umklammert hielt, ins Visier. »Das ist Nummer sechs. Solltest du jemals in große Not geraten, löse das Schnurrhaar in Wasser auf und trinke es.«

»Gus, das kann ich nicht annehmen«, rief Rose, die

plötzlich Angst hatte, das Haar fallen zu lassen und es in der Dunkelheit zu verlieren.

»Mag sein«, sagte Gus und sprang auf den Boden. »Aber jetzt ist es zu spät, um es zurückzugeben. Mach das Beste daraus.«

»Das werde ich«, sagte Rose. »Versprochen.«

Albert gab Rose eine kleine Plastiktüte, in der Rose das Schnurrhaar verstaute. Dann packte sie es zu den übrigen Geschenken in ihren roten Rucksack.

»Und so«, nahm Großvater Balthasar seine Rede wieder auf, »erhielt Lady Rosmarin Glyck die *Gaben ihrer Liebsten* und wurde mit der Zuneigung und Unterstützung all derer, die sie gern hatten, auf ihre Reise geschickt.« Er klatschte in die Hände. »Bin ich froh, dass das geschafft ist. Jetzt komm und nimm deinen Großvater in den Arm.«

Die Zeremonie war vorbei. Rose ging auf ihren Großvater zu und umarmte ihn und Lily und ihre Eltern, ihre Geschwister und sogar Gus und Jacques. Der Kloß in ihrem Hals war wieder da – auch wenn einige der Geschenke ziemlich seltsam waren, kam doch jedes einzelne von Herzen. Sogar Basils Gummihuhn.

»Ich habe keine Ahnung, was ich mit dem ganzen Zeug machen werde«, vertraute Rose ihrer Mutter an.

»Keiner weiß das vorher«, sagte ihr Mutter. »Zwischen

der Bäckerin und ihren Gaben besteht ein mächtiger, unvorhersagbarer Zauber.«

Jemand knipste die hellen Lampen der Bäckerei an, und dann gingen alle umher und pusteten die Kerzen aus, während Albert den Bistrotisch wieder an seine übliche Stelle beim Fenster schob. Rose zog ihre Jacke an und setzte den Rucksack auf.

Als es an der Ladentür klopfte, machte Polly sie auf. Rose hatte erwartet, dass es der Hund sein würde, doch dann wurde ihr ganz schwummerig vor Gefühlen, als sie sah, wer da stand.

Es war Devin, der völlig außer Atem war und auf dessen Stirn ein dünner Schweißfilm lag, als sei er den ganzen Weg gerannt. Er war schicker angezogen, als Rose es je an ihm erlebt hatte: Er trug ein richtiges weißes Oberhemd, das in einer schwarzen Hose mit Bügelfalten steckte, und schwarze gewienerte Schuhe. Eine gelbe Seidenfliege war um seinen Hals gebunden, die zu Roses Kleid passen sollte, das ja nun nicht getragen wurde, und sein kurzes sandblondes Haar war säuberlich gekämmt.

»Ich bin doch nicht zu spät, Mrs Glyck, oder?«, fragte er Polly.

»Gerade noch rechtzeitig«, sagte sie und holte ihn rasch aus der Kälte herein.

Als sie ihn anblickte, war Rose gleichzeitig zum Lachen und zum Weinen zumute, was sehr verwirrend war. Sie machte von beidem ein bisschen, während sie ihn umarmte und fest an sich drückte und dabei den vertrauten Geruch nach Donuts einatmete, der ihm als Sprössling des Familienbetriebs *Stetsons Donuts und Automobilwerkstatt* immer anhing.
»Ich wusste nicht, dass du auch kommen würdest«, sagte sie.
»Wir haben ihn natürlich angerufen«, sagte Albert. »Er gehört doch auch zur Familie.«
Devin rückte etwas ab, ließ die Hände jedoch auf denen von Rose liegen. »Tut mir leid, dass ich die Zeremonie versäumt habe, aber ich wollte unbedingt die perfekte Gabe für dich haben, Wort für Wort.«
Wort für Wort? Das war seltsam, fand Rose, wenn auch nicht seltsamer als Basils Gummihuhn. »Ich freu mich auf jeden Fall, dass du hier bist«, sagte Rose und lächelte traurig. »Das mit dem Ball tut mir echt leid.«
»Ach was, kein Problem«, sagte Devin, doch Rose kannte ihn gut genug, um die Enttäuschung in seinen blauen Augen zu bemerken. »Ich habe zwei Sachen mitgebracht, um genau zu sein. Das Erste hier ist nicht meine offizielle Gabe der Liebsten, aber ich wollte es dir auf jeden Fall auch überreichen.« Devin zog eine durchsich-

tige Schachtel aus der Tasche. Darin lag eine gelbe Rose, die an einem goldenen Band befestigt war. Er streifte ihr die Blume vorsichtig über das Handgelenk.

»Es ist eine Blumen-Corsage fürs Handgelenk«, erklärte er. »Mein Dad hat gesagt, dass man einem Mädchen so was gibt, wenn man auf einen Ball geht, und ich dachte, vielleicht freust du dich trotzdem darüber.«

Das Rosenband überdeckte das Mal der Pfote und verbarg damit den Hinweis auf ihre bevorstehende Prüfung. Rose wurde rot vor Freude. »Wunderhübsch.«

»Cool«, sagte Devin und senkte den Kopf, um sein erleichtertes Grinsen zu verstecken. »Äh, die eigentliche Gabe der Liebsten von mir ist …« Er neigte sich rasch vor und gab Rose einen Kuss auf den Mund.

Einen Augenblick lang fühlte sich Rose, als ob sie zusammen mit Devin unter einem Scheinwerferstrahl stand. Es tat immer noch weh, dass sie das wichtige Date mit ihm verpasste, aber wenigstens war er hier, um sie zu verabschieden.

»*Pfui bah!*«, rief Basil. »Knutschen!«

Lily und Polly geboten ihm, still zu sein, und Tymo sagte zu seinem Bruder: »Irgendwann kapierst du es auch, Alter. Vielleicht solltest du dir mal meinen Spiegel ausleihen, wenn Rose zurück ist.«

Rose fuhr sich mit den Fingerspitzen über die Lippen.

»Wofür war das?«, fragte sie leise und spürte, wie ihre Wangen brannten.
»Meine Gabe ist ein Versprechen«, erklärte ihr Devin. »Egal, wie oft du noch wegmusst, um Meisterbäckerin zu werden, ich verspreche dir, dass nichts und niemand uns jemals trennen wird.« Er senkte erneut den Kopf. »Klingt das kitschig?«
»Nein«, seufzte Rose, »kein bisschen.«
Tymos Handy fing zu piepsen an, und auf dem Ladentisch klingelte ein Timer. Widerstrebend löste sich Rose von Devin und blickte ihre Familie an.
»Es ist an der Zeit«, sagte Großvater Balthasar. »Tut mir leid, Rose, aber du musst jetzt den Hund treffen.«
Die Wolken draußen bildeten eine dicke dunkelblaue Decke, die den Himmel verhüllte. Kalter Wind strich Rose über die Wangen, die Straßenbeleuchtung flackerte auf, und der Hund erschien. Aber vielleicht war er auch die ganze Zeit schon da gewesen.
Der riesige Hirtenhund trottete über den Rasen. »Genau zur rechten Zeit, Rosmarin Glyck, und hoffentlich mit deinen Gaben.« Der Hund sah an Rose vorbei auf ihre Familie und Devin, die alle bedrückt vor der Bäckerei standen. »Winke ihnen zum Abschied zu. Du siehst sie vielleicht eine gute Weile nicht mehr.«
Rose drehte sich um und winkte verzagt. Erst jetzt

wurde ihr klar, dass sie in Kürze völlig auf sich allein gestellt war. Bisher war ihre Familie stets dabei gewesen, um ihr zu helfen, wenn sie in Not geriet.
Bei dieser Prüfung jedoch war die einzige Person, auf die sie sich verlassen konnte, sie selbst.
Sie verspürte ein panikartiges Stechen in der Brust, und sie wollte den Hund schon bitten, noch einen Tag zur Vorbereitung zu bekommen.
Doch ehe sie etwas sagen konnte, sagte der Hund: »Die nächtlichen Winde wechseln die Richtung. Schnell, Rosmarin, halte dich an meinem Schwanz fest!«
»An deinem Schwanz?«, wiederholte sie verwirrt.
»Schnell, Rose, schnell!«, heulte der Hund.
Rose war vor Kummer ganz durcheinander, und da sie keinen klaren Gedanken fassen konnte, tat sie das Gewünschte und packte den Schwanz des Hundes mit beiden Händen.
Der Hund begann mit dem Schwanz zu wedeln, und Rose wurde durchgeschüttelt, immer schneller, bis die Hauptstraße und die Bäume und der Abendhimmel vor ihren Augen verschwammen. Die Welt schien sich in eine Dampfwolke aufzulösen und zu Millionen kleiner Tropfen zu werden, als ob der Hund Calamity Falls einfach abgeschüttelt hatte.
Und damit waren sie fort.

Kapitel 3
!gatsnoitidarT

Rose schrie auf, doch ihre Stimme wurde verschluckt von der Leere, die sie jetzt umgab.

Einen tiefen Atemzug lang waren sie und der Hund umgeben von schwarzem Nichts – nicht von Dunkelheit, sondern von Nichts. Weder konnte sie Luft auf der Haut spüren noch Hitze oder Kälte, sie roch nichts, es gab kein Licht, auch wenn sie irgendwie den haarigen Körper des Hundes vor sich wahrnehmen konnte, während sie sich fortbewegten.

Der Schwanz des Hundes begann ihr zu entgleiten. Einen kurzen Moment lang dachte sie voller Angst, sie könnte sich nicht mehr festhalten und würde in diese Leere geschleudert, verloren für immer.

Dann begannen von oben kleine bunte Tropfen zu fallen, wie regenbogenfarbene Körner, die in einen Glasbehälter rieselten. Die Farben setzten sich zusammen, verschmolzen – irgendwo – zu irgendetwas Neuem, und Rose fühlte eine eisige Brise und nahm aus der Ferne Kaminrauch wahr. Der Hund wedelte langsamer, und Roses Füße fanden Halt auf einer unbefestigten Straße.

»Wir sind angekommen«, verkündete der Hund hechelnd und drehte sich zu Rose um.

Rose war schwindelig, und sie ruderte mit den Armen, um das Gleichgewicht zu finden. Dann schüttelte sie den Kopf, um ihn freizumachen.

»Dir wird doch wohl nicht schlecht, oder?«, fragte der Hund. Rose trat zurück – sie hatte keine Lust, in der nächsten Zeit das Fell des Hundes noch mal zu berühren. »Bist du noch nie mit dem Wind gereist?«, fragte er ungläubig.

»Nein«, sagte Rose mit unsicherer Stimme. »Ich wusste nicht mal, dass man mit dem Wind reisen *kann.*«

»Du musst noch viel lernen, Rosmarin Glyck«, erwiderte der Hund. »Aber jetzt wollen wir erst mal sehen, wo wir sind.«

Sie waren auf einer unebenen Landstraße gelandet, die sich durch einen Wald aus hohen, dunkeln Tannen schlängelte. Genau wie in Calamity Falls dämmerte es auch hier. Ein paar helle Sonnenstrahlen blitzten hinter den Wipfeln der Bäume auf.

»Heißt das, du weißt nicht, wo wir sind?«, fragte Rose. Soweit sie es beurteilen konnte, hatte der Hund sie ans Ende der Welt gebracht.

Der Hund achtete nicht auf sie und trottete den Weg entlang.

Rose rannte ihm hinterher. »Wie kommst du auf die Idee, zu verreisen, ohne zu wissen, wohin?«

»Ich reise einfach *los*«, murrte der Hund. »Und ich vertraue darauf, am rechten Ort zu landen. Vor uns liegt eine Stadt, die deine Hilfe benötigt, denn so eine Stadt gibt es bei dieser Prüfung immer. Wir sollten uns beeilen, wenn wir nicht in tiefer Nacht durch diese Wälder irren wollen.«

»Eine Stadt?« Rose kniff die Augen zusammen, konnte jedoch hinter den dunkler werdenden Bäumen nichts erkennen. Aber sie konnte Holzfeuer aus Kaminen riechen, und tatsächlich, gerade, als sie um eine Wegbiegung kamen, entdeckte sie in der Ferne die weiße Spitze eines Kirchturms.

Er läutete die neue Stunde an.

»Wenn ich nach meiner inneren Uhr gehe, dann schlägt die Turmuhr dort sechs. Wir –« Der Hund erstarrte. Seine Schlappohren bewegten sich hin und her, um ein Geräusch aufzunehmen, das Rose nicht hören konnte.

Rose duckte sich hinter ihn und umklammerte die Riemen ihres Rucksacks. »Was ist los?«, flüsterte sie. »Ist da was?«

»Ein Opossum«, flüsterte der Hund durch zusammengebissene Zähne. »*Opossum!*«

Laut bellend galoppierte er davon und verschwand zwischen den Bäumen. Rose konnte sein lautes Bellen hören, während er durchs Unterholz stob.

Einen Moment später tauchte der Hund wieder auf. Er hechelte mit hängender Zunge. Dann stellte er sich vor Rose, als sei nichts geschehen.

»Hast du es erwischt?«, fragte Rose.

Der Hund leckte sich ein bisschen Schmutz von dem gefleckten Fell. »Das Viech war zu gerissen für mich, ich konnte mich nicht anschleichen. Aber egal. Es gibt immer ein nächstes Mal. Komm!«

Der Hund lief wieder in raschem Trott den Weg entlang. Rose musste beinahe rennen, um mitzukommen.

»Warum bist du eigentlich ein Hund?«, fragte Rose. »Also, ich will dir ja nicht zu nahetreten, aber im Allgemeinen sind Hunde und Backen keine gute Kombination.«

Der Hund blieb stehen, um an einem Pflanzenbüschel am Wegesrand zu schnuppern, dann schnaubte er und lief weiter. »Ich *muss nicht* ein Hund sein. Ich könnte auch eine Katze sein, wenn mir danach wäre, oder ein großer gehörnter Bock oder ein Gorilla, aber –«

»Ich glaube, ich verstehe«, unterbrach ihn Rose. »Und warum nicht ein Mensch?«

»Was sollte daran Spaß machen? Außerdem war ich eben in diesem vergangenen Jahrhundert in Hundestimmung, und es gibt so viele Rassen, die ich noch ausprobieren will.«

Der Wald wurde lichter. Rose konnte die Stadt zwar noch nicht erkennen, aber sie konnte Stimmengeräusche und den Schein von Straßenlaternen durch die Äste wahrnehmen.

»Wie soll ich dich nennen?«, fragte Rose. »Dein Name wird ja nicht nur *der Hund* sein, vor allem, wenn du nicht immer ein Hund bist.«

Der Hund zog die buschigen weißen Augenbrauen zusammen. »*Natürlich* habe ich einen Namen, Rosmarin Glyck, aber er ist geheim und geht dich nichts an.« Dann erklärte er: »Namen besitzen Macht, deshalb kann ich nicht zulassen, dass jeder Streuner, dem ich begegne, den meinen kennt. Nein, *Hund* reicht vorerst mal, so wie er für jeden der Glycks gereicht hat, die

ich seit meiner unglücklich gewählten Elefanten-Phase dieser Prüfung unterzogen habe.«
Rose schnaubte abfällig und stellte sich vor, wie Großvater Balthasars Vorfahren versucht hatten, mit einem Elefanten als Anführer durch die Wälder zu schleichen.
Am Rand einer stillen Vorstadtsiedlung endete der Wald plötzlich. Dort, wo der unbefestigte Weg in eine gepflasterte Straße überging, war ein großes hölzernes Schild. *Willkommen in Bontemps! Einwohnerzahl: 375.* Darunter standen die Worte: *Bienvenue à Bontemps! Population: 375.*
»Zweisprachig«, sagte Rose, die die zweite Sprache dank Jacques als Französisch erkannt hatte. »Heißt das, wir sind in Kanada?«
»So wird es wohl sein«, sagte der Hund. »Das erklärt die um sich greifende Kälte in der Luft! Selbst ich kann sie spüren, obwohl ich in Fell gehüllt bin.«
Rose zerbrach sich den Kopf und versuchte sich an andere Sätze von Jacques zu erinnern, doch ihr fiel nur *Oui, Mademoiselle Glyck* ein, was ihr ja wohl nicht viel weiterhalf. »Müssen wir Französisch sprechen?«
»*J'espère que non!*«, bellte der Hund. »Das heißt: Ich hoffe nicht! Wenn aber doch, dann gehört das auch zu deiner Prüfung.«

Rose folgte dem Hund die Straße entlang. Sie befanden sich in einer Wohnsiedlung, die erschreckend sauber war. Jeder Rasen war umgeben von einem weißen Lattenzaun, der frisch angemalt aussah, das Gras leuchtete selbst in dem dämmrigen Abendlicht in sattem Grün und war akkurat und kurz geschoren. Die einstöckigen Häuser waren in pastellfarbenen Tönen von Blau und Gelb getüncht und weiß eingefasst und von den Gehwegen durch Reihen junger Ahornbäumchen getrennt, die wie neu gepflanzt aussahen.

Hier auf der Straße wirkte der Himmel noch heller, und die untergehende Sonne warf einen goldenen Schein über die Wohnhäuser. Im Wald hatte der Abend später und dunkler gewirkt, aber vielleicht hatte das an dem Schatten der hohen Bäume gelegen.

Eine Tür ging auf, und Rose und der Hund blieben mitten auf der Straße stehen und sahen, wie jemand heraustrat. Es war ein Junge im Teenager-Alter, nicht älter als Tymo. Er ließ die Arme schwingen und pfiff vor sich hin, während er den Gartenweg zur Straße entlangkam.

»Guten Morgen, Madam«, sagte er grinsend und zog einen altmodischen Hut. Um genau zu sein, war seine *gesamte* Kleidung altmodisch. Seine braune Bundfaltenhose hing hoch über der Taille an Hosenträgern, und zu seinem gelben Hemd trug er um den Kragen eine grün-braun-gestreifte Fliege.

Rose kannte sich nicht gut mit Mode aus und schon gar nicht mit kanadischer Mode. Aber viele Jungs zogen ja inzwischen gerne Retro-Klamotten an. Da sie nicht unhöflich wirken wollte, lächelte sie und erwiderte den Gruß: »Guten Mor–«

Sie unterbrach sich und schüttelte den Kopf. Es war ja nicht Morgen. Vielleicht war es ja auch was typisch Kanadisches, jemanden mit einer witzigen Bemerkung zu begrüßen. Also sagte sie stattdessen: »Guten Abend, meine ich.«

Der Junge sah sie amüsiert und verwirrt an, dann ging er weiter.

»Es ist doch Abend, oder?«, fragte Rose den Hund. »Oder haben wir auch eine Zeitreise gemacht?«

»Nein, die Winde können nicht durch die Zeit reisen, nur durch den Raum«, sagte der Hund. »Wir sind kurz vor sechs Uhr abends hier angekommen, wie ich schon gesagt habe.«

Je mehr sie sich dem Stadtzentrum näherten, desto mehr Leute kamen aus ihren Häusern – nur Teenager, wie Rose feststellte, und alle angezogen, als kämen sie gerade aus den vierziger und fünfziger Jahren des vergangenen Jahrhunderts. Das laute Gebrabbel der

Menge lockte sie und den Hund zur Hauptstraße, über die von Laternenpfahl zu Laternenpfahl ein Transparent gespannt war. *Traditionstag!* stand darauf, und darunter in kleinerer Schrift: *Traditionstagsball morgen Abend – dabei sein ist alles!*

Rose warf einen Blick auf das Gebinde mit der gelben Rose an ihrem Handgelenk und verspürte einen Stich. Der Ball daheim in Calamity Falls würde jetzt auch bald beginnen. Würde Devin ohne sie hingehen? Er sah zu schick aus in seinen Abendklamotten, um allein zu Hause herumzusitzen, während alle andern Schüler Spaß hatten.

Na ja, vielleicht konnte Rose diese Prüfung ja schneller hinter sich bringen, als es brauchte, um *Blitzblätterteigtaschen* zu backen. Vielleicht würde sie gerade noch rechtzeitig nach Calamity Falls zurückkehren können zum letzten Engtanz und einem späten Erdbeerdrink.

»Komm, wir sehen nach, wo die Kids hingehen, da finden wir wahrscheinlich das Problem.« Rose rannte so schnell los, dass ihr der Rucksack an den Rücken schlug. »Komm mit!«, rief sie dem Hund zu.

Der Hund sprang hinterher. »Ha, *das* nenne ich den Feuereifer, den ich von den Glycks erwartet habe. Mittenrein ins Getümmel!«

Sie kamen um eine Ecke und standen vor dem Stadtpark. Es mussten mindestens zweihundert Jugendliche sein, die sich zum Traditionstag versammelt hatten. Viele von ihnen lagerten auf Decken und saßen auf Parkbänken und in dem Parkpavillon. Fröhliche orangefarbene und gelbe Bänder hingen von den Straßenlaternen, und über den Bäumen hüpften bunte Luftballons.

Zwei Mädchen, etwas älter als Rose, kamen Arm in Arm vorbei und gingen auf das Treffen zu. Sie trugen kurzärmelige Kleider, die bis zum Hals zugeknöpft waren, mit weitschwingenden Röcken, deren Petticoats bis über die Knie reichten. Vielleicht hatte das Motto des Traditionstages etwas mit den vierziger Jahren des letzten Jahrhunderts zu tun – Rose hatte Fotos von ihrer Urgroßmutter mit ähnlichen Kleidern gesehen.

Eines der Mädchen, eine Brünette, machte große Augen. »Sagen Sie, Madame, trauen Sie sich zu, in Ihrem Alter ohne Begleitperson herumzulaufen? Brauchen Sie Hilfe?«

»Sie sollten sich nicht überanstrengen und womöglich stürzen«, sagte das zweite Mädchen, ein Rotschopf.

Rose warf einen Blick auf den Hund, der ostentativ den Asphalt beschnüffelte. »Mir geht es – gut. Glaube ich. Trotzdem, danke der Nachfrage.«

Die Brünette lächelte gezwungen. »Wie Sie meinen, Ma'am. Sie wissen es sicher besser als wir, nicht?«
»Einen schönen Morgen!«, sagte die Rothaarige, dann gingen die beiden Mädchen weiter.
Rose sah, wie sie ein Lokal – einen Diner – an der Ecke des Marktplatzes betraten, dessen Nischen schon mit anderen Jugendlichen voll waren. »Wieder *Guten Morgen*«, sagte Rose. »Ist das wohl so ein gebräuchlicher Scherz hier in der Stadt oder sind alle Kanadier so … merkwürdig?«
»Diese Kanadier kommen einem tatsächlich seltsam vor«, antwortete der Hund.
Aus Lautsprechern, die nicht zu sehen waren, schmetterte fanfarenartige Blasmusik über den Marktplatz. Die Menge der Teenager und Kids und sogar die Kleinsten jubelten und verdrehten die Hälse, um etwas am anderen Ende des Parks zu sehen.
Rose überquerte die Straße und eilte auf den Rasen zu und entschuldigte sich jedes Mal, wenn sie mit dem einen oder anderen seltsam gekleideten kanadischen Jugendlichen zusammenstieß. Ein paar warfen ihr finstere Blicke zu und wollten sich schon beschweren, dass sie so drängelte, doch als sie sie sahen, murmelten sie nur rasch: »Entschuldigung, Ma'am.« Ein Junge bot an, sie zu geleiten, doch sie schüttelte ihn ab. Jeder, an

dem sie vorbeikam, schien sie irgendwie für krank oder schwach zu halten.

Auf der anderen Seite des Parks war eine Feuerwache, vor der eine rot-weiße Flagge mit dem Ahornblatt flatterte. Als die Trompetenmusik endete, ging das Garagentor der Feuerwache auf, und ein blitzblankes rotes Feuerwehrauto fuhr heraus.

Ein Feuerwehrmann, von Kopf bis Fuß in Uniform, lehnte aus dem Fahrerfenster und winkte den vielen Jugendlichen zu. Erschrocken stellte Rose fest, dass auch er ein Teenager war – und keineswegs alt genug, um so ein Fahrzeug zu lenken. Mehrere andere Kinder, alle mit Schutzhelmen und schweren Feuerwehrmänteln, saßen auf dem Wagen und winkten.

Allmählich wurde ihr bewusst, dass die ältesten Leute, die sie bisher gesehen hatte, Teenager waren und keiner davon schon alt genug, um aufs College zu gehen. Und obwohl Kleinkinder herumkrabbelten, die jünger waren als Nella, konnte sie in der gesamten Menge keinen Erwachsenen entdecken.

Das Feuerwehrauto war nur der Anfang dessen, was sich als Traditionstagsumzug entpuppte. Mit lautem Gehupe folgte dem Feuerwehrauto ein alter Pritschenwagen mit einem Teenager-Mädchen am Steuer. Er war in weiße Seide gehüllt und mit goldenen Ballons geschmückt, und auf der Pritsche saßen acht echte lebendige Babys in seidenen Strampelanzügen auf Hochstühlchen, hatten ihre Schnuller im Mund und wedelten mit Klappern. An der Seite des Wagens stand in goldener Schönschrift: *Die Ladys beim Brunch.*

»Das sieht ja ganz, ganz gefährlich aus«, flüsterte Rose dem Hund zu. Er jaulte und nickte zustimmend.

Aber es war nicht nur dieser Festzugswagen – jeder weitere war mit Babys beladen, denen die begeisterte Menge zujubelte. Es gab einen Festzugwagen, dessen Thema Astronomie zu sein schien. Die Babys trugen Brillen und hatten Laborkittel an und saßen zwischen Modellen der Planeten. Laut der Inschrift waren sie *Unsere Neunmalklugen*. Dann folgte ein Traktoranhänger voller Heuballen, auf dem Babys in Strohhüten und blauen Overalls über Kürbisse kletterten, und von einem weiteren Wagen streuten vergnügte Babys mit bunten Clownsperücken und roten Kugelnasen eimerweise Bonbons in die Menge. Rose fing einen winzigen Schokoladenriegel auf, den sie für später in ihre Jackentasche steckte.

Sie waren jetzt so lange da, dass es inzwischen hätte dunkel sein müssen, aber irgendwie war es sogar viel sonniger geworden. Ja, es war so hell, dass die Straßenlaternen allmählich ausgingen.

Rose wurde es etwas bang ums Herz. Ihre Hoffnung, diese Prüfung schnell unter Dach und Fach zu bringen, zerstob wie Krümel im Wind. Sie hatte das Gefühl, dass etwas mit der Stadt Bontemps ganz und gar nicht stimmte. Und mit nichts weiter ausgestattet als mit einem Rucksack voller sogenannter *Gaben* und ohne jegliche Hilfe hatte Rose keine Ahnung, wie sie diesen Zustand beheben sollte.

»Also, *das* ist ja interessant«, murmelte der Hund, was wegen der rumpelnden Festwagen und der jubelnden Kinder kaum zu hören war. Er hatte sich von der Parade abgewandt. Rose folgte seinem Blick über den Park zum Rathaus hin und hinauf zu dem Uhrenturm.

Das Zifferblatt der Uhr war mindestens zwei Meter im Durchmesser, und die schwarzen Eisenzeiger bewegten sich zentimeterweise voran, wie man es von jeder Uhr gewohnt war. Nur zeigten die Zeiger nicht eine Zeit nach sechs Uhr an, wie Rose es erwartet hätte. Zurzeit war es auf der Uhr 5:34.

Vor Roses Augen bewegte sich der Minutenzeiger auf 5:33.

Er wanderte rückwärts.

Kapitel 4
Die geheimnisvolle Fremde

Rose hockte sich neben den Hund und flüsterte, damit niemand in der Menge merkte, dass sie zu einem Tier sprach: »Die Uhr da läuft *falsch herum*! Und die Sonne steigt höher. Warum?«

Der Hund neigte den Kopf zur Seite. »Ich muss sagen, dass ich keine Ahnung habe.« Mit einem Knurren wandte er sich von der Uhr ab. Lauter setzte er hinzu: »Und *wenn* ich eine Ahnung hätte, dürfte ich es dir nicht sagen. Das ist *deine* Prüfung, Rosmarin Glyck.«

Ein Mädchen mit einer katzenaugenförmigen Brille blinzelte Rose und dem Hund zu. »Du liebe Güte!«, rief sie, wobei ihre Stimme von dem begeisterten Brüllen der Jungen neben ihr übertönt wurde. »Hat der Hund da gerade die Lefzen bewegt?«

»Die Lefzen?«, fragte Rose.

Das Mädchen deutete auf den großen Hirtenhund. »Sagen Sie, hat er geredet? Ich hätte schwören können, dass ich gehört habe, wie er was gesagt hat.«

Rose überlegte, was Basil in dieser Situation wohl machen würde. »Nee«, näselte sie, »das war ich. Ich habe nur geübt, mit meiner Bauchstimme wie ein alter Mann zu reden.« Sie nahm die Stimme des Hundes an und sagte: »Halali, juhu, wer viel fragt, kriegt viel Antwort, Rose.«

Das Mädchen blickte misstrauisch zwischen Rose und dem Hund hin und her. »Vorhin haben Sie es besser hingekriegt.«

Jemand rief: »He, schaut mal! Der alte Thompson ist endlich aus seinem Haus gekommen!«

Das Mädchen mit der Katzenaugenbrille hielt die Luft an, wandte sich wieder der Parade zu und vergaß Rose und den Hund.

»Sag jetzt mal lieber nichts mehr, okay?«, flüsterte Rose in das Hundeohr. »Es macht mir nichts aus, wenn du mir nicht helfen kannst oder willst. Aber es macht mir was aus, für verrückt erklärt zu werden – also halt dich bitte etwas zurück.«

Der Hund brummte empört, sagte aber nichts mehr.

Es bogen jetzt die letzten Festwagen auf die Hauptstraße ein, und die Parade ging dem Ende entgegen. Zum Schluss der Prozession kam der größte der Wagen: ein motorisiertes Podium, geschmückt mit vielen hundert Schichten rotbrauner Fischschuppen aus Papier. Darauf stand ein riesiger goldener Thron, der – so dachte Rose – bestimmt nichts anderes war als farbige Folie über einem normalen Stuhl. Und darauf thronte die älteste Person, die Rose bisher in der Stadt gesehen hatte.

Das Mädchen war ungefähr neunzehn oder zwanzig, noch nicht lange aus der Highschool. Sie trug eine weinrote Hose mit weiten Beinen und eine pinkfarbene Bluse, die bis zum Hals zugeknöpft war. Ihre Lippen waren knallrot, ihre hervortretenden Wangenknochen mit Rouge gefärbt, und ihre langen schwarzen Haare waren zu großen, lockeren Wellen frisiert wie die eines berühmten Filmstars aus früheren Zeiten. Sie erinnerte Rose an eine jüngere und nicht ganz so elegante Version von Tante Lily.

Die Menge jubelte noch immer, aber nicht mehr so begeistert wie zuvor. Das Mädchen mit der Katzenaugenbrille verzog die Lippen, als hätte sie etwas Saures gegessen.

Die Schöne erhob sich von dem Thron und winkte, während der Festwagen vorüberzog. »Danke, meine Lieben. Eure Liebe ist wie ein Vitamincocktail, und ich, die Marchesa, stärke mich damit!«

»Was ist eine Marchesa?«, fragte Rose den Hund.

Er neigte ihr den Kopf zu, aber das Mädchen mit der Katzenaugenbrille sagte: »Bürgermeisterin. Nur so ein Phantasietitel, den sie ausgewählt hat, weil sie das Wort *Bürgermeisterin* nicht mochte.«

Der Wagen der Marchesa bog um die Ecke des Platzes und folgte der Parade, wohin diese auch immer verschwinden mochte. Die Menge begann sich aufzulösen, und bald blieben Rose und der Hund alleine auf dem zertrampelten Rasen zurück, während die Kinder und Teenager in den Häusern verschwanden, die um den Platz standen.

»Ich glaube, was das Katzenaugenmädchen über die Marchesa gesagt hat, war eine Lüge«, sagte Rose. Sie griff in die Tasche und zog den winzigen Schokoriegel heraus. »Vielleicht ist sie so was wie *America's Next Topmodel.*« Und ehe sie die Schokolade in den Mund steckte, setzte sie noch hinzu: »Nur eben aus Kanada.«

»Ich mag dir vielleicht keine Hinweise geben dürfen«, sagte der Hund, »aber das heißt nicht, dass ich dir keine

Hilfe bin. Was, glaubst du, stimmt nicht mit diesem Ort?«

Rose setzte sich auf eine Parkbank. »Also, erstens, die Sonne geht von der falschen Richtung her auf, aber vielleicht sind wir ja auch durch die Reise hierher ordentlich umgedreht worden. Und die Uhr läuft rückwärts, aber vielleicht haben sie sie nur so eingestellt … als Scherz oder so?«

Der Hund hob die buschigen Augenbrauen. »Glaubst du, dass es so einfach ist?«

Rose seufzte. »Dazu kommt die Tatsache, dass alle seltsam gekleidet sind und dass es keine Erwachsenen gibt, außer vielleicht der Marchesa, je nachdem, wie alt sie ist.« Rose lehnte sich zurück und ließ die Schultern hängen. »In Bezug auf sie habe ich kein gutes Gefühl. Vielleicht täusche ich mich ja, aber ich habe schon zu viele fiese Leute mit hochtrabenden Titeln getroffen, die gerne auf Thronen sitzen.«

Der Hund schüttelte sich. »Lass uns damit anfangen! Finde alles über diese sogenannte Marchesa heraus.«

Auf der anderen Straßenseite war ein Blumenladen, vor dem ein Zeitungskasten stand. Warum nicht dort beginnen? Rose sah in beide Richtungen, ehe sie die Straße überquerte, aber sie hätte sich nicht die Mühe machen müssen – abgesehen von den Festwagen gab es in dieser Stadt keinen Verkehr. Nicht mal ein *Fahrrad* war in Sicht.

Ein paar Jungen in alten Anzügen sahen Rose und den Hund schräg an, aber sie ignorierte die Typen einfach und bemühte sich so zu tun, als würde sie hierhergehören. Auf der anderen Straßenseite trat sie an den Zeitungskasten, der jedoch verschlossen war.

»Hast du vielleicht einen Vierteldollar?«, fragte sie den Hund, obwohl sie die Antwort schon wusste. »Oder Loonies oder Toonies oder wie sie ihre Münzen hier nennen.«

»Wirklich, Rosmarin, wo sollte ich denn Münzen mit mir herumtragen?«, brummte der Hund. »In einer geheimen Tasche unter meinem Fell?«

»Schon gut.« Rose hockte sich vor den Zeitungskasten und versuchte, durch die Glasscheibe des Kastens die erste Seite zu lesen. Der für Rose sichtbare Ausschnitt wurde fast komplett von einem Schwarzweißfoto der Marchesa eingenommen, die irgendwo in einem großen Büro saß, aber die Schlagzeile oder den Artikel konnte Rose nicht lesen.

Einen Text auf der Seite des Zeitungskastens konnte sie jedoch entziffern. »Da gehen wir hin!«, sagte sie und stieß mit dem Finger auf das aufgemalte Impressum. »Das Redaktionsbüro des *Anzeigers* ist in der Hauptstraße Nummer 3¼.« Sie schüttelte den Kopf. »Komische Adresse. Aber vielleicht ist das mit den Hausnummern hier in Kanada irgendwie anders.«

»Eine gute Spur, Rosmarin.« Der Hund wedelte mit dem Schwanz. »Die Reporter in dieser Stadt sollten ja wohl wissen, was hier los ist. Geh du voraus!«

An dem Blumenladen war eine goldene 2 als Hausnummer angebracht, und nebenan, in der Hauptstraße 3, befand sich eine Metzgerei, die noch nicht geöffnet hatte. Sie gingen an einem engen Gässchen vorüber und kamen zu Nummer 4, einer Bank.

Rose machte kehrt und spähte in das Gässchen. Die Mauern rechts und links waren aus Backstein, und an der Seite der Bank erhob sich eine wackelige Feuertreppe. Achselzuckend sah sie den Hund an und betrat die Gasse, wo sie eine unscheinbare graue Tür fand, auf die *3¼* gemalt war. Die Tür lag halbversteckt hinter einem Stapel ausrangierter Kisten, auf denen *Orville, Innereienlieferant* stand.

Rose klopfte. Niemand kam, obwohl sie hören konnte, dass drinnen Leute waren. Daher packte sie beherzt die Klinke und öffnete langsam die Tür. Der intensive Geruch nach altem Papier und Druckerschwärze wehte heraus.

Das Redaktionsbüro war klein und eng, nicht größer als

Roses Zimmer zu Hause. Hohe Aktenschränke standen an den Wänden, alle beladen mit Stapeln alter Zeitungen, die jeden Moment herunterzufallen drohten. Es gab zwei Schreibtische, beide mit alten Schreibmaschinen mitten darauf. Der linke war nicht besetzt, auch wenn die Lampe mit dem grünen Schirm an war. Die beiden Menschen in dem Büro drängten sich an dem rechten Schreibtisch zusammen.

Einer war ein Junge in Roses Alter. Genervt kramte er in einem Schubfach. Er hatte dunkle Haut und große braune Augen, die noch von dicken, runden Brillengläsern vergrößert wurden, und sein krauses, kurzes Haar war an der Seite gescheitelt. Wie jeder Jugendliche in der Stadt trug er Großvaterklamotten. Seine Hose war aus grauem Tuch, und über einem weißen Oberhemd und einer schlichten grauen Krawatte trug er eine hochgeknöpfte grüne Strickjacke, die mindestens ein paar Größen zu groß für ihn und an den Ellbogen abgetragen war. (Na gut, eher wie der Großvater von jemand anderem, dachte Rose bei sich – Großvater Balthasar bevorzugte saloppere Kleidung.)

Ein junger Redaktionsassistent in einem Zeitungsbüro war nichts so Ungewöhnliches. Wirklich seltsam war, dass die Person hinter dem Schreibtisch ein kleines Mädchen im Babyalter auf einem Hochstuhl war.

Die Kleine trug nichts außer einer dicken Windel und einer schwarzgeränderten Brille für Erwachsene und patschte mit ihren pummeligen Händchen auf die Tasten der Schreibmaschine.
Auf einem goldenen Täfelchen am Rand der Tischplatte stand: *Hedda Penny – Chefredakteurin*. Vielleicht war die Chefredakteurin kurz fort und hatte den Jungen beauftragt, auf ihr Baby aufzupassen, überlegte Rose.
Das kleine Mädchen bemerkte Rose und den Hund als Erste. Sie quietschte und schlug fester mit den Händen auf die Tasten, so dass die Schreibmaschine unsinnige Wörter auf die darinsteckende Papierseite hackte.
»Cosmo!«, lallte die Kleine. »Wiee aaam Besu.«
Erschrocken drehte sich der Junge in der Strickjacke um und schlug sich auf die Brust. Als er sah, dass es nur Rose und der Hund waren, fasste er sich. »Oh, hallo.«
Das Baby quietschte wieder, und der Junge nickte heftig. »Ja, ich sehe sie, Miss Penny. Danke, Miss Penny.«
»Ähm, hi«, sagte Rose und hob grüßend die Hand. »Ich heiße Rose. Ich bin hier zu Besuch in der Stadt und wollte wissen, ob ich ein paar Fragen stellen dürfte.«
Aus dem Augenwinkel sah sie, dass sich der Hund auch gerade vorstellen wollte; sie hielt ihm schnell die Schnauze zu.
Die großen Augen des Jungen wurden noch größer.

Wie der Blitz zog er einen gelben Block aus der Tasche und zog einen Bleistift hinter dem Ohr hervor. »Besuch? Sie sind eine Besucherin? Kein Scherz? Na so was. Wir hatten keine Besucher mehr seit …« Er kratzte sich das Kinn mit dem Ende des Bleistifts. »Ich kann mich nicht mal an die letzte Gelegenheit erinnern.« Er beugte sich vor. »Darüber müssen wir sofort eine Geschichte schreiben. Packen Sie aus, Rose.«

Das Baby in dem Hochstuhl stieß ein paar laute Töne mit unsinnigem Gebrabbel aus. Es nahm den Schnuller und warf ihn nach dem Kopf des Jungen.

Der verzog das Gesicht und wich aus. »Ja, tut mir leid, Miss Penny.« Er steckte den Block wieder in die Tasche und streckte die Hand aus. »Cosmo, Starreporter, zu Ihren Diensten.« Das Baby machte ein finsteres Gesicht. »Äh, *Junior* Starreporter.«

Rose schüttelte ihm verwirrt die Hand – sie war es nicht gewöhnt, gesiezt zu werden –, und er lächelte, als er die Blumen-Corsage an ihrem Handgelenk sah. »Na, das ist ja ein hübscher Schmuck. Genau richtig für den Traditionstag.« Dann ging er in die Knie und kraulte den Hund hinter den weißen Schlappohren. »Und wer ist dieser stramme Bursche?«

»Das ist mein Hund«, log Rose. »Er heißt … äh … Lester!«

Der Hund stieß ein aufgebrachtes Jaulen aus, und Rose zuckte die Schultern. Der Name war ihr eben spontan eingefallen.

Ein Gummiband flog durch den Raum und traf Cosmos Ohr. »Hungiie!«, jammerte das Baby.

»Ja, Miss Penny«, murmelte Cosmo. Er hielt einen Finger hoch und bedeutete Rose zu warten, dann verschwand er hinter einem der Aktenschränke. Mit einem Fläschchen kehrte er zurück. Das Baby grabschte danach und begann zu trinken, was auch immer in der Flaschen drin sein mochte.

Cosmo trat an einen Kleiderständer neben der Tür, hängte sich einen Trenchcoat über den Arm und setzte einen Filzhut auf. Im Hutband steckte ein kleine Karte, auf der *PRESSE* stand. »Miss Penny macht jetzt ihre morgendliche Frühstückspause, wie wär's also, wenn Sie und Lester mit mir ein spätes Frühstück im Silver Spoon einnehmen und ausführlich darüber reden, was Sie nach Bontemps geführt hat?« Er wartete nicht auf eine Antwort und öffnete die Tür in die Gasse. Rose und der Hund folgten.

»Geht das denn in Ordnung, Miss Penny allein hier zu lassen?«, fragte Rose.

Cosmo, der schon halb auf der Straße war, zog seinen Trenchcoat an. »Na klar, warum denn wohl nicht?«

Rose und der Hund warfen sich einen nervösen Blick zu. »Ich meine, sie ist –«

»Anspruchsvoll? Hilfsbedürftig? Eine Besserwisserin?« Am Ende der Gasse blieb er stehen und drehte sich nach Rose um. »Verstehen Sie mich nicht falsch. Ich will nichts Schlechtes über die Gute sagen. Sie nimmt mich nur ganz schön hart ran, weil sie weiß, dass das schon meine vierte Laufbahn ist.« Er warf die Hände hoch. »Aber ich bin schon seit einem Jahr beim *Anzeiger*, und sie will mich immer noch nicht befördern, dabei bin ich doch der einzige Reporter hier!«

Rose blinzelte ihn verwundert an. »Sie reden von Miss Penny.«

»Natürlich«, erwiderte er.

»Von Miss Penny, *dem Baby.*«

Cosmo prustete. »Hallo, jetzt sind Sie aber die Besserwisserin.« Er schnupperte, und sein Gesicht verzog sich zu einem breiten Grinsen. »Sieht so aus, als ob Jumpin' Jimmy die Burger heute schon früh fertig hat! Haben Sie je einen Frühstücksburger gegessen? Also, wenn Sie noch keinen im Silver Spoon versucht haben, haben Sie eigentlich noch gar keinen versucht.« Und schon marschierte er wieder los und verschwand auf der Hauptstraße.

»Trödel nicht«, flüsterte der Hund Rose zu. »Wenn er meint, dass das Baby allein klarkommt, dann wird das schon stimmen.«
»Kanada wird immer seltsamer und seltsamer«, flüsterte Rose zurück. »Seine *vierte* Laufbahn? Bekommen die Kinder in Kanada Jobs, statt in die Schule zu gehen? Ist das überhaupt erlaubt?«
»Fragen wir ihn und finden alles heraus«, sagte der Hund und trottete hinter dem Jungen her.
Sie folgten Cosmo bis zur nächsten Ecke der Hauptstraße und zu dem Diner, den Rose ja schon gesehen hatte. Als sie eintraten, hörten alle Kids an der vorderen Theke und auf den Plätzen in den Nischen zu reden auf. Sie verdrehten die Köpfe und starrten Rose unverhohlen an. Cosmo schien unbeeindruckt und steuerte rasch eine Nische am Fenster an, doch Rose spürte, wie ihr alle Blicke folgten. Das einzige Geräusch kam vom Brutzeln aus der Küche und von jemandem, der langsam einen Milchshake schlürfte.
Rose schob den Hund in die Nische und quetschte sich neben ihn. Cosmo setze sich ihnen gegenüber. Er ließ seinen Trenchcoat neben sich fallen und legte den Hut darauf. Alle um sie herum fingen wieder zu essen an, wobei sie jetzt aber heftig miteinander flüsterten.

Eine Kellnerin in einer blauen Schürze, die einen Kaugummi schnalzen ließ, kam an den Tisch. Sie konnte nicht älter als acht Jahre sein und kaum über die Tischplatte blicken.

»Was darf's denn heute für Sie sein, Cosmo?«, fragte sie gelangweilt.

»Für mich einen Schweinekloß im Rindersattel mit Hühnerfrucht«, bestellte Cosmo. »Ach ja, und 'ne doppelte Portion von Jimmys Poutine.« Er nickte Rose zu.

»Ähm, vielleicht nur Wasser für mich«, sagte Rose. Doch ihr Magen knurrte plötzlich. Sie hatte zwar in Calamity Falls vor Reisebeginn noch etwas gegessen, aber ein Nachtisch konnte wohl nicht schaden. »Und ein Stück von eurem besten Apfelkuchen.«

»Burger und Kuchen zum Frühstück«, sagte die Kellnerin und musterte beide von Kopf bis Fuß. »Kommt sofort.«

Der Hund jaulte und schlug mit der Pfote auf den Tisch. Darüber lächelte die Kellnerin tatsächlich. »Schon lange her, seit ich hier einen Hund gesehen habe. Für dich kommt ein Knochen, mein Hübscher. Geht aufs Haus.«

Cosmo zog wieder seinen Block heraus und bebte praktisch vor Übereifer. »Wir haben ein bisschen Zeit, bevor unser Futter kommt, also legen Sie mal los. Wie alt sind Sie, Rose?«

»Ich?«, fragte Rose. »Ich bin dreizehn. Hm, und wie alt *sind Sie*?«

»Wissen Sie«, sagte Cosmo, »das ist 'ne gute Frage, und ich erinnere mich nicht so recht an die Antwort. Geboren bin ich vor langer Zeit, das weiß ich. Irgendwann nach der Jahrhundertwende.«

So lange war die Jahrhundertwende ja noch nicht her, dachte Rose. Vielleicht sah Cosmo einfach nur jung aus und war näher an Tymos Alter dran als an ihrem.

»Verstehen Sie mich nicht falsch«, sagte Rose, »aber alle Leute, die ich hier gesehen habe, sehen sehr jung aus.«

Die Kellnerin sauste vorbei und hielt gerade lang genug, um dem Hund einen dicken Knochen hinzuwerfen und Rose und Cosmo Kaffee einzuschenken. Der Hund fing zu sabbern an und machte sich über seinen Knochen her.

»Wie sie zum Beispiel«, sagte Rose und winkte hinter der Kellnerin her. »Sie ist nicht mal so alt wie mein kleiner Bruder, und trotzdem arbeitet sie hier.«

Cosmo lachte. »Sie müssen sich vielleicht mal die Gucker untersuchen lassen. Der Raum hier ist voll mit alten Knackern!« Geistesabwesend rührte er seinen

Kaffee um und dachte nach. »Ich nehme mal an, Sie kommen tatsächlich von draußen. Vielleicht sind die Dinge dort, wo Sie herkommen, ja anders.«

»So anders können sie auch nicht sein«, sagte Rose.

Im Diner war es plötzlich still geworden, und als sich Rose heimlich umsah, merkte sie, dass sie wieder von allen Kids angestarrt wurde. Wenn sich ihre Blicke trafen, blickten sie schnell weg und interessierten sich auf einmal für ihre Mahlzeit.

»Warum starren mich alle an?«, flüsterte Rose. »Ich fühl mich allmählich ein bisschen unbehaglich.«

»Ach, kümmern Sie sich nicht um die«, sagte Cosmo mit wegwerfender Handbewegung. »Sie sind nur neugierig, wer die geheimnisvolle Fremde in der Stadt ist.«

Rose brauchte eine Weile, ehe sie begriff, dass er von *ihr* redete.

»Es ist schon seit ganz, ganz langer Zeit kein Fremder hier gewesen.« Etwas nervös geworden, fing Cosmo plötzlich auch zu flüstern an. »Wenn ich es recht bedenke, war es vielleicht keine so gute Idee, Sie im Silver Spoon zur Schau zu stellen.«

Der Hund hörte auf, an dem Knochen zu nagen, und verhielt sich still. Rose warf ihm einen Blick zu, und der Hund nickte. Das war vielleicht die Spur, nach der sie suchten.

»Wie lange ist es denn genau her?«, fragte sie leise. »Seit der letzte Besuch hier war?«
Cosmo wiegte sich hin und her und dachte über die Frage nach. »Ehrlich gesagt, schon so lange, dass ich den Überblick verloren habe. Aber ich würde mal schätzen … nicht ein Einziger ist in den letzten fünfzig Jahren nach Bontemps gekommen oder wieder abgereist.« Er sah Rose an. »Bis auf Sie.«

Kapitel 5
Zeitverschiebung

»Seit fünfzig Jahren keinen Besuch?«, rief Rose.

»Nicht so laut!« Cosmo blickte nervös um sich, um festzustellen, ob jemand mitgehört hatte. Die anderen Diner-Kids lasen jedoch die Zeitung und schlangen ihr Frühstück hinunter, und der Raum war von dem entspannten Summen ihrer Unterhaltungen erfüllt. »Ich war so begeistert, dass ich den Exklusivbericht von Ihnen bekomme, dass ich –«

Die winzige Kellnerin tauchte wieder am Tisch auf. Sie stemmte ein großes rundes Tablett, das schwer mit Essen beladen war. Auf Cosmos Burger zerlief ein weiches Spiegelei (»wir nennen es *Raus aus den Federn!*«, sagte er schmatzend), und *Poutine* stellte sich als Pommes mit Soße und zerlaufenem Käse heraus. Roses Stück Apfelkuchen – Apfel und Zimt, wenn man von dem warmen Duft ausging – wurde mit einer Kugel Vanilleeis serviert.

»Ich dachte, ich würde die Köter von jedem, der hier wohnt, kennen«, sagte die Kellnerin zu Rose und konnte ihre Neugier nicht verbergen. »Aber Sie und Ihren Hund hab ich noch nie gesehen.«

»Äh«, machte Rose. »Ich … hm …«

Cosmo schirmte den Mund mit der Hand ab und deutete mit dem Daumen der anderen Hand auf Rose. »Broomenthal«, flüsterte er.

Die Kellnerin lächelte. »Ach so! *Das* erklärt alles, was? Selbst den Hund und die Werftarbeiter-Klamotten.«

»Werftarbeiter?« Rose sah an sich hinunter. Sie trug Jeans und eine Leinenjacke, aber verglichen mit den bunten Kleidern und den Ausgeh-Anzügen, die die anderen trugen, war sie vielleicht tatsächlich nicht ganz angemessen gekleidet.

Die Kellnerin tätschelte Rose auf mütterliche Art die Hand, obwohl sie kaum wie eine Drittklässlerin aussah. »Wie nett, dass mal jemand von Ihnen vorbeischaut. Kommen Sie ruhig jederzeit herein, Liebes, und bringen Sie auch den hübschen Kerl da mit.« Sie kraulte den Hund hinter dem Ohr. »Du magst die alte Mildred doch, was, Kerlchen?«

Die Kellnerin lächelte Rose und Cosmo nochmals zu, dann machte sie kehrt und ging wieder.

»Was ist *Bloomenfeld*?«, fragte Rose. »Eine Art Erkennungswort?«

»Broomenthal«, verbesserte Cosmo mit dem Mut voller soßentriefender Pommes. »Nö, nichts dergleichen. Der Broomenthal-Klan lebt draußen im Hinterland. Sie kommen fast nie in die Stadt. Da draußen wohnen Dutzende von denen, und keiner hat den Überblick, wer wer ist. Wenn also jemand fragt, dann sind Sie 'ne Broomenthal.«

»Von mir aus«, sagte Rose. »Aber warum kommen die Broomenthals niemals in die Stadt?«

Cosmo biss in den triefenden Burger. »Sie sind eine uralte Zirkusfamilie. Sie wissen schon, diese Leute, die sich von Trapezen schwingen und Löwen bändigen und so weiter.«

Der Hund neben Rose schnalzte tadelnd mit der Zunge und schob mit der Vorderpfote eine Papierserviette über den Tisch.

Cosmo prustete los. »Na so was. Sagen Sie mal, kann Ihr Hund noch mehr Tricks?«

»Warum?«, fragte Rose und warf dem Hund einen

finsteren Blick zu, der so viel bedeuten sollte wie: *Gib doch nicht so an.*

»Die Broomenthals haben sich zurückgezogen, aber sie haben noch alle ihre Zirkustiere. Vor allem Löwen und Tiger, aber auch ein ganzes Rudel dressierter Hunde«, sagte Cosmo und wischte sich den Mund mit der Serviette ab. »Wenn Ihr Hund den einen oder anderen Trick beherrscht, hilft das, die Leute zu überzeugen, dass Sie eine Broomenthal sind. Also, was kann er?«

»Hm, Tricks?«, wiederholte Rose und sah den Hund an.

»Jep!«, sagte Cosmo gespannt.

Ehe Rose antworten konnte, verdrehte der Hund die Augen, hob eine seiner schweren Pfoten und ließ sie fest auf den Löffel fallen, der unter dem Eis neben Roses Stück Apfelkuchen steckte.

Der Löffel schnellte hoch und schleuderte die Vanilleeiskugel in die Luft. Als die Eiskugel im Bogen wieder nach unten flog, sprang der Hund hoch, fing sie gekonnt mit dem Maul auf und verschlang sie mit einem Bissen.

»Heiliger Strohsack!«, krähte Cosmo. »Das ist vielleicht ein kluger Köter, den Sie da haben, Rose!«

Obwohl der Hund sich so über Cosmos verschmierten Mund aufgeregt hatte, schien er den Bart aus geschmolzenem Vanilleeis gar nicht zu bemerken, der ihm von der eigenen Schnauze tropfte. Verlegen klopfte er mit dem Schwanz auf den Boden und leckte sich die Lefzen.

»Ja, er ist manchmal echt cool!« Rose rollte mit den Augen. »Eigentlich wollte ich das Eis gerne selbst essen«, sagte sie zu dem Hund.

»Sie haben nicht zufällig Clownsklamotten in Ihrem Rucksack da, oder?«, fragte Cosmo. »Übergroße Clownslatschen vielleicht?«

»Nein.« Rose runzelte die Stirn. »Was ich allerdings habe, ist ein Gummihuhn.«

Cosmo biss wieder in seinen Burger. »Schade. Sie könnten so tun, als wären Sie der Clown der Familie Broomenthal – keiner weiß doch wirklich, wie der unter der Theaterschminke aussieht. Aber egal. Der dressierte Hund sollte reichen, um die Leute von Ihrer Geschichte zu überzeugen.«

Rose deutete auf die anderen Gäste. Nach dem Eiskugeltrick des Hundes hatten einige erneut zu flüstern und zu glotzen angefangen. »Ich verstehe ja, dass die Leute starren, wenn einer zum ersten Mal seit fünfzig Jahren zu Besuch kommt«, sagte sie. »Aber warum soll ich so tun, als ob ich einer von den Bloomenfelds bin?«

»Broomenthals!« Cosmo schaufelte sich den Rest seines Frühstücksburgers in den Mund, dann schluckte er. »Ich verstehe, dass Ihnen das seltsam vorkommt. Aber es ist besser als die Alternative.« Er deutete aus dem großen Fenster, vorbei an dem Pavillon in der Grünanlage. »Sehen Sie das Haus da drüben? Das mit der Statue?«

Rose konnte nicht viel erkennen – zu viele Bäume waren im Weg –, aber sie konnte durch die Zweige und die aufgehängten Ballons ein bisschen Gold blitzen sehen.

»Ich glaube schon«, sagte sie und kniff die Augen zusammen. »Wessen Haus ist das?«

»Sie haben sie vorhin gesehen, wenn Sie bei der Parade waren«, sagte Cosmo. Zum ersten Mal, seit Rose ihm begegnet war, wurde sein Schlaubergerblick mit den großen Augen hart. »Die Marchesa.«

»Das hübsche Mädchen auf dem Festwagen?«, fragte Rose. Ihr schwante, dass es mit der Marchesa nichts Gutes auf sich hatte, und wie es schien, lag sie mit der Vermutung richtig.

Cosmo machte ein finsteres Gesicht. Er knüllte seine Serviette zusammen und warf sie auf den Teller. »Wenn die Marchesa wüsste, dass Sie hier sind, würde sie ausrasten. Nicht speziell wegen Ihnen. Jeder ist unwillkommen. Und deshalb sollten Sie sich lieber bedeckt halten, solange Sie hier sind.«

»Bedeckt halten?«, wiederholte Rose.

Cosmo nickte. »Genau das hab ich gesagt.«

»Indem ich mich als Clown verkleide und meinen Hund Kunststückchen machen lasse?«

Cosmo hielt einen Finger hoch, als sei über seinem Kopf eine Glühbirne angegangen. »Warten Sie mal, ich hab 'ne bessere Idee. Statt als Broomenthal aufzutreten, könnten Sie auch die Stadt verlassen! Dann würde die Marchesa nie merken, dass Sie überhaupt hier waren!« Er hielt den Finger noch höher. »Hey, Mildred«, rief er. »Die Rechnung bitte!«

Roses erster Gedanke war: *Natürlich* könnte sie einfach verschwinden. Sie hatte ja überhaupt nicht nach Bontemps kommen wollen! Ihr zweiter Gedanke war: Natürlich konnte sie *nicht* verschwinden. Sie musste die Prüfung bestehen.

Mit einem Seufzer sagte sie. »Wir können nicht gehen«, während der Hund gleichzeitig sagte: »Wir gehen nirgendwohin, junger Mann.«

Cosmo, die Hand immer noch in der Luft, erstarrte und sperrte den Mund auf. Hinter seiner dicken Brille sah er den Hund blinzelnd an. »Haben Sie –«

Die Kellnerin kam mit der Rechnung. Cosmo schnappte

den Zettel und scheuchte sie fort. »Jetzt nicht, Mildred. Wir haben noch was zu besprechen.«
Die kleine Kellnerin marschierte empört davon. »Jetzt mal halblang, Cosmo. *Sie* haben schließlich nach *mir* gerufen.«
Cosmo konnte den Blick nicht von dem Hund abwenden. »Also, entweder bin ich plemplem – und das wirft mir immer mal jemand vor, besonders Miss Penny, wenn ich verlange, befördert zu werden – oder Ihr Hund da hat gerade geredet.«
»Ja«, sagte Rose und warf dem Hund einen finsteren Blick zu. »Ich meine, nein, Sie sind nicht plemplem. Er hat geredet. Obwohl ich ihn gebeten hatte, das *nicht* zu tun.«
Cosmo traten fast die Augen aus den Höhlen. »Wenn das nicht *der Knüller* ist!« Er schlug seinen Block auf und zog den Stift hinter seinem Ohr hervor. »Dass Gäste in der Stadt sind, vergessen wir mal. *Das hier* ist 'ne Geschichte. Damit komme ich endlich auf die Titelseite!«
Der Hund knallte die Pfote auf Cosmos Block. »Sie haben doch selbst gesagt, niemand dürfe wissen, dass wir hier sind.«
Cosmo sah nervös von dem Hund zu Rose. »Aber auf so 'ne Geschichte stößt man nur alle Jubel-«

Der Hund bleckte die Zähne.

»Hm, okay.« Cosmo steckte den Stift wieder hinters Ohr. »Ich sehe das ein. Und wenn ich verspreche, die Geschichte nicht zu veröffentlichen, bis Sie mir das Okay geben?«

Rose lächelte. »Ich glaube, damit können wir leben.«

Der Hund lächelte ebenfalls – oder zog die Lefzen hoch, damit es ein bisschen aussah wie ein Lächeln.

»Super!«, sagte Cosmo. »Aber was ich *nicht* verstehe, ist, wie ein Hund wie Sie überhaupt reden kann, Lester. Ihr Maul ist dafür nicht richtig geeignet.« Erschrocken zog er die Luft ein. »Ist es ein militärisches Experiment? Ich wette, es ist ein militärisches Experiment!«

»Sie täten gut daran, keine voreiligen Schlüsse zu ziehen«, sagte der Hund, zog Cosmos Teller näher und schleckte die restliche Soße ab. »Erstens ist mein Name nicht *Lester*. Sie können mich einfach *Hund* nennen.«

Cosmo lachte los und zog alle möglichen Blicke auf sich. »Hund, hä? Nichts leichter als das.«

»Zweitens«, fuhr der Hund fort, während er weiter schleckte, »bin ich *kein* militärisches Experiment. Einige sagen, ich sei ein Geist.«

»Ein Geist!« Cosmo stieß einen Pfiff aus. »Hab schon immer mal einen Geist treffen wollen, schon seit meine

Großmutter dahingegangen ist. Sie sind also ein Gespenst!«

»Eher so etwas wie ein magisches Wesen«, erklärte Rose.

Cosmo fiel die Kinnlade herunter. »Magisch?«, krächzte er.

Der Hund schnaubte. »Ja, ja, Magie wird zur Wirklichkeit, Ihr Leben wird nie wieder so sein wie zuvor, nachdem Sie das jetzt wissen und so weiter und so fort. Können wir den ganzen Quatsch lassen? Rose und ich dürfen keine Zeit verplempern.«

»Alles klar, Herr Hund. Wenn Sie sagen, dass es nichts Besonderes ist, dann ist es das nicht ...« Cosmo versuchte – ohne großen Erfolg, fand Rose – nicht zu zeigen, wie durcheinander er war. »Aber darf ich zumindest fragen, *warum* Sie hier sind, Rose und Sie?«

Der Hund legte seinen großen, struppigen Kopf auf den Tisch. »Diese Stadt ist in großer Gefahr, und Rosmarin und ich sind hierhergebracht worden, um euch alle zu retten.«

Cosmo lehnte sich zurück. »Gefahr, was? Wüsste nicht, was das für 'ne *Gefahr* sein sollte. Alles scheint in Ordnung zu sein hier in Bontemps. Keine Raubüberfälle, keine Unruhen irgendwelcher Art – deshalb ist es ja so schwierig, über etwas in der Zeitung zu berichten.«

»Aber irgendwas *kann* doch nicht stimmen«, wandte Rose ein, berührte die gelbe Blume an ihrem Handgelenk und dachte an den Ball, der ihr entging. »Sonst ergibt es keinen Sinn, dass wir hier gelandet sind.«
Der Hund leckte Rose die Hand. »Aber sicher kannst du dir doch inzwischen denken, was hier nicht stimmt, Rosmarin Glyck.«
Konnte sie das?
Wenn nur ihre Mutter da wäre, wünschte sich Rose, um ihr zu helfen, das Geheimnis um Bontemps zu lösen. Sie stellte sich vor, wie ihre Mutter mit ihrem unvermeidlichen Klecks Teig auf der Wange ihr am Tisch gegenübersaß, neben dem total verwirrten Cosmo. Wie immer hätte sie ihre krausen schwarzen Haare zurückgebunden und würde in Ruhe eine Tasse Tee trinken.
Sag mir, was du denkst, Rosie, würde Polly fragen.
Laut sagte Rose: »Irgendwas Seltsames passiert mit der Zeit.« Durch das Fenster warf sie einen Blick auf die große Turmuhr mit den rückwärtswandernden Zeigern. »Und alle, die hier leben, sind Kinder und komisch angezogen.«
Cosmo sah an seiner grünen Strickjacke hinunter. »Hören Sie mal, das ist meine Glücksjacke!«
Rose war zu konzentriert, um darauf zu reagieren.

»Wie sie hier mit ihren Babys umgehen, ist *kein bisschen* normal. Und dann ist da die Marchesa.« Sie sah den Hund an. »Wenn ich mal raten sollte, würde ich sagen, dass sie hinter allem steckt, was hier vor sich geht. Sie muss was Magisches gebacken haben, das alle verwunschen hat – vielleicht, damit es keine Erwachsenen gibt und sie alles bestimmen kann.«
Der Hund klopfte mit dem Schwanz an die Plastiklehne der Bank. »Gut gemacht, Rosmarin. Ich bin zu einem ähnlichen Ergebnis gekommen. Zwei plus!«
Rose blinzelte, und plötzlich war ihre Mutter wieder weg. Sie freute sich über das Lob des Hundes, denn es bedeutete, dass sie einen Schritt näher daran war, wieder nach Hause zu kommen, zurück zu ihren Brüdern und ihren Eltern und Nella. Und zu Devin. Obwohl ihr Cosmo direkt gegenübersaß und der Hund neben ihr, konnte sie nicht anders: Sie fühlte sich allein gelassen.
Cosmo schüttelte den Kopf. »Ich hab das zwar alles nicht so ganz verstanden, aber die Marchesa ist schon *immer* eine zwielichtige Gestalt gewesen.«
»Es muss doch jemanden in der Stadt geben, der weiß, was hier los ist«, überlegte Rose. »Schade, dass wir die Marchesa nicht selbst fragen können.«
»Auf keinen Fall!« Cosmo ließ ein paar bunte Geld-

scheine auf dem Tisch liegen, um die Rechnung zu bezahlen, dann rutschte er aus der Nische. »Aber ich glaube, ich weiß genau, mit wem Sie reden sollten.«

»Mit wem denn?«, fragte Rose, während sie und der Hund Cosmo folgten.

»Mit unserer Bibliothekarin. Sie ist eine Intelligenzbestie und weiß alles, was man wissen muss. Und wenn sie es nicht selbst weiß, dann weiß sie zumindest, wo man nachschlägt, um es herauszufinden.« Er warf Rose einen warnenden Blick zu. »Sie kann allerdings … *launisch* sein, wir bringen ihr also besser ihr Lieblingsessen mit. Um sie milde zu stimmen, wenn Sie verstehen, was ich meine.«

Der kalte Vormittag überfiel Rose, als sie auf die Straße traten, wo ein Junge in einem Blaumann einen Besen über die Straße schob und Konfetti zusammenfegte. Rose hob die Hand schützend gegen die Sonne über die Augen. »Was empfehlen Sie?«

Cosmo schob nachdenklich die Lippen vor. »Ein Glas Erbsenpüree sollte den Zweck erfüllen.«

Kapitel 6
Die Geschichte der Katze

Die Bücherei lag an der östlichen Seite des Marktplatzes, ein großes, stattliches Backsteingebäude mit einem protzigen Eingang, der von Steinlöwen bewacht wurde. Rose saß auf der Steinbrüstung hinter einem der Löwen, um nicht aufzufallen, während sie auf Cosmo wartete. Er war in dem Laden neben dem Diner verschwunden, um das Erbsenpüree zu kaufen.

Der Hund lief ungeduldig am Fuß der Treppe auf und ab, doch Rose kümmerte sich nicht um ihn. Sie hatte den Blick auf den Uhrenturm gegenüber gerichtet. Es war jetzt anscheinend vier Uhr fünfunddreißig am Nachmittag, was bedeutete, dass sie seit über vier Stunden in der Stadt waren.

Und das bedeutete, dass zu Hause der Ball bereits angefangen hatte. Sie sah die Turnhalle vor sich, mit schummriger Beleuchtung und geschmückt mit Fähnchen und Luftballons, und ihre Mitschüler, die in ihren Abend-Outfits Arm in Arm hereinströmten. Devin half wahrscheinlich den Schülern, die für Beleuchtung und Musik verantwortlich waren, vermutete sie. Rose hoffte auf der einen Seite, dass er Spaß hatte, aber es bereitete ihr auf der anderen Seite auch Kummer, dass er womöglich ohne sie Spaß hatte.

»Ich hab eins!«, rief Cosmo. Er sprang die Stufen zur Bücherei herauf, in Händen ein Glas mit einer grünen Pampe. »Es war das letzte Glas im Regal, ich musste mich mit Jeremiah Creed darum streiten.«

Rose glitt von der Brüstung und nahm ihm das Glas ab. *Tante Idas selbstpürierte Erbsen*, stand auf dem Etikett.

»Nur das Beste!«, sagte Cosmo und zog die schwere Mahagonitür der Bücherei auf.

Rose schüttelte ihren Rucksack auf den Schultern zurecht, holte Luft und folgte Cosmo und dem Hund hinein.

Sie betraten einen langen Gang mit turmhohen Regalen, die bis zum Bersten mit allen möglichen bedrohlich wirkenden ledergebundenen Büchern vollgestopft waren. Die Luft war stickig und erfüllt vom Geruch nach altem Papier, und das Gebäude war still bis auf das Quietschen der Räder eines Bücherwagens, den jemand fortschob, ohne dass sie ihn sehen konnten.

»Folgt mir«, flüsterte Cosmo und ging voraus. Er war stillschweigend zum vertraulichen Du übergegangen, was die Situation für Rose zumindest ein bisschen weniger seltsam machte. Aber *normal* war hier trotzdem nichts.

Leise tappten sie den Gang entlang. Ihre Schritte wurden von einem alten, abgetretenen Teppich verschluckt. Gassen führten von dem ersten Gang zu weiteren Regalen, und Rose entdeckte Büchereiangestellte – alles Kinder und Teenager –, die stumm Bücher einordneten.

Cosmo bog um eine Ecke, und plötzlich standen sie auf einer freien Fläche in der Mitte der Bücherei. »Das ist ja riesig hier«, murmelte Rose und betrachtete eine lange Reihe von halbhohen Schränken mit Dutzenden von kleinen Schubfächern. Neben den Schränken standen blankpolierte, von altmodischen Lampen mit grünen Schirmen beleuchtete Tische, auf denen Bücherstapel lagen.

»Cosmo!«, rief ein Junge. Er war ungefähr in Roses Alter und blätterte in einem der Schubfächer, das, wie

Rose jetzt sehen konnte, mit Hunderten von weißen Kärtchen gefüllt war. Das musste ein alter Zettelkatalog sein – sie erinnerte sich, dass ihre Eltern ihr von so etwas erzählt hatten, wenn sie klagte, dass sie mit ihren Hausaufgaben nicht zurechtkam. »Du hast es doch leicht!«, sagte Albert dann. »Du kannst alles online nachgucken. Wir mussten uns mit Zettelkatalogen in der Bücherei herumplagen!« Rose musste unwillkürlich lächeln, als sie an ihren Vater dachte.

»Simon!«, sagte Cosmo und streckte die Hand aus. »Schlag ein, Kumpel!«

Ein Mädchen mit Haarknoten, das sich auf der gegenüberliegenden Seite des Saales befand, machte laut »Pscht!« zu ihnen herüber.

»Entschuldigung«, rief Cosmo, dann sagte er zu Simon: »Hast du Emma gesehen?«

Simon gab Cosmo die Hand. »Ja, sie ist da.« Dann taxierte er Rose und den Hund. »Und wen haben wir hier?«

»Bloomenfeld«, stotterte Rose.

Simons Gesicht verzog sich verwirrt. »Hä?«

»*Broomenthal*«, verbesserte sie Cosmo. Er legte Simon den Arm um die Schulter und führte ihn weg. »Das ist Rose, eine aus dem Broomenthal-Klan. Du weißt schon, die Zirkusleute von dem Siedlerhof.«

»Ach so, klar.« Simon sah sich erwartungsvoll nach Rose um, und Cosmo machte ihr mit seinen großen Augen stumme Zeichen, damit sie etwas sagte.

»Genau, und das hier ist mein Hund«, sagte sie und tätschelte dem Hund energisch den Kopf. »Ich bin, äh, Tiertrainerin.«

»Eine Hundetrainerin!« Simon schlug die Hände zusammen, und Rose hörte, wie das Mädchen mit dem Haarknoten erneut um Ruhe bat. »Ach, ist das nicht klasse.« Mit Babystimme sagte er zu dem Hund: »Was für ein feiner Bursche! Kannst du auch einen Trick, Kumpel? Hm?«

Der Hund kniff die Augen zusammen, verärgert, wie Rose annahm, aber er war eben ein Hund und fing an, wild mit dem buschigen Schwanz zu wedeln.

»Führe uns ein Kunststück vor, Lester«, sagte Rose.

Als er seinen *Namen* hörte, schnaubte der Hund, dann neigte er nachdenklich den Kopf. Nach einem Augenblick machte er Männchen und legte die Vorderpfoten auf einen der Tische. Mit dem Maul packte er das oberste Buch von einem der Stapel. Sorgsam schlug er den Deckel auf und fing an, mit seiner nassen Zunge darin zu blättern.

Als das Mädchen mit dem Knoten sah, wie der Hund über die alten Seiten schlabberte, griff sie sich an die

Brust und verschwand bestürzt zwischen den Regalen.
»Das melde ich!«
»Das ist ja toll!« Simon klatschte sich auf das Knie. »Er tut so, als ob er lesen kann wie die Menschen!«
»Ja, er ist ganz schön gewitzt.« Rose schubste den Hund sanft von dem Tisch, damit er aufhörte, das alte Buch mit Spucke zu tränken. »An dem Kunststück haben wir ganz schön lange gearbeitet.«
»Ist Emma denn in ihrem Büro?«, fragte Cosmo. Er tippte auf den Presseausweis, der in seinem Hutband steckte. »Recherche für 'ne große Geschichte.«
»Klar ist sie da!«, sagte Simon. »Ihre Assistentin hat sich heute krankgemeldet, geht also einfach rein.«
Mit dem Hund zusammen gingen Rose und Cosmo an Tischen und Katalogkästen vorbei auf eine schwere Tür zu. Vor der Tür stand ein unbesetzter Schreibtisch, und Rose nahm an, dass dort sonst die Assistentin saß. An der Tür war ein goldenes Schild, auf dem stand: *EMMA TILLEY – BIBLIOTHEKSLEITERIN*.
Cosmo klopfte leise, dann öffnete er die Tür und spähte durch den Spalt. Er warf einen Blick über die Schulter und winkte Rose und den Hund hinein.
So hatte sich Rose das Büro nicht vorgestellt. Es gab keinen Schreibtisch mit Computer oder mit einer Schreibmaschine wie vorhin in dem Redaktionsbüro.

Es war überhaupt nicht möbliert, mit Ausnahme eines *riesigen* Laufstalls, der fast den ganzen Raum einnahm. Wie fast alles in der Bücherei waren die Laufstallstäbe aus poliertem Mahagoni. Der Boden war gepolstert und übersät mit allen Arten von Spielzeug – Teddybären, Buchstabenklötzchen, ein buntes Xylophon – und mit bunten Bilderbüchern. Und in der Mitte lag ein Baby auf dem Bauch und schnarchte leise. Es hatte feine, zerzauste braune Haare und trug eine gelbe Strampelhose.

»Emma?«, sagte Cosmo leise und schlich auf Zehenspitzen an den Rand des Laufstalls. »Sind Sie wach?«

Das Baby schlug verschlafen die blassblauen Augen auf. Seine Unterlippe bebte, als würde es gleich losweinen, doch Rose stellte überrascht fest, dass es einen tiefen, beruhigenden Atemzug tat und sich sammelte. Das Baby – Emma, wie es schien – rollte sich auf die Seite und setzte sich langsam auf.

»Tut mir leid, dass ich Sie geweckt habe, Püppi«, sagte Cosmo, stützte sich auf den Rand des Laufstalls und lächelte. »Ich hab Ihr Lieblingsessen mitgebracht.«

Rose hielt ihm das Glas mit Erbsenbrei hin. Baby Emma folgte seiner Hand mit den Augen, und als sie hinter ihm Rose und den Hund entdeckte, quietschte sie vor Aufregung und verlor das Gleichgewicht. Sie kreiselte mit den stämmigen Ärmchen, was aber nicht half. Emma fiel mit einem kleinen Aufschrei auf den Rücken.

»Du bist es!« Sie starrte Rose in die Augen. »Ich darf doch Du sagen, nicht wahr? Ich kann nicht fassen, dass du hier bist!« Sie machte eine Pause, dann flüsterte sie ehrfürchtig: »Das Mädchen aus der Prophezeiung!«

Rose hatte in ihrem kurzen Leben schon viel gesehen, und sie hatte in der Glücksbäckerei alle möglichen Zauberrezepte gebacken. Daher dachte sie, dass *Magie* sie nicht mehr schockieren könne. Aber das winzige Baby mit der piepsigen Stimme wie eine sprachgewandte Erwachsene reden zu hören – also, das war noch mal eine ganz andere Hausnummer.

Rose ging in die Hocke und umklammerte die Stäbe des Laufstalls. »Du kannst ja reden.« Sie starrte dem Baby in die Augen. »In ganzen *Sätzen.*«

Emma runzelte die Stirn. »Natürlich kann ich das.« Sie blickte zu Cosmo hinauf, wobei sie ihren übergroßen Kopf so weit zurücklegte, dass sie fast wieder umkippte. »Machen Sie die Tür zu, Cosmo, ehe uns jemand stört. Niemand darf sie sehen!«

Cosmo gehorchte eilig.

»Ich wollte dich nicht kränken«, sagte Rose. »Ich bin nur ein bisschen überrascht.«

Emma kam ungeschickt auf Hände und Knie und krabbelte näher. »Entschuldige. Wenn ich nicht ausgeschlafen habe, kann ich nicht zu Höchstform auflaufen. Das Wecken macht mich immer schlechtgelaunt und hungrig … apropos.« Sie öffnete und schloss die Faust in Cosmos Richtung. Cosmo reichte ihr den Erbsenbrei. »Entzückend. Danke.«

Emma stellte das Glas auf den bunt bemalten Deckel eines Springteufelchens, dann sah sie Rose wieder aufmerksam an. »Du bist neu in der Stadt, du konntest also nicht wissen, dass ich nicht senil geworden bin wie so viele andere in meinem Alter.« Sie klopfte sich mit der Faust an die Stirn. »Ich habe noch ein paar gute Monate vor mir.«

»Wie war das mit der Prophezeiung?«, wollte Rose von ihr wissen. Vielleicht hatte das ja etwas mit ihrer Prüfung zu tun.

Emma nickte mit unkontrolliertem Wackeln des Kopfes. »Ach so, ja … Ich habe nicht erwartet, noch so lange da zu sein, dass ich diesen Tag erlebe.« Mit ihren pummeligen Fingern wischte sie sich ein paar Tränen fort. »Einen Moment, bitte. Ich kann dir die Einzelheiten holen.«

Das Baby kroch hinüber zu einem wackeligen Stapel Bücher in der Ecke des Laufstalls und fing an, sie beiseitezuschieben. Rose waren einige davon bekannt: *Olivia* mit dem Schwein im roten Kleid und *Wo die wilden Kerle wohnen* mit den ungebärdigen Monstern.

»Nein, nein, nicht diese«, murmelte Emma. »Aber es ist hier irgendwo.« Sie kicherte und hielt ein grünes Buch hoch. »*Gute Nacht, lieber Mond!* Cosmo, das müssen Sie mir nachher vorlesen. Es ist mein *Lieblingsbuch*.«

»Alles klar, Emma«, sagte Cosmo. »Aber Sie waren gerade bei der Prophezeiung?«

»Ach ja!« Endlich zog die Säuglingsbibliothekarin ein abgewetztes, in Leder gebundenes Tagebuch aus dem Stapel. Sie drückte es an die Brust und rollte sich durch den Laufstall zu Rose, Cosmo und dem Hund zurück.

»Ich habe mir sorgfältige Notizen zu dieser Prophezeiung gemacht. Steht alles hier drin.« Mit einem klebrig aussehenden Finger stieß sie mitten auf eine aufgeschlagene Seite. »*Ein Mädchen mit Hund erscheint in der Stadt / nachdem es Jahrzehnte keinen Besuch gegeben hat. / Sie befreit Bontemps vom finsteren Fluch / mit ihrem Hund und einem magischen Buch.*« Emma schlug das Tagebuch wieder zu. »Ich war damals nicht sehr gut im Dichten.«

Rose schüttelte verwirrt den Kopf. »Aber warum sollte

jemand *mich* ankündigen? Und von was soll ich die Stadt erlösen?«

»Von dem Fluch.« Emma schaukelte auf ihrem Windelpaket hin und her. »Auf Bontemps liegt ein Fluch.«

Ein Fluch, dachte Rose. Jetzt, wo sie es von Emma hörte, musste Rose einräumen, dass es logisch klang. Ein Fluch konnte tatsächlich die merkwürdigen Dinge hier in Bontemps erklären.

»Du wirkst, als ob du Ahnung von der Stadtgeschichte hättest«, brummte der Hund, »vielleicht kannst du genau erklären, worum es sich bei diesem Fluch handelt.«

»Oha, du kannst reden«, sagte Emma und blinzelte den Hund an. »Das passt. Es war nämlich ein anderes sprechendes Tier, das mir die Prophezeiung überbracht hat.«

Cosmo setzte sich auf den Teppichboden. »Kennt sich denn jeder mit redenden Tieren aus – außer mir? Ist ja ein Knüller!«

»Pscht, Cosmo.« Emma krabbelte an die Stäbe und zog sich mit ihrer Hilfe hoch. »Lasst mich von vorne anfangen. Jetzt bin ich ein Baby, aber vor hundert Jahren war ich schon mal ein Baby. Ich sehe vielleicht sehr jung aus, aber tatsächlich bin ich sehr alt. Genau wie Cosmo.«

Rose starrte Cosmo an. »Halt mal, du hast doch gesagt, dass du nach der Jahrhundertwende geboren bist.«
Cosmo kratzte sich das Kinn und sagte: »Genau – kurz nach 1900. Was hast du denn gedacht, was ich meinte?«
Der Hund nickte nachdenklich. »Und bist du in einem bestimmten Alter in der Zeit stehen geblieben – eingefroren sozusagen?«
»Nein, nein«, sagte Emma. »Ich bin wie jeder andere normale Mensch gealtert, bis ich fünfzig war oder so. Und dann bin ich wie jeder andere in Bontemps wieder jünger geworden.«
Rose sah zwischen Cosmo und Emma hin und her und versuchte sich vorzustellen, wie sie wohl als Erwachsene ausgesehen hatten. »Ach so!«, sagte sie dann langsam. »Dass die Uhr rückwärtsläuft, dass es nur junge Leute in der Stadt gibt, dass die Sonne auf der falschen Seite aufgeht – liegt das alles daran, dass sich die Zeit *rückwärts*bewegt?«
Emma wollte schon antworten, doch ihr Blick schweifte in die Ferne. Ein bisschen Spucke sabberte ihr aus dem Mundwinkel, und sie fing an, mit zuckenden Bewegungen in die Hände zu klatschen, als sei sie nicht geübt darin, ihre Arme zu benutzen. Nach einem Augenblick kam sie wieder zu sich. »Entschuldigt.« Sie

räusperte sich. »Je jünger ich werde, desto öfter passiert so was.«

Cosmo hielt eine Finger hoch. »Äh, ich will ja nicht unterbrechen, meine Damen, aber wer sagt denn, dass der Umstand, erst zu altern und dann wieder jünger zu werden, nicht vielleicht doch der *normale* Lauf der Dinge ist?«

»Nein«, sagten Rose, Emma und der Hund mit einer Stimme.

Cosmo nahm seinen Hut ab und fuhr sich durch die Haare. »Das ist vielleicht ein Hammer!«

»Zuerst«, fuhr Emma fort, »wusste keiner von uns, dass es ein Fluch ist. Wie Cosmo gerade gesagt hat, dachten wir alle, dass es eben ist, wie die Welt funktioniert. Aber dann begegnete ich dem Kater.«

»Einem Kater?«, fragte Cosmo.

»Bitte lassen Sie mich ausreden«, sagte Emma und seufzte wehmütig. »Ich war zum zweiten Mal eine junge Frau, da kam der Kater in die Stadt.« Die Bibliothekarin starrte in die Ferne und schüttelte geistesabwesend eine Babyrassel, während sie zurückdachte. »Er war grau und hatte seltsam gefaltete Ohren. Und das Seltsamste von allem war, dass er einen Ranzen auf dem Rücken trug. Ein Kater mit einem Rucksack! Und hier war schließlich nicht Paris, das hier war doch

Bontemps! Ich war neugierig, und da sprach er mich auch schon an, genau wie dieser Hund.« Emma deutete auf den Hund, der erwartungsvoll nickte. »Er klang ausländisch, wie von den britischen Inseln, glaube ich, und er meinte, er könne mir sagen, was mit unserer Stadt los sei, wenn ich ihm etwas Hering und Käse geben würde. Noch nie war ich einem sprechenden Tier begegnet, und zufällig hatte ich einen Vorrat an Hering und Käse im Haus, daher gab ich ihm, was er wollte, und er erzählte mir die Geschichte von dem Fluch, der auf Bontemps liegt.«

»Dieser Kater«, sagte Rose und wusste schon, wie die Antwort lauten würde, »wie hieß er?«

Emma kaute auf der Babyrassel, während sie zurückdachte. »Artischocke vielleicht? Aubergine?« Sie zuckte mit den schmalen Schultern. »Irgendwas mit A.«

»Asparagus?«, fragte Rose.

Emma klatschte freudig in die Hände. »Genau, das war's. Kennst du ihn?«

»Ja«, sagte Rose. Es konnte kein Zufall sein, dass Gus genau diese Stadt aufgesucht hatte, der sie jetzt helfen sollte, oder? »Wir nennen ihn Gus in meiner Familie. Ich nehme an, er steckt dahinter, dass ich jetzt hier bin.« Sie dachte an ihn und erinnerte sich an Tage, wie er als graues Häuflein gemütlich in ihrem Schoß gelegen hatte und sie ihn hinter seinen knubbeligen, gefalteten Ohren gekrault hatte. Er fehlte ihr. Außerdem wünschte sie, er wäre hier, denn, na ja, – sie hatte eine Menge Fragen.

»Gus ließ mich aus seinem Rucksack ein Buch ziehen, es war eine Art Rezeptsammlung, die er den *Anhang* nannte«, sagte Emma und fuhr mit ihrer Geschichte fort. »Wir hexten ein bisschen – oder besser, wir bereiteten ein Rezept zu, um genau zu sein. Etwas, das er als *Pudding der Prophezeiung* bezeichnete. Hat wie die allerfeinsten Karamellbonbons geschmeckt, die man sich vorstellen kann – und da erschien uns beiden eine Vision.« Emma sah Rose hoffnungsvoll an. »Von dir.«

»Potzblitz, wenn das nichts ist! Ein sprechender Kater!« Cosmo hatte seinen Block herausgeholt und hielt den Stift bereit, um mitzuschreiben. »Bist du also eine Hexe? Ist dieser Kater Avocado so was wie dein Hexenkater?«

Der Hund kam angetappt und zog Cosmo den Block heftig mit den Zähnen aus den Händen. Er spuckte ihn auf den Boden. »Du hast versprochen, die Geschichte nicht zu schreiben, ehe wir dir die Erlaubnis geben.«

»Entschuldigen Sie vielmals, Herr Hund.« Cosmo ließ den Kopf hängen.

»Wie wirst du vorgehen?«, wollte Emma mit piepsiger Stimme von Rose wissen. »Wir wirst du den Bann brechen?«

Rose hatte keine Ahnung. Die Zeit *umdrehen*? Die Sonne *rückwärtslaufen lassen*? Das war nicht so einfach, wie einen Zuckerwattesturm zu entfachen oder einen Schluckauf zu heilen. Das war Magie, die die normalen Naturgesetze nicht nur brach, sondern auch noch auf ihnen herumtrampelte.

Wie konnte sie diesen Fluch jemals rückgängig machen? Sie konnte weder ihre Eltern noch Tante Lily noch Großvater Balthasar fragen, und sie hatte nicht mal Basil, Tymo und Nella dabei, die ihre Ideen beisteuern konnten. Und das Backbuch mit seinem ganzen Wissen war wer weiß wie viele hunderttausend Meilen weit weg. Das Einzige, was Rose dabeihatte, war ein Haufen Plunder im Rucksack und einen Hund, der behauptete, ihr keine Tipps geben zu können.

»Rose, alles in Ordnung?«, fragte Cosmo und tätschelte ihr die Schulter.

Der Hund stupste sie an. »Rosmarin, wir haben herausgefunden, für welche Art von Problem wir die Lösung suchen. Deine Prüfung beginnt hier und jetzt. Antworte dem Baby.« Emma grummelte, und der Hund berichtigte: »Ich meine, der *Frau*.«

»Ich …«, krächzte Rose.
Von irgendwo über ihnen knackte ein Lautsprecher. Eine verzerrte Stimme kam über die Sprechanlage – es war Simon, Cosmos Freund.
»Emma, Sie bekommen Besuch!«, sagte er. »Die Marchesa ist im Anmarsch. Und sie will Sie auf der Stelle sehen!«
Emma kullerte erschrocken und ängstlich auf den Rücken. Zitternd rollte sie sich auf Hände und Füße.
»Rose, Hund, ihr müsst euch verstecken! Schnell!« Sie packte die Laufstallstäbe und rüttelte daran. »Wenn die Marchesa entdeckt, dass das Mädchen aus der Prophezeiung da ist, sind wir alle verloren!«

Kapitel 7
Die Geschichte des Hundes

»Verstecken?«, fragte Rose, und Panik stieg in ihr auf. »Wo?«
Alle sahen sich in dem Büro um. Abgesehen von dem riesigen Laufstall und den zahlreichen Plüschtieren gab es noch ein kleines Spülbecken mit Arbeitsplatte, aber dass Rose und der Hund in das Schränkchen darunterpassen würden, war unmöglich.
Rose merkte, wie sich ihr Magen drehte. Sie packte den Hund beim Schwanz. »Hund, trage uns wieder auf dem Wind davon!«
»Lass meinen Schwanz los«, erwiderte der Hund und schnappte nach ihrem Handgelenk. »Das geht nicht, solange wir in einem Gebäude sind. Und außerdem –

was für eine lächerliche Ausdrucksweise meiner Fähigkeiten!«

»Na gut«, sagte Rose. »Dann sag mir einer, wie wir hier rauskommen.« Sie deutete auf das kleine Baby in dem riesigen Laufstall. »Gibt es einen Hinterausgang oder ... ein Fenster?«

Baby Emma zuckte mit den rundlichen Schultern. »Leider nicht. Dieser Raum liegt im Mittelpunkt der Bücherei und hat nur die eine Tür.«

»Das ist ja gegen jede Betriebssicherheitsvorschrift«, murrte der Hund.

Cosmo lauschte an der Tür. »Du kannst doch zaubern, nicht?«, flüsterte er Rose zu. »Mach mal ein bisschen Hokuspokus und lass euch verschwinden! Verflixt, das würde ich zu gerne sehen. Ich könnte einen Bericht aus erster Hand verfertigen!«

Der Hund nickte Cosmo zu. »Schließ die Tür ab!«

»Gute Idee, Lester«, sagte Cosmo und drehte den Schlüssel um.

»Meine Name ist nicht ...«, fing der Hund an, dann fuhr er fort: »Ach, vergiss es.«

Rose hielt sich den Kopf. »Bitte hört mal alle auf zu reden. Ich muss mir einen Plan ausdenken.« Sie sah den Hund flehentlich an. »Es sei denn, du sagst mir, was wir machen sollen.«

»Du kennst die Regeln, Rosmarin«, sagte der Hund. »Ich hoffe nur, dir fällt schnell was ein. Wenn wir hier erwischt werden, muss ich dich durchfallen lassen.«

»Das hilft mir jetzt auch nicht weiter«, sagte Rose und versuchte sich zu beruhigen, indem sie gleichmäßig atmete. »Okay, okay – gebt mir eine Minute.«

Verzweifelt ging sie im Kreis umher und wünschte sich mal wieder ihre Familie her. Sie brauchte ihre Mutter oder ihren Vater oder Großvater Balthasar oder …

Tante Lily!

»Wartet! Ich hab 'ne Idee.« Rose hockte sich hin und nahm ihren Rucksack ab. Darin, auf dem Haufen der fragwürdigen Gaben, lag die Sonderausgabe *30 Minuten Küchenzauber mit Lily*. Als sie das Buch herauszog, bewegte sich das Hologramm auf dem Umschlag, und das Bild von Tante Lily lachte und schüttelte die Haare.

»Es ist nicht das Backbuch«, sagte Rose, »aber Tante Lily hat die besten Rezepte aus dem *richtigen* Backbuch gestohlen, also vielleicht …«

»Was hat ein Backbuch mit Zaubern zu tun?«, fragte Cosmo. Dann stieß er einen anerkennenden Pfiff aus. »Die ist aber hübsch!«

»Sei still. Das ist meine Tante, und sie würde sich nicht

für einen Zwölfjährigen interessieren«, murmelte Rose gedankenverloren. »Und ich benutze ein Backbuch, weil ich eine Zauberbäckerin bin. Das erkläre ich dir alles später.«

Rose wurde immer mutloser, während sie in Lilys Buch blätterte. Obwohl es auch Rezepte enthielt, waren die meisten Seiten mit langen, selbstgefälligen Geschichten aus Lilys Leben gefüllt. Es gab Randbemerkungen, wie man normale Backzutaten zu kosmetischen Mitteln umfunktionieren konnte, und ein Bild nach dem anderen, auf dem Lily sich vor der Herdplatte in Szene setzte.

Der Hund stützte seinen schweren Kopf auf Roses Schulter. »Zum Backen hast du keine Zeit, Rosmarin«, sagte er. »Und außerdem fehlen uns die Utensilien dafür.«

Rose hielt an bei einem ganzseitigen Bild von Lily vor einem bodentiefen Spiegel. »Lily Le Fay!«, knurrte der Hund. »Ich bin froh, dass ich *sie* nie zu einer Meisterbäckerinnen-Prüfung begleiten musste. Was für eine schreckliche Frau.«

»Sei nicht gemein«, schalt ihn Rose. »Sie hat sich inzwischen gebessert, das kannst du mir glauben.«

Emma stellte sich auf die Zehenspitzen und versuchte, etwas zu sehen. »Hast du was gefunden?«

Cosmo zog eine Grimasse und nahm das Ohr von der Tür. »Ich höre Stimmen, die näher kommen.«

Aber es war nichts Nützliches in Lilys Backbuch, rein gar nichts, und Rose hatte das Gefühl, dass sie der letzte Funke Hoffnung verließ.

Da auf einmal fiel ihr Blick auf ein Funkeln – Tymos Spiegel in ihrem Rucksack. Sie sah von dem Spiegel zu dem Foto von Tante Lily, und eine Idee stieg in ihr auf.

»Ich habe schon mal mit Spiegeln gezaubert«, sagte sie und zog den winzig kleinen neongrünen Handspiegel heraus. »Spiegel sind gut für Zauber, die die Wahrnehmung verändern. Vielleicht könnte ich ihn nehmen, um uns irgendwie vor der Marchesa zu verbergen, wenn sie reinkommt – um sie abzulenken!« Rose sah den Hundekopf auf ihre Schulter aus dem Augenwinkel an. »Nur … ich habe keine Ahnung, wie ich das anstellen soll. Um zu zaubern, muss ich *backen*. Oder zumindest *kochen*.«

Emma deutete in die Ecke ihres Laufstalls. »Meine Assistentin, die sich um mich kümmert, benutzt die Kochplatte neben dem Spülbecken da drüben, um *das hier* aufzuwärmen.« Sie kramte in dem Haufen von Plüschlöwen und Teddybären und zog eine Dose heraus, die Rose noch aus Nellas Babytagen kannte –

Muttermilchersatz. Emma streckte die Zunge heraus. »Es ist eklig. Ich verstecke es immer, damit man mir stattdessen Erbsenpüree gibt.«

»Besser als nichts«, sagte Rose und nahm die Dose. Sie blätterte in Lilys Rezeptbuch und hielt inne, als sie etwas entdeckte. »Seht mal, Tante Lily hat ein Rezept für ein *Super-Abspeck-Milchshake*, das *Abnehmen à la Lily Le Fay* heißt!« Sie sah den Hund nervös an. »Dazu fällt mir vielleicht was ein.«

Der Türknopf wurde gerüttelt, und jemand klopfte an die Tür. »Wer hat hier abgeschlossen!«, kam eine gedämpfte, ärgerliche Stimme von der anderen Seite. Wieder wurde der Türknopf gedreht. »Zimmer mit Kindern drin sollten nie abgeschlossen sein – das ist gefährlich! Ich verlange, dass hier sofort aufgeschlossen wird!«

Mit einem Schulterzucken griff Cosmo nach dem Schlüssel.

»Nein!«, zischte Rose und schlug seine Hand weg.

Verwirrt sah Cosmo sie an, und Rose legte den Finger auf die Lippen. »Verstehe!«, begann Cosmo, doch Rose legte ihm schnell die Hand auf den Mund.

»*Still!*«, flüsterte sie.

Draußen sagte die Marchesa: »Emma, Liebling, ich gehe einen Schlüssel suchen.« Ihre Stimme wurde leiser, während sie davonging. »Du wirst nicht lange allein bleiben!«

»Zurück zu unserem Unterfangen«, sagte der Hund, »uns zu verstecken, ehe diese sogenannte Marchesa uns erwischt. Rose, obwohl ich dir nicht sagen darf, was du tun musst, kann ich dir doch helfen. Ich glaube, du hast recht, dieser Milchshake könnte die Lösung sein.«

Mit Lilys Rezeptbuch und Tymos Spiegel rannte Rose zu dem Spülbecken in der Ecke. Auf der Arbeitsfläche stand eine Kochplatte und darauf ein kleiner gusseiserner Topf.

»Das muss uns reichen.« Sie blätterte zu dem Milchshake-Rezept zurück. »Aber leider bringt es uns nichts«, sagte sie mit verzweifeltem Seufzen. »Erstens haben wir Lilys Zauberzutat nicht, obwohl ich glaube, dass die ganz schön überschätzt ist. Aber Milchshakes benötigen Eiskrem oder –«

»Milch?«, fragte der Hund und sah von Roses Rucksack auf. Er hielt die Dose Kondensmilch zwischen den Zähnen, die ihr Nella gegeben hatte. Rose hatte Nellas Gabe ganz vergessen. Jetzt war sie sehr froh darüber und nahm die Dose an sich.

»Das hier solltest du auch benutzen.« Der Hund nahm jetzt vorsichtig das grüne Glasfläschchen mit Großvater Balthasars Allerleigewürz zwischen die Zähne. »Sei außerdem so gut und reiß mir ein bisschen Fell aus. Was von dem hellgrauen bitte, und mach dir keine Gedanken, ich spüre das nicht.«

Rose teilte das Zottelfell an der Flanke des großen Hirtenhundes, bis sie ein paar hellgraue Haare fand. Sie packte eine Strähne und zog heftig. Sie lösten sich ganz leicht. Wie er gesagt hatte, zuckte der Hund nicht mal.

»Wofür sind die?«, fragte Rose.

»Wirst du schon merken«, sagte der Hund.

Die Strähnen schimmerten wie gesponnener Zucker zwischen Roses Fingern. »Vielleicht will ich auch gar nicht mehr darüber wissen – über *Hundehaare* im Essen.«

Emma umklammerte verzweifelt die Stäbe des Laufstalls. »Wir haben nicht die Zeit, darüber zu diskutieren!«

»Eben.« In dem einzigen Schubfach unter der Spüle fand Rose einen Dosenöffner und ein paar Messbecher verschiedener Größe. Während sie die Dose öffnete, überlegte sie: »Was machen wir bloß mit diesen Zutaten?« Sie goss die dickflüssige Kondensmilch in den Topf.

Der Hund zögerte, dann nickte er zu der Dose mit Muttermilchersatz. »Füge eine Walnuss davon hinzu, wenn du so gut sein willst, und stelle die Platte auf ungefähr drei Flammen.«

»Eine Walnuss?«, fragte Cosmo. »Das darf ich nicht essen, ich bin allergisch. Auch wenn ich sie gerne rieche.«

»Walnuss ist nicht wörtlich gemeint«, sagte Rose. »Es ist eine Art Maßangabe.« Sie maß einen Esslöffel Muttermilchersatz ab und stellte die Kochplatte auf die niedrigste Stufe. Wenn die Kondensmilch anbrannte, war die Zauberwirkung ruiniert, und selbst wenn noch Zeit gewesen wäre, von vorne anzufangen, hätte sie ja nur die eine Dose gehabt, die ihr Nella mitgegeben hatte.

»Jetzt streue einen Floh von dem Allerleigewürz dazu und alle Hundehaare«, sagte der Hund und stellte sich neben Rose.

»Gleichzeitig?«, fragte Rose und fügte nur die Prise Allerleigewürz hinzu.

»Das Allerleigewürz ersetzt jede Zutat, die du brauchst«, erklärte der Hund. »Hierfür benötigen wir einen Faden *Magnetischer Anziehungskraft* – eine recht gewöhnliche Zutat, die uns heute fehlt. Was die Hundehaare angeht: So wie mein vollendetes Fell schimmert, verleihen sie Bindung und Glanz.«

Kleine Blasen bildeten sich am Rand des Topfes und ließen die Prise Allerleigewürz und die zuckrigen Strähnen Fell aufkochen. »Und der Spiegel?«, fragte Rose.
Der Hund schlug mit dem Schwanz. »Das wichtigste Zubehör. Nimm ihn, um das Gebräu umzurühren. Rühre ein ganzes Lied lang um.«
Rose nahm aus dem Augenwinkel wahr, wie Cosmo den Kopf schüttelte. »Ein Lied? Dieses Zauberzeug ist ja beknackt.«
Langsam rührte Rose die Mischung in dem Topf um – oder besser, sie zog den Spiegel von Seite zu Seite durch, so dass der angehende Milchshake herumschwappte. Es schien sich nicht viel zu tun, und Rose kam beim Singen durcheinander.
»Wie lange dauert das denn noch?«, fragt sie besorgt. Bestimmt würde die Marchesa jede Minute mit dem Schlüssel zurück sein.
»Ein Lied lang, Rosmarin Glyck, ein Lied!« Der Hund knurrte. »Um dich abzulenken, erzähle ich dir die Geschichte dieses Rezepts, und wenn ich fertig bin, wird unser Milchshake bereit sein.«
Der Hund drehte sich dreimal um sich selbst, dann setzte er sich auf den Boden. Er räusperte sich und begann zu reden.
»*Milchshake der Illusion*«, stimmte er an. »*Für ju-*

gendliche Verwandlung mittels einer üppigen Portion Vanilleeis.«

Ob es an den Worten des Hundes lag oder an dem sonoren Brummen seiner Stimme – es kam Rose so vor, als würde sie selbst im Backbuch lesen, und sie fühlte, wie eine wohlbekannte Ruhe über sie kam. Sie backte – wenn auch auf ungewöhnliche Weise – und war zum ersten Mal seit ihrer Ankunft in Bontemps ganz bei sich.

Plötzlich beruhigte sich die dickflüssige, gesprenkelte Mixtur in dem Topf und verwandelte sich summend in Hunderte winziger, absolut symmetrischer Stacheln.

Rose konnte den kleinen Spiegel nicht mehr bewegen – die Mischung war fest wie Beton geworden. Als sie ihn losließ, blieb der Spiegel senkrecht stehen.

»Im Jahre 1983 in Tulsa, Oklahoma, erfand die 74-jährige Regina Glyck ein süßes Backwerk als Gegenmittel für die verheerenden Auswirkungen des Alterns. Dabei verließ sie sich nicht auf Cremes und Salben, sondern auf Täuschungszauber, so dass man zwar sein ursprüngliches Selbst erhalten konnte, aber einen Tag lang ein neues Gesicht ausprobieren konnte.

Regina Glyck vermischte Vollmilch und Vanilleeis mit Fäden Magnetischer Anziehungskraft und einer Spur Hundehaare. Dann verquirlte sie diese Mischung mit einem Handspiegel, bis das Milchshake einen silbrigen, spiegelnden Schein angenommen hatte.«

Die gesprungene versilberte Fläche des Handspiegels kräuselte sich und wurde zu metallisch schimmernden Tröpfchen, die nacheinander absprangen und an die milchigen Stacheln andockten, so wie Metall von einem Magneten angezogen wurde.

»Klappt es?«, fragte Emma. »Ich kann nichts sehen!«

Der Hund bat sie zu schweigen. »Bitte lass mich zu Ende erzählen. *Regina verzehrte daraufhin das Milchshake der Illusion, worauf sie feststellte, dass das Gemisch sie nicht nur jünger aussehen ließ – es hatte aus ihr ein kleines Baby gemacht.*

»Wie lange hielt das an?«, fragte Rose. »Wir wollen doch nicht ewig als Kleinkinder –«

»Pscht«, sagte der Hund. »Wie ich sagte ... *Regina Glyck machte das Beste aus ihrer Entdeckung und verkaufte das verblüffende illusorische Milchshake in ihrer Bäckerei, worauf es in Tulsa große Mode wurde, die unschuldigen Tage der Kindheit für eine Stunde am Tag aufzusuchen, um dem Alltagsstress zu entfliehen und zu entspannen. Regina stellte Kindermädchen an, die auf ihre kleinen Kunden aufpassten, und genoss es zeitweilen selbst, sich auf dieses Wunder einzulassen und sich selbst in ein Baby zu verwandeln. Die*

Schein-Babys krabbelten zusammen in der Bäckerei umher, gehüllt in ihre übergroßen Anzüge und Kleider mit Schulterpolstern, nuckelten glucksend an Milchshakes und hörten sich Märchen an.
Schließlich beschloss Regina Glyck jedoch, dass sie lieber 74 sein wollte, mitsamt ihren Runzeln, und obwohl sie weiterhin dem Bedarf an den illusorischen Milchshakes nachkam, trank sie selbst nie mehr davon.«
In dem Moment verloren die Stacheln ihre Spitzen, sanken in die Mischung zurück und wurden weich und rund.
»Jetzt nur noch zweimal umrühren«, sagte der Hund.
Cosmo, der Roses Rucksack unter dem Berg von Emmas Plüschtieren versteckt hatte, trat wieder an Roses Seite, um die Fertigstellung des Zaubers zu beobachten.
Das Machwerk war jetzt wieder flüssig, und Rose rührte es mit dem leeren Spiegel noch zweimal mühelos um.
»Zieh es von der Kochplatte!«, bellte der Hund. »Schnell!«
Rose riss den Topf von der Platte und stellte ihn auf die Arbeitsfläche.
Sie hörte ein Geräusch, das ganz wie das Seufzen einer alten Frau klang – das aber mit der Zeit jünger und

frischer wurde. Die eingedickte milchige Flüssigkeit bildete eine perfekte, glatte, spiegelnde Oberfläche.

»Sehr gut«, sagte der Hund.

In dem Moment klapperten draußen an der Tür Schlüssel, dann kam die Stimme einer Frau, die sich beschwerte: »Warum sind es denn nur so viele? So viele Türen gibt es doch im ganzen Gebäude nicht!«

»Wir haben gerade noch genug Zeit, die Mischung abkühlen und dick werden zu lassen«, sagte der Hund. »Schnell, Leute, wendet euch von dem Topf ab! Wir müssen dem Gebräu die kalte Schulter zeigen!«

Alle befolgten seine Anweisung, wandten sich der Tür zu und ließen den Topf allein neben dem Spülbecken stehen. »Sagt mal, *die kalte Schulter zeigen,* ist das nicht nur so ein Spruch?«, fragte Cosmo.

Genau in dem Moment fiel die Temperatur im Raum auf fünf Grad. Plötzlich war es eiskalt; Rose umklammerte sich zähneklappernd mit den Armen, und Emma rollte sich unter ihrer Decke zusammen. An der Tür rasselte es immer noch, während die Marchesa weitere Schlüssel ausprobierte.

»Das ist kalt genug!«, sagte der Hund. »Du kannst servieren, Rosmarin!«

Fröstelnd goss Rose die Hälfte der quecksilberartigen Masse in die leere Kondensmilchdose, dann stellte sie den Topf mit dem restlichen Inhalt vor den Hund auf den Teppich. Sie unterdrückte eine Grimasse, hob die Dose mit dem Milchshake der Illusionen und prostete dem Hund zu. »Na denn!«

Ehe sie lange überlegen konnte, was sie da trank, neigte Rose den Kopf zurück und goss sich das flüssige silbrige Milchshake in die Kehle. In einem schluckte sie es hinunter, dann legte sie schnell die Hand auf den Mund, damit es nicht wieder herauskam. Sie hatten ja keinen Zucker beigemischt oder Vanilleeis benutzt, es schmeckte also milchig dick und ein bisschen nach Metall.

»Was passiert jetzt?«, fragte Emma besorgt.

Weder Rose noch der Hund hatten Zeit, ihr zu antworten. Der Hund leckte gerade die letzten Tropfen Milch aus dem Topf, da plusterte sich sein Fell auf und sträubte sich, und seine Umrisse wurden verwischt. Er sah wie ein Bild aus, das jemand gemalt und draußen im Regen hatte stehen lassen – so waren seine Farben ineinandergelaufen. Rose hatte kaum Zeit hinzusehen, da hatte sich der Hund in eine jüngere, kleinere Version von sich verwandelt – er war schlanker, und seine Brauen waren nicht mehr so buschig.

»Wow«, hauchte Cosmo.

Unter Roses Haut bebte es, und sie fühlte sich innerlich

ganz kalt und seltsam. Die Welt vor ihren Augen verschwamm und veränderte sich: Gerade noch hatte sie den Laufstall überragt, und auf einmal konnte sie kaum über den Spültisch blicken. Es war, als würde der Raum um sie herum wachsen.

Das war alles nur eine Verschiebung der Perspektive, sagte sich Rose, obwohl es sich ganz echt anfühlte, wie ihre Jeans und ihre Jacke um sie zu schlottern begannen. Und aus einem anderen Grund wurde sie von Panik gepackt – sie schrumpfte aus ihren Kleidern heraus!

»Äh, könntet ihr euch bitte mal umdrehen?«, fragte sie mit hoher, kindlicher Stimme.

Emma und Cosmo wandten verständnisvoll den Blick von dem Unheimlichen ab, das da vor ihnen geschah. Roses Kleider blähten sich um sie auf, als hätte sie sich inmitten eines windgepeitschten Zeltes verfangen. Devins gelbe Rose glitt ihr vom Handgelenk und verschwand in den Stoffschwaden – sie würde sie später hoffentlich wiederfinden. Sie zog ihr T-Shirt enger um sich und wickelte ihren Babykörper damit wie mit einer Windel ein.

Die Welt um sie war riesig, und Rose wurde schwindelig. Die Laufstallstäbe überragten sie wie die Säulen eines riesigen Gebäudes, und der grüne Teppich wirkte groß wie ein Fußballfeld. Sie betrachtete ihre Hände. Ihre Finger waren kleine Stummel und ihre Handgelenke rundlich vom Babyspeck. Der Hund neben ihr hatte eine ähnliche Verwandlung durchgemacht – er war ein richtiges Hundebaby geworden.

»Können wir wieder gucken?«, fragte Cosmo. Als er den Hund sah, klatschte er mit einem Ausdruck von Ehrfurcht und Verwirrung vergnügt in die Hände. »Es hat geklappt! Wie ist das nur möglich?«

»Versteck die Kleidungsstücke, Cosmo.« Das Bellen des Hundes klang wie Fiepen, seine Worte wie die von einem kleinen Jungen. »Beeil dich!«

Rose zog ihr T-Shirt eng um sich und krabbelte auf den Laufstall zu. Cosmo hob sie über die Stäbe und setzte sie auf den gepolsterten Boden.

»Die Marchesa wird nicht merken, dass du eine Fremde bist!«, quiekte Emma. »Genial gemacht! Du hast uns gerettet!«

»Ich habe noch nicht –«, fing Rose an, da flog die Tür auf.

Drohend stand die Marchesa unter der Tür. Sie hatte die Hände in die Hüften gestemmt und die hellen Augen wütend zusammengekniffen. »Was wird denn hier eigentlich gespielt?«

Kapitel 8
Zurück auf Los!

Aus der Nähe war die Marchesa sogar noch schöner. Aber auch furchteinflößend. Alles an ihr war kantig und scharf: ihre roten Nägel, die wie Krallen waren, ihre Wangenknochen, die wie Klingen hervorstanden.
Sie hatte die feinen Augenbrauen hochgezogen und musterte den Raum. »Du hast Besuch«, stellte sie fest und spitze die knallroten Lippen.
Emma kroch zögernd zum Gitter des Laufstalls. »Ja, ich habe heute Spielbesuch.« Sie deutete auf Rose, die sich bemühte, der Marchesa mit den pummeligen Ärmchen zuzuwinken. Was nicht so einfach war – irgendwie war Rose ziemlich ungeschickt geworden.
Mit zwei großen Schritten war die Marchesa im Zim-

mer, stützte sich auf das Laufstallgitter und starrte Rose direkt in die Augen. »Wer bist du?«, fragte sie. »Ich kenne jeden in der Stadt, und du bist keinesfalls …« Wieder kniff sie die blassblauen Augen zusammen. »Von hier.«

»Bloomenfeld!«, lispelte Rose.

Cosmo trat vor. Im Arm hielt er den Hund, der jetzt zum Welpen geworden war. »Broomenthal, Ma'am. Sie gehört zu dem Zirkus-Klan.« Er tippte sich an die Stirn. »Jetzt, wo sie sich auf einmal in der zweiten Kindheit befindet, ist sie nicht ganz recht da oben.«

»Hmm.« Die Marchesa trommelte mit den Fingern auf das Gitter.

Das war's dann wohl, dachte Rose, und ihr Magen schlug Saltos. *Ich falle durch die Prüfung und werde nie zu einer offiziellen Meisterbäckerin, und diese ganze Reise war vergebens.* Aber vielleicht war es auch nur das blubbernde Milchshake in ihrem Magen, das ihr Übelkeit verursachte.

Schließlich bekam die Marchesa einen milderen Ausdruck. »Ah, ja, die Broomenthals. Wie ich höre, kann deine Familie eine ganz schöne Schau abziehen. Genaugenommen ist es fast eine Beleidigung, dass ich noch nie zu einer Aufführung eingeladen worden bin! Dein Klan sollte sofort etwas auf die Beine stellen.«

»Ja!«, piepste Rose unglaublich erleichtert. »Das machen wir!«
Die Marchesa wandte sich Cosmo zu. »Und Sie sind doch der Zeitungsjunge, nicht? Was machen Sie mit dem Tier da?« Sie nickte in die Richtung des Hundes, der auf dem Boden im Kreis lief und seinen eigenen Schwanz jagte.
Cosmo tippte auf seinen Presseausweis. »Ich bin genaugenommen ein *Reporter*. Oder besser, Juniorreporter. Den kleinen Streuner hier habe ich gefunden. Sein Name ist Les –« Der Hund zupfte Cosmo am Hosenbein. »Äh, sein Name ist … Welpe.«
»Interessanter Name«, sagte die Marchesa. »Passt haargenau, das gefällt mir.« Sie wandte sich wieder Emma zu. »Ich bin aus einem bestimmten Grund hier, Emma. Es heißt, es befände sich eine geheimnisvolle Fremde in der Stadt.«
»Aber das ist ja irrsinnig!, sagte Cosmo. »Es hat schon so lange keinen Besucher mehr in Bontemps gegeben … äh, länger, als ich zurückdenken kann.«
»Er hat recht«, sagte Emma mit übernatürlicher Beherrschung. »Wie sollte denn überhaupt jemand über die Grenze kommen?«
»Genau das habe ich vor herauszufinden.« Die Marchesa schnupperte herum und blickte misstrauisch

zu der Kochnische – und diesmal war Rose sicher, dass sie den gebrauchten Topf sehen und eins und eins zusammenzählen würde: Eine Zauberbäckerin war im Hause! Aber stattdessen zog sie nur die Nase kraus und sagte: »Deine Assistentin sollte nicht so unordentlich sein. Ich werde sie mir vorknöpfen.« Sie drehte sich wieder zu Emma um. »Wie auch immer, Liebchen, ich bin gekommen, um dein Prophezeiungs-Tagebuch zu holen.«

Enttäuscht ließ sich Emma neben Rose fallen. »Du bist nicht gekommen, um mich zu besuchen?«

Die Marchesa machte eine wegwerfende Handbewegung. »Die Prophezeiung ist wichtig. Ich habe Simon gebeten, sie zu suchen, aber angeblich ist sie nicht in deinem Katalog aufgeführt.« Sie sah Emma vernichtend an. »Ich dachte, Organisation sei dein größtes Talent, Liebchen.«

Emma reagierte empört. »Man würde doch nicht wünschen, dass *jeder Hinz und Kunz* die Prophezeiung liest. Daher habe ich sie so versteckt, dass man sie niemals findet.«

»Niemals?«, wiederholte die Marchesa.

»*So gut wie* niemals«, sagte Emma. »Ich selbst kann sie natürlich wiederfinden. Aber ich brauche etwas Zeit dazu.«

»Bis heute Abend wäre mir lieb.« Die Marchesa musterte Rose nachdenklich. »Aber hilf mir auf die Sprünge: Stand darin nicht etwas von einem Mädchen und einem Tier, die in die Stadt kommen würden?«
»Ein Kater«, sagte Emma ein wenig zu schnell.
»Nein«, sagte die Marchesa, »das stimmt nicht. Es war ein Kater, der dir die Prophezeiung *überbracht* hat. Ich habe ein Gedächtnis wie ein Elefant. Ich kann mich an alles erinnern.«
Emma verschränkte die pummeligen Arme. »Dann solltest du dich auch daran erinnern, dass mir zwar ein Kater die Prophezeiung *überbracht* hat, aber dass darin ebenfalls von einem Kater die Rede war, der mit einem Mädchen in die Stadt kommt. Ich habe schließlich alles aufgeschrieben. Oder misstraust du mir?«
Eine Sekunde lang starrten sich die beiden nur an. Emma die Marchesa, die Marchesa Emma, und jede wartete, dass die andere den Blick zuerst abwenden würde.
Schließlich gab die Marchesa nach. »Na gut. Wenn du sagst, es war ein Kater, dann muss es wohl ein Kater gewesen sein.« Die Marchesa wandte sich der offenen Tür zu. »Such mir das Tagebuch heraus. Dieser Auftrag ist vorrangig. Während du dich darum kümmerst, werde ich den Suchtrupp anführen.«

»Einen richtigen Suchtrupp?«, fragte Cosmo. »Klingt wie etwas für den *Anzeiger*!«

»Wohl kaum«, sagte die Marchesa. »Das einzige Nützliche am *Anzeiger* ist, dass man damit einen Vogelkäfig auslegen kann. Aber ich habe keinen Vogel!« Sie warf das Haar zurück und eilte auf die offene Tür zu, dann warf sie noch einen Blick über die Schulter. »Aber ich sag Ihnen was, Juniorreporter – setzen Sie eine Suchmeldung in den *Anzeiger*, ja? *GEIHEIMNISVOLLE FREMDE UNTERWEGS. Am Arm eine gelbe Rose, auf dem Rücken einen roten Rucksack, begleitet von einem riesigen Hirtenhund.* Rufen Sie die Leute zur Vorsicht auf. Das Mädchen scheint im Teenageralter zu sein«, die Marchesa schnalzte mit der Zunge – »im gefährlichsten Alter also.«

Die Marchesa musterte Cosmo, als würde sie ihn gerne in Stücke reißen. »Warum machen Sie sich keine Notizen, Zeitungsjunge?«

»Ach, ich hab auch so ein Elefantenhirn wie Sie«, sagte Cosmo nervös und klopfte sich an den Kopf. »Alles gespeichert. Mädchen. Gelbe Rose. Rucksack. Hund – und ihr Hund ist höchstwahrscheinlich ein bösartiges Tier.«

Cosmo hob den Hund auf und streichelte ihm den Bauch. »Nicht wie dieser süße Welpe!«

Die roten Lippen der Marchesa wollten sich gerade zu einem Grinsen verziehen, erstarrten jedoch. Sie sah sich noch einmal gründlich um – von der unordentlichen Kochnische, die nach warmer Milch stank, zu dem merkwürdigen Baby im Laufstall und dem puscheligen Welpen in Cosmos Armen.

Jetzt dämmert's ihr, dachte Rose. Keine Bäckerin, die machtvoll genug war, um die Zeit zurückzustellen, konnte so ahnungslos sein, wenn sie eine frisch benutzte Küche sah.

Aber der Marchesa schien nichts aufzufallen. »Ich komme heute Abend und hole das Tagebuch«, sagte sie zu Emma. »Lass mich *nicht* im Stich.«

Und damit marschierte die Marchesa davon. Die Schlüssel, mit denen sie hereingekommen war, klirrten an ihrem Gürtel und klimperten melodisch, bis sie verklangen und Rose nur noch ihren eigenen Atem hörte.

Cosmo schloss langsam die Tür und drehte leise den Schlüssel um.

Rose spürte, wie ihr ein Rülpser die Kehle hochstieg. »Das war zu knapp«, sagte sie und ließ sich auf den Haufen Teddybären und Stoffpuppen sinken.

Cosmo setzte den Hund auf den Boden. »Keine Sorge, Rose! Dein Zauber hat sie perfekt getäuscht.«

»Hat er wohl«, piepste Rose.

Emma hockte sich vor ihre Bilderbücher und zog ihr Tagebuch heraus. »Dass ich nicht wusste, wo die Prophezeiung ist, war geschwindelt. Die Marchesa darf das nicht in die Finger bekommen. Ich glaube kaum, dass ich das vor ihr verstecken kann, wenn sie heute Abend zurückkommt. Rose, du musst den Fluch rückgängig machen.«

»Wie soll sie das denn anstellen, wo sie jetzt so klein ist?«, fragte Cosmo.

Der Zauber mit dem Milchshake-Rezept hatte sich als das perfekte Täuschungsmanöver erwiesen – aber jetzt, nachdem die unmittelbare Gefahr gebannt war, fragte sich Rose, wie lange es wohl anhalten würde.

In ihrem Bauch gluckste es.

Also wohl nicht mehr so lange.

»Ich glaube, der Zauber lässt nach«, stöhnte Rose und hielt sich den Bauch. Der Hund lag neben ihr auf dem Rücken und wedelte mit den kurzen Beinchen in der Luft.

»Wir müssen die Backstube der Marchesa finden, stimmt's?«, fragte ihn Rose. »Dort bekommen wir sicher Hinweise zu dem seltsamen Rezept, das sie –«

»Die Backstube der Marchesa?«, fragte Emma. »Was für eine Backstube?«

Der Hund rollte sich auf die Seite und starrte die kleine Bibliothekarin an. »Wie sonst soll sie einen so mächtigen Fluch hergestellt haben? Sie muss eine Küche oder Backstube haben!«

»Die Marchesa ist keine Bäckerin«, sagte Emma und drückte ihr Tagebuch an sich. »Sie wurde in eine Familie von Bauern geboren, aber Landwirtschaft war nicht ihr Ding, daher ist sie in die Stadt gekommen. Ich weiß, dass sie Kuchen isst, aber ich habe noch nie gehört, dass sie einen gebacken hat.«

»Ich glaube nicht mal, dass es eine Bäckerei in der Stadt gibt«, sagte Cosmo. »Jemand sollte mal eine aufmachen!«

»Keine Bäckerei?« Roses Magen schlug wieder Saltos – ob das an dem Spiegel-Milchshake lag oder an dem Schock dieser neuen Erkenntnis, konnte sie nicht sagen. »Hund, wie soll ich ohne Bäckerei einen Zauber rückgängig machen?«

»Eins nach dem anderen, Rose«, kläffte der Hund.

Cosmo hing an der Tür herum und lauschte immer wieder, ob die Marchesa vielleicht zurückkam. »Also, wenn diese ganze Geschichte mit dem Altern und wieder jung werden nicht natürlich ist, was genau passiert denn dann mit uns, wenn wir wieder zu Babys werden?« Er nahm seinen Hut ab und kratzte sich den Kopf.

Emmas Unterlippe bebte. »Deswegen bin ich so froh, dass du endlich gekommen bist, Rose.« Sie betrachtete ihre Arme. »Wie jeder andere in der Stadt werde ich bald so jung sein, dass ich mit einem Wimpernschlag verschwinde.« Sie griff nach Roses pummeligem Handgelenk. »Darum brauchen wir dich. Du musst uns helfen, diesen Fluch rückgängig zu machen, ehe wir alle verschwunden sind … für immer.«

Rose fröstelte. Das war mehr als entsetzlich, viel schlimmer als alles, was sie sich je hatte vorstellen können. Die Marchesa ließ die Menschen nicht einfach nur jünger werden – sie ließ sie verschwinden!

»Wenn das jetzt also seit fünfzig Jahren so geht«, überlegte der Hund. »Bedeutet das –«

»Genau«, bestätigte Emma. »Es hat mal viel mehr Leute in Bontemps gegeben. Zehn- oder zwanzigmal so viele wie heute.«

Cosmo setzte sich auf den abgewetzten Teppich. »Die ganzen Leute …« Er nahm die Brille ab und rieb sich die Augen.

Roses Inneres drehte sich jetzt so schnell wie in einem Mixer, und obwohl sie sich am liebsten hingesetzt und mit den anderen gejammert hätte, wusste sie, wenn sie jetzt nicht zu ihren Kleidern kam, würde sie, sobald sie ihre normale Größe wieder hatte, völlig unbedeckt dastehen. Sie zog das übergroße T-Shirt um sich und kroch dorthin, wo Cosmo ihre Jeans und ihre Jacke versteckt hatte.

Das war jetzt nicht mehr einfach eine Prüfung, begriff Rose, als sie ihre stämmigen Beinchen in die Jeans steckte. Es ging nicht darum, eine gute Note zu erlangen, oder darum, ihr Rezept in dem Backbuch zu erhalten. Die Leute von Bontemps befanden sich in Lebensgefahr. Sie musste der Marchesa Einhalt gebieten. Das *musste* sie einfach.

Leider hatte sie keinen blassen Schimmer, wo sie anfangen sollte.

»Das ist zu groß für mich«, sagte Rose. »Ich sollte mich nicht allein dranwagen, Hund. Wir müssen meine Familie anrufen und sie sofort herkommen lassen. Das mit der Meisterbäckerinnen-Prüfung können wir ein anderes Mal machen.«

Der Hund sprang auf die Füße. »Hab Vertrauen in dich selbst, Rosmarin Glyck«, sagte er. »Ich habe Vertrauen in dich.« Er leckte Rose das Gesicht. »Leider kann die Prüfung, wenn sie einmal angeleiert ist, nicht abgebrochen werden. Ob es dir gefällt oder nicht, du bist die einzige Hoffnung, die diese Stadt hat.«

Rose wollte echt sauer auf den Hund sein, aber es war schwierig, auf so ein süßes Hundebaby böse zu sein. Sie kraulte ihn hinter den Ohren und wiederholte seinen Rat von soeben: »Eins nach dem anderen. Okay.« Sie seufzte. »Selbst wenn die Marchesa den Zauber nicht durch Backen erwirkt hat, muss ich für meinen Gegenzauber backen können. Das heißt also, dass ich eine Küche brauche.« Sie warf einen Blick auf die Kochnische. »Und zwar eine viel größere als die da, eine mit Backofen.«

Auf einmal breitete sich ein Lächeln auf Emmas Pausbacken aus. »Ich habe eine Küche!«, rief sie. »Eine große, ganz herrliche sogar.« Dann setzte sie leiser hinzu: »Oder zumindest hatte ich mal eine, in meinem früheren Haus.«

»Wo wohnen Sie denn *jetzt*, Emma?«, fragte Cosmo interessiert.

»Im *Ruhe-Sanft-Pflegeheim* für die zweite Kindheit«, erklärte die Bibliothekarin. »Es ist anstrengend, für jemanden zu sorgen, der hundert Jahre alt ist und selbst nicht mehr zurechtkommt, und meine Mutter wollte sich das nicht aufhalsen. Es ist nicht das Gleiche wie ein eigenes Haus, aber manches ist doch ganz nett. Und es gibt meistens Schokoladenpudding zum Essen, ich kann mich also wohl nicht beklagen.«

»Deine Mutter hat dich in ein Pflegeheim gesteckt?«, fragte Rose. »Was für eine Mutter ist das denn?«

»Äh, ich fürchte, ich habe euch noch nicht alles erzählt, bevor wir hierherkamen«, sagte Cosmo.
»Was hast du nicht erzählt?«, fragte der Hund.
Emma ließ den Kopf hängen. »Ihr habt meine Mutter kennengelernt«, sagte sie. »Gerade eben. Die Marchesa.«
Auf einmal wurde die Ähnlichkeit deutlich, nicht nur wegen der blassblauen Augen, die beide Mädchen – beide *Frauen* – hatten.
Rose verspürte herzzerreißendes Mitleid mit Emma, mit jedem in Bontemps. Einen so schrecklichen Zauberfluch über seine Nachbarn auszusprechen, war schon böse genug. Aber es war viel schlimmer und viel böser, seine eigene Tochter so zu behandeln.
»Wir müssen in das Haus der Marchesa«, sagte Rose. »Selbst wenn sie niemals bäckt, muss sie ihre große Küche doch für *irgendwas* benutzt haben. Wenn wir herausfinden, was für einen Zauber sie angewendet hat, um die Stadt mit dem Fluch zu belegen, dann kann ich herausfinden, was für ein Rezept ich benötige, um ihn zu lösen.«
Cosmo sprang voller Energie auf die Füße. »Das Haus ist streng bewacht, es wimmelt von Schlägertypen, die für sie arbeiten. Aber mir ist da ein genialer Einfall gekommen.«

Rose wollte gerade nachfragen, was er vorschlagen wollte, aber die Worte blieben ihr im Hals stecken. Sie fuhr mit der Hand zum Mund, und die große Luftblase, die sich in ihrem Bauch gebildet hatte, platzte endlich mit einem explosiven Rülpser zwischen ihren Zähnen hervor.

Sofort begannen ihre Gliedmaßen zu vibrieren wie elektrische Quirle, und der Raum um sie herum schien zu schrumpfen. Ihre Beine wuchsen in die Jeans, und das T-Shirt, das sie mehrfach um sich geschlungen hatte, passte wieder genau. Benommen saß sie da, neben sich auf dem grünen Teppich ihre Jacke und Devins gelbe Rose.

Einen Moment später rülpste auch der Hund und wuchs ebenfalls. Seine Vorderbeine wurden lang wie Bohnenstangen, und er kippte fast hintenüber, bis auch seine Hinterbeine nachwuchsen. Sein geflecktes Fell entwickelte sich wieder zu dem struppigen Pelz, und seine Augen wurden jetzt wieder von buschigen Augenbrauen beschattet.

Cosmo fielen fast die Augen heraus. »Ihr habt wieder eure alte Größe! Das ist ja famos!« Dann runzelte er die Stirn. »Aber das macht meinen genialen Einfall zunichte. Es sei denn …«

»Es sei denn was, Cosmo?«, fragte Emma.

»Genau, was war denn dein toller Einfall?«, fragte Rose, die hoffte, dass Cosmo ihnen helfen konnte, in das Haus der Marchesa einzubrechen.

»Vielleicht klappt es trotzdem.« Cosmo kratzte sich den Kopf, dann grinste er. »Aber die Sache wird euch wahrscheinlich nicht sonderlich gefallen.«

Kapitel 9
Was geschah wirklich mit Baby Rose?

»Na, wie geht's dir da drin, Püppi?«, fragte Cosmo. »Bist du bereit, als Knöchelbeißer zu fungieren?«

Es war zwanzig Minuten später, und Rose lag zusammengekrümmt in einem altmodischen viktorianischen Kinderwagen, einem unbequemen schwarzen Ding auf wackeligen goldenen Rädern. Das Verdeck war ganz nach vorne gezogen, damit niemand sah, dass sich Rose eingequetscht und mit den Knien bis ans Kinn darunter befand.

Rose war fast ganz unter einer hellblauen Decke versteckt, und auf ihrem Kopf saß schief eine von Emmas Babymützen. Da keiner mit normaler Sehkraft

Rose für ein Baby halten konnte, hatten Emma und Cosmo einen weißen Spitzenschleier über den Wagen gehängt.

Sie mussten einfach hoffen, dass sie nicht angehalten wurden und jemand das süße kleine Pummelchen sehen wollte – pardon, *die ältere Dame*, verbesserte sich Rose.

»Ich glaube, ich krieg einen Krampf im Bein«, sagte Rose.

»Jammere nicht«, erwiderte Cosmo, blieb stehen und beugte sich über den Wagen. »Ich hab's auch nicht leicht mit dem Ding unter meinem Mantel – meine Schultern sind ganz wackelig.«

Rose brauchte den hässlichen Buckel auf Cosmos Rücke gar nicht mit eigenen Augen zu sehen – schließlich war sie dafür verantwortlich. Er trug ihren leuchtend roten Rucksack unter seinem grauen Trenchcoat. Rose hatte alle *Gaben der Liebsten* wieder eingepackt, sogar die leere Dose Kondensmilch von Nella, und – ganz vorsichtig, damit sie nicht zerdrückt wurde – die gelbe Rose.

»Ach was, das sieht man doch kaum«, entgegnete Rose. »Oder, Hund?«

Der Hund kam angetrottet. Sein Fell war jetzt so mit Schlamm überzogen, dass aus seinem grauweißen Pelz ein dunkles, struppiges Braun geworden war. »Nein, nein, Cosmo sieht wie ein total typischer Zwölfjähriger aus, außer dass er einen zweiten Kopf unter seinem Mantel versteckt zu haben scheint.«

»Das ist echt nett gesagt von einem wandelnden Misthaufen«, beschwerte sich Cosmo.

»Sehr witzig«, erwiderte der Hund. »Es war die beste Verkleidung, die ich so schnell auftreiben konnte.«

»Warum verwandelst du dich nicht einfach in eine andere Hunderasse? Du könntest doch ein Labrador sein. Jedermann liebt Labrador Retriever.«

Der Hund knurrte. »Ich kann mein Äußeres nicht einfach nach Laune ändern. Außerdem gefällt mir die derzeitige Form.«

»Wir sollten uns beeilen«, sagte Cosmo und verschwand aus Roses Gesichtsfeld. Im nächsten Moment spürte Rose ein Rumpeln unter ihrem Po, und die Räder quietschten ärgerlich auf. Cosmo stöhnte vor Anstrengung. »Nichts für ungut, Rose, aber du wiegst 'ne Tonne mehr als ein Baby.«

Der Wagen war offenbar über ein Schlagloch gepoltert und hüpfte so, dass Rose sich an den Seiten halten musste, um nicht herausgeschleudert zu werden. Durch den Spitzenschleier konnte sie vage die Straße und die Bäume des Stadtparks erkennen.

»Also, Rose«, sagte Cosmo, während er sie dahinschob, »wie wär's mit ein bisschen Hintergrund für die Geschichte, die ich irgendwann schreiben werde? Zauberbacken, sagst du? Wie funktioniert das?«
Rose erzählte ihm – so kurz und bündig wie möglich – von ihrer Familie in Calamity Falls und von den verzauberten Backwerken aus der Familienbäckerei. Als sie mit Erzählen fertig war, hatten sie den viel ebeneren Gehweg vor der Stadtbücherei erreicht.
»Potzblitz, das ist unglaublich!«, sagte Cosmo. »Diese Geschichte *schreit* nach Veröffentlichung.«
»Nur zu«, sagte Rose. »Aber warte damit, bis wir das hier hinter uns haben.«
»Seid mal still, Leute«, knurrte der Hund mit gedämpfter Stimme.
Zwei ältere Jungen in schwarzen Anzügen standen vor der Bücherei und klebten einen Flyer an einen Laternenpfahl. Dann verschwanden sie schnell den Gehweg entlang. Im Vorübergehen starrten sie Cosmo und den Hund misstrauisch an.
»Hier«, sagte einer und reichte Cosmo einen Flyer. »Melden Sie es der Marchesa, wenn Sie dieses Mädchen irgendwo sehen.«
Cosmo schob den Kinderwagen an den Laternenpfahl. Der Hund trottete hinterher.

Rose zog sich tief ins Innere des Wagens zurück und hielt den Atem an. Aber der Junge war schon losgerannt, um seinen Kumpel am nächsten Laternenpfahl einzuholen.

»Jetzt sieh dir mal das an!«, sagte Cosmo und steckte den Flyer unter dem Schleier durch. »Sieht genau wie du aus!«

WARNUNG stand oben über der Seite. *GEHEIMNISVOLLE FREMDE IN DER STADT BEOBACHTET! WER DIESE FRAU UND IHR BÖSARTIGES TIER SIEHT, IST VERPFLICHTET, ES SOFORT DER MARCHESA ZU MELDEN!* Darunter waren Zeichnungen, die, so vermutete Rose, sie und der Hund sein sollten. Es war schwer, das zu entscheiden, denn der Hund sah eher wie ein Wolf aus, ein furchteinflößendes Raubtier mit weißem Kopf und entblößten Reißzähnen. Die Rose auf dem Bild war auch nicht besser. Sie hatte einen mordgierigen Blick und die Lippen zu einem höhnischen Grinsen verzogen.

»Die sehen nicht aus wie wir«, sagte Rose und gab den Flyer zurück.

»Aber lies mal die Beschreibung darunter«, sagte Cosmo und deutete auf einen kleingedruckten Text, den Rose bisher nicht beachtet hatte. »*Das Mädchen sieht aufgebracht und verwirrt und ein bisschen wie*

eine Besserwisserin aus. Kurz und knapp gesagt, bist du das.«
»He!«, sagte Rose. »ich bin *keine* Besserwisserin!«
»Pscht, ihr zwei«, sagte der Hund. »Nachdem jetzt die ganze Stadt nach uns sucht, müssen wir schneller machen. Und Rosmarin, wir zwei müssen den Mund halten. Es gefällt mir überhaupt nicht, aber wir müssen Cosmo für uns reden lassen.«
Cosmo blähte sich gewaltig auf. »Leute, ihr könnt euch auf mich verlassen.«
»Okay«, sagte Rose skeptisch. »Dann lasst uns mal zum Haus der Marchesa gehen, und zwar dalli. Ehe meine Beine total einschlafen.«
Sie überquerten die Straße zum Stadtpark, und Cosmo lenkte Roses Karre auf einen ausgetretenen Weg, der sich durch den Park schlängelte. Durch den schleierartigen Vorhang sah Rose Kinder, die sich herumtrieben – Mädchen und Jungen bei einem nachmittäglichen Spaziergang oder bei einem Päuschen im Pavillon. Andere bewunderten die Traditionstagsballons, die immer noch an den Ästen der Bäume baumelten.
Der Weg führte sie ans Südende des Marktplatzes, wo kindliche Arbeiter in Flanellhemden und Overalls eine Art Bühne aufstellten. Es war seltsam und traurig zu wissen, dass es sich in Wirklichkeit um erwachsene

Männer und Frauen handelte. Wenn es Rose nicht gelang, etwas zu unternehmen, würden sie bald alle zu Nichts verpuffen.

Neben der Bühne glänzte eine Statue – dieselbe, die ihr Cosmo schon von dem Diner aus gezeigt hatte. Auf einem Steinsockel stand die güldene Figur eines hübschen Mädchens in einem ausgefallenen Ballkleid. Über der Brust trug sie eine bronzene Schärpe. Die Statue war so frisch poliert, dass sie wie neu aussah, aber die Gestalt war gekleidet wie jemand aus den frühen 1900er Jahren. Um den Sockel herum wuchs eine buschige Pflanze, eine üppige grüne Explosion mit gelben bis orangefarbenen Blüten an jedem Stängel.

»Wer ist das?«, fragte Rose leise, damit die umstehenden Arbeiter sie nicht hörten. »Ist es …«

»Da kannst du aber drauf wetten«, flüsterte Cosmo zurück, »die Marchesa, als sie eine sechzehnjährige Schönheitskönigin war.«

»Die Stadt muss sie ja geliebt haben, um so etwas … Bleibendes aufzustellen.« Ein vertrauter zitronig-blumiger Duft wehte durch den Wagen, als Cosmo sie an der Statue und den dekorativen Blumen vorbeirollte. Roses Vater Albert hätte die Pflanze benennen können – er war ein Fachmann in Sachen Pflanzen –, aber er und die anderen waren weit fort, und als sie an ihn dachte, sehnte sich Rose nur noch mehr nach ihrem Zuhause.

Cosmo schnaubte verächtlich. »Nicht die Stadt hat diese Statue errichten lassen, Püppi. Das war die Marchesa selbst!« Er seufzte. »Aber ich denke mal, wir haben alle mitgemacht, es ist also auch unsere eigene Schuld. Ach, sieh mal an – wir sind da.«

Auf der anderen Straßenseite, neben dem Rathaus, stand eine Festung.

Das Gebäude aus rotem Backstein hatte drei Stockwerke und ragte fast so hoch wie der Uhrenturm. Das schräge Dach war mit geborstenen schwarzen Schieferplatten gedeckt, und vor allen Fenstern hingen gelbe Vorhänge. Eine hohe Mauer mit schwarzen Eisenspitzen umgab das Gebäude, und das Tor vorne war mit dicken Ketten, die mit einem riesigen Vorhängeschloss verschlossen waren, gesichert. Das Haus der Marchesa sah uneinnehmbar aus, ein Ort, in dem man sich verschanzen konnte, wenn eine ganze Armee hinter einem her war.

Cosmo rollte den Wagen vor das Tor und hielt neben einer weißen Telefonzelle an. Kurz darauf beugte er sich über Rose, den Finger auf den Lippen. Der Hund versteckte sich hinter einem Mauervorsprung. Dann drückte Cosmo auf die Klingel.

Rose schob den Spitzenschleier gerade so weit fort, dass sie etwas besser sehen konnte. Hinter dem Eingangstor befand sich eine Zugbrücke, die halb hochgezogen war, und zwischen Zugbrücke und Tor war eine dunkle, trübe Wasserfläche – ein Burggraben.

Wie sollte Rose da hineinkommen, wo sie nur Cosmo und den Hund als Helfer hatte?

»Versuch's noch mal«, flüsterte der Hund.

Cosmo drückte auf den Knopf der Sprechanlage und ließ das nervige Summen so anhaltend erklingen, bis der Lautsprecher endlich knackend reagierte.

»Ja, Cosmo, was wollen Sie?« Die Marchesa klang verärgert – was verständlich war, denn Cosmo drückte immer noch auf den Summer. »Lassen Sie endlich den Knopf los!«

»Entschuldigung!«, rief er aus, trat einen Schritt zurück und stieß an den Wagen.

»Wen haben Sie denn da dabei? Haben Sie meine Tochter hergebracht?«

Jetzt erst bemerkte Rose die Kamera über dem Summer, deren Linse direkt auf sie gerichtet war.

»Nein, Marchesa! Emma ist noch in der Bücherei. Ich bringe nur das Broomenthal-Mädchen nach Hause.« Cosmo nahm seinen Hut ab und hielt ihn vor die Brust. »Äh, was ich fragen wollte: Hedda Penny hat mich beauftragt, 'ne Geschichte über diese geheimnisvolle Fremde zu schreiben. Wie wär's, wenn Sie mir ein Interview gäben, damit wir die Geschichte allgemein bekannt machen?«

Der Lautsprecher knackte. »Ausgezeichnete Idee, Cosmo! Ich bin im Moment allerdings etwas beschäftigt, aber lassen Sie uns doch ein spätes Mittagessen im Silver Spoon einnehmen, dann kann ich Ihnen alles über diese Schurken erzählen.«

»Super, Marchesa!« Cosmo setzte den Hut wieder auf, dann tippte er sich vor der Kamera an die Krempe. »Bis dahin!«

Der Wagen wippte, während Cosmo Rose vom Haus der Marchesa fortschob. »Junior-Reporter oder nicht«, flüsterte er, »ich bin ein Ass, Leute dazu zu bringen, ihre Geheimnisse auszuspucken. Erst letzte Woche habe ich Nancy Renaldo dazu gekriegt, zu verraten, was für ein Shampoo sie benutzt. Ich wette, es ist nicht halb so schwierig, der Marchesa etwas zu entlocken.«

»Du scheinst ja ganz schön überzeugt von dir zu sein«, flüsterte der Hund, als sie sich an den jugendlichen Aufbauleuten vorbeidrückten. »Aber falls sie doch nichts ausspuckt, dann folgen Rose und ich der Marchesa von eurem Treffen nach Hause und schleichen uns rein, solange das Tor offen ist.«

Cosmo lachte. »Das klingt wie ein guter Ersatzplan!«
Inzwischen hatten sie das Silver Spoon in der nordöstlichen Ecke des Platzes erreicht. Cosmo rollte Rose bis ganz an die gläserne Tür, dort blieb er abrupt stehen.
»Mensch, seht euch das mal an!«, sagte er.
Rose beuge dich etwas vor und konnte mit Mühe einen Aushang im Fenster erkennen.
KOCHHILFE GESUCHT
»Was wohl mit Jumpin' Jimmy passiert ist?«, überlegte Cosmo. »Wie auch immer, für uns ist das eine Chance!«
»Wieso ein Chance?«, wollte Rose wissen.
Cosmos strahlendes Gesicht tauchte vor ihr auf. »Weil du 'ne Küche brauchst, Püppi, und jetzt haben wir eine. Sobald wir rausgefunden haben, was für einen Zauber die Marchesa benutzt hat, kannst du die Küche im Silver Spoon benutzten und ein Gegenmittel backen!«
Der Hund grunzte. »Das ist tatsächlich ein *guter* Vorschlag, meinst du nicht auch, Rosmarin?«
»Lasst uns mal reingehen und nach diesem Job fragen«, sagte Cosmo. Er stieß die Glastür auf und schob den Wagen hinein.
Sie waren gerade mal halb durch die Tür, als die Stimme

einer Frau trällerte: »Hallo, mein Bester! Ich bin ja so *froh,* dass Sie endlich da sind! Lassen Sie uns anfangen!«

Es war die Marchesa.

Kapitel 10
Gummihuhn-Suppe für die Seele

»Wie ist sie denn so schnell hierhergekommen?«, zischte Rose aus dem Wagen.

Obwohl sie die Marchesa in ihrem Prachthaus auf der anderen Parkseite zurückgelassen hatten, war sie irgendwie vor ihnen angekommen. Sie hatte sich im hinteren Teil des Restaurants niedergelassen. Der Mittagstrubel war vorüber, daher war sonst keiner mehr da. Womöglich hatte sie alles mitgehört.

»Sie taucht ständig irgendwo aus dem Nichts auf«, murmelte Cosmo hinter vorgehaltener Hand. »Kein Mensch weiß, wie sie das macht.«

Die Marchesa winkte mit ihren rotlackierten Nägeln. »Ich hab nicht den ganzen Tag Zeit!«

»Bin sofort da!« Cosmo schob den Wagen ganz durch die Tür. »Muss nur erst kurz mit Silver reden!«

Aus dem Wagen heraus sah Rose, wie sich die Marchesa dem Fenster zuwandte. »Schnell – ehe sie den Hund sieht!«

Cosmo nahm Hund und Wagen eilig mit hinter den Tresen. »He, Silver!«, rief er. »Hab gesehen, dass du Hilfe brauchst – was ist denn mit Jumpin' Jimmy los?«

»Tja, hat mich im Stich gelassen«, antwortete die Stimme eines Jungen. »Der Trubel am Traditionstag war zu viel für ihn. Sagte, er sei zu alt für so was, und ist einfach abgehauen. Und jetzt bin ich unterbesetzt!«

Cosmo drehte den Wagen herum, und Rose konnte auf einmal Silvers Gesicht durch den Schleier sehen. Er war ungefähr sieben Jahre alt, aber seine erschöpfte Miene hätte sehr gut zu Großvater Balthasars verwittertem Gesicht gepasst. Unter seinen wasserblauen Augen waren dunkle Ringe, und sein weißes Haar war kurz geschnitten.

»Hast du ein Glück!«, sagte Cosmo. »Hier bin ich!«

Silver kniff die Augen zusammen. »Ich dachte, du arbeitest beim *Anzeiger.*«

Cosmo wischte den Einwand beiseite. »Nicht mehr! War schon so lange dort, und Miss Penny hat mich trotzdem nie befördert. Ich bin allmählich zu jung, um meine Zeit dort zu vergeuden, wo man mich gar nicht haben will.«

»Was ist das für ein dreckiger Köter, der dir auf Schritt und Tritt folgt? Der kann nicht reinkommen. Wegen der Gesundheitsvorschriften.«

Der Hund knurrte, und Cosmo ging in die Hocke und legte den Arm um den schmutzbedeckten Hund. »Lester ist mein ganzer Trost. Wenn ich niedergeschlagen bin, dann drücke ich ihn einfach, und er muntert mich wieder auf. Stimmt doch, Kumpel?« Der Hund seufzte, drückte sich jedoch an Cosmo und wedelte mit dem Schwanz.

»Und das Baby?«, fragte Silver. Er versuchte, in den Wagen zu linsen, war aber nicht groß genug, um hineinzublicken.

»Das ist die Chefköchin der Broomenthals«, erklärte Cosmo. »Sie hat jahrelang alle Mahlzeiten für den gesamten Zirkus gekocht. Jetzt hat sie zugesagt, mir beim Kochen zu helfen.«

Von der anderen Seite des Diners rief die Marchesa herüber: »Silver, ich bin am Verhungern!«

»Kommt sofort, Marchesa«, brüllte Silver. Nervös rieb er sich den Schweiß von der Stirn, dann deutete er mit dem Daumen auf die Schwingtür zur Küche. »Dann bist du wohl eingestellt. Die Marchesa hat Hühnersuppe mit Pizzabrot bestellt. Die Suppe köchelt schon vor sich hin, aber ich habe noch nicht das Brot in den Ofen geschoben.«

»Alles klar, Boss!«, sagte Cosmo und rollte Rose in die Küche.

»Sorge bitte dafür, dass dein Hund da ein Bad nimmt, ehe Flöhe in den Ahornauflauf geraten«, sagte Silver erschöpft.

Die Küchentür flog hinter ihnen zu, und Rose stieß den Atem aus, den sie wer weiß wie lange angehalten hatte.

»Die Luft ist rein«, verkündete Cosmo. »Du kannst jetzt rauskommen.«

Rose streckte die Beine aus, und der Wagen kippte auf die Seite. Sie purzelte auf eine Gummimatte auf dem Küchenboden.

»Tja, wir müssen wohl dabei bleiben, dass du ein Broomenthal-Clown bist«, sagte Cosmo und half ihr auf. »Eine Akrobatin nimmt dir niemand ab.«

»Ich versuche, das nächste Mal eleganter zu fallen«, sagte Rose.

Die Küche war nicht groß, aber sie würde wohl ausreichen. Ein verrußter Topf köchelte auf dem Herd neben der großen flachen Grillplatte, auf der Burger und Pfannkuchen gemacht wurden. In den Spülbecken türmte sich schmutziges Geschirr, und der übergroße Kühlschrank war halb geöffnet, als ob jemand die Küche eilig verlassen hätte.

Was Rose am wichtigsten war: Es gab neben einem Pizzaofen mit offenem Feuer zwei große Backöfen, und auf dem Arbeitstisch in der Mitte des Raumes lagen vier lange, dünne Streifen Brotteig.

Rose ließ ihre Knöchel knacken und sagte: »Damit kann ich arbeiten.«

Der Hund kam angetrottet. »Das hör ich gern.« Sein Fell war ganz plötzlich wieder sauber – makelloser grauweißer Flaum.

Cosmo ließ Roses Rucksack auf den Tisch in der Mitte fallen. »Wie bist du denn so schnell sauber geworden?«, fragte er den Hund.

Der Hund legte beide Pfoten auf den Tisch und schnüffelte an dem Brotteig. »Dein Freund Silver hat recht gehabt, ein schmutziger Hund ist viel zu unappetitlich für eine Küche.«

»Er ist ein Zauberhund«, sagte Rose zur Erklärung und blickte über die Schwingtür in den Gastraum. Silver war in der Nische bei der Marchesa und unterhielt sich angeregt mit ihr.

Wieder am Tisch, öffnete Rose ihren Rucksack und

kramte darin herum. Nichts von dem, was sie dabeihatte, kam ihr nützlich vor. Die Sanduhr ihrer Mutter war zwar wunderschön, aber Rose musste jetzt nicht auf die Zeit achten. Jacques' Brille war viel zu klein, um auf Roses Nase zu passen. Nellas leere Milchdose war nur noch schmutziger Abfall. Die Schürze von ihrem Vater …

Rose schüttelte sie aus. Wenn sie schon kochte, konnte sie auch eine Schürze tragen. Vielleicht war es ein wenig tröstlich, sie sich umzuhängen und zuzubinden.

Der Hund und Cosmo hatten sich in der Küche umgesehen, und als sie sich wieder nach Rose umdrehten, die die Schürzenbänder gerade zuband, blinzelten sie verdutzt.

»Wo ist sie hin?«, fragte Cosmo und sah sich verzweifelt um.

»Hallo?«, sagte Rose und winkte ihm zu. »Ich bin doch hier.«

Cosmo drehte sich nach dem Klang ihrer Stimme um, doch kurz bevor sein Blick auf sie fiel, glitt er seitlich ab. »Äh, Rose?«, fragte er. »Wo genau stehst du?«

Der Hund hob die Schnauze und schnupperte, dann folgte er seinem Spürsinn über die Gummimatte bis zu Roses Schuhen. »Sie ist hier, Cosmo. Hinter dieser unterirdisch hässlichen Schürze.«

Rose sah an sich hinunter. Richtig, die Schürze war tatsächlich ziemlich hässlich. Sie war verschmiert mit schlammigem Braun und tiefem Schwarz, bespritzt mit senfgelben Flecken und mit noch Schlimmerem. Als ihr die *Gaben der Liebsten* in dem trüben Kerzenlicht überbracht wurden, hatte die verschmutzte Schürze wie aus Tarnstoff ausgesehen. Aber in dem hellen, fluoreszierenden Licht der Küchenlampen fielen die Flecken so schmerzend auf, dass Rose nicht mehr als einen Augenblick hinsehen konnte, sonst tränten ihr die Augen.

Cosmo putzte seine Brille an seinem Hemd, dann setzte er sie wieder auf die Nase. »Jedes Mal, wenn ich versuche, dich richtig zu erkennen, Rose, kann ich nur dieses scheußliche Ding sehen, und mein Blick schweift ab, ehe es mir bewusst wird.«

»Dann trage ich sie mal links rum.« Rose zog die Schürze über den Kopf und legte sie anders herum an. Es war zwar ein bisschen unangenehm, dass die fleckige Seite auf ihren Kleidern lag, aber nach außen war jetzt zumindest die saubere Seite zu sehen.

»Viel besser«, sagte Cosmo und lächelte. »Ich geh mal lieber rüber zu der Marchesa, bevor sie noch misstrauisch wird. Ich hole alle Geheimnisse aus ihr raus, ehe die Brotstangen fertig sind.«

Rose und der Hund tauschten skeptische Blicke. »Klar, tu das mal. Wir machen ihr Essen fertig.«

Cosmo tippte sich an den Filzhut, dann schlenderte er durch die Schwingtür.

Rose blickte hilflos vom köchelnden Suppentopf zum Brotteig. »Ich weiß, dass Cosmo es gut meint, aber ich habe so ein Gefühl, dass ihm die Marchesa ihre Geheimnisse nicht verraten wird. Dazu ist sie zu gerissen.«

»Ich stimme dir zu«, sagte der Hund. »Es hängt jetzt also an dir: Wie kommst du hinter den Zauber des Fluches, den sie über die Stadt gelegt hat?«

Rose überlegte einen Moment. »Vielleicht kann ich den Brotstangen etwas beimischen, etwas, das die Marchesa dazu bringt, sich zu verplappern. Aber alle Rezepte, die mir einfallen, haben Zutaten, die beigefügt werden müssen, *bevor* man den Teig knetet.«

»Dafür ist es zu spät, Rosmarin«, schnaubte der Hund. »Die Marchesa wird gehen, wenn es mit ihrem Essen zu lange dauert. Du hast nicht genug Zeit, um neuen Teig anzusetzen.«

»Das weiß ich auch, okay?«, sagte Rose und schüttete die *Gaben der Liebsten* aus. Sie ergriff *30 Minuten Kü-*

chenzauber mit Lily und blätterte darin herum. »Wir müssen der Suppe etwas beigeben. Man hätte doch meinen können, dass Lily so ein einfaches Grundrezept wie Suppe in ihrem 30-Minuten-Kochbuch hat.«

Seufzend schob sie das Kochbuch wieder in den Rucksack, und der Kopf von Basils gelbem Huhn schnellte heraus.

Basil. Wenn doch ihr kleiner Bruder nur hier wäre – er würde sie irgendwie aufmuntern, damit sie besser nachdenken könnte. Rose hob das schlappe Standup-Requisit hoch und sagte mit quiekender Stimme: »Warum ist das Gummihuhn über die Straße gegangen? Es wollte mal die Beine ausstrecken!«

Der Hund lachte nicht. Stattdessen brach sein Schwanz in ein heftiges Peitschen aus. »Du stolperst gerade über die Lösung, Rosmarin Glyck! Vor langer Zeit hat eine Glyck einem gewissen Gecko, der einer der Marx Brothers war, geholfen. Sie hat in einem ihrer Rezepte ein Gummihuhn verwendet, damit die Zuschauer auch ganz sicher auf seine Kalauer reagierten.«

»Wer sind die Marx Brothers?«, fragte Rose.

Doch der Hund ging nicht darauf ein. Wie schon in Emmas Büro wurden seine Augen glasig, und er verstummte. Als er wieder sprach, dröhnte seine Stimme so, dass sie durch Roses Kopf vibrierte.

»Gummihuhn-Suppe«, trug der Hund vor, *»um die Seele zu wärmen und Heiterkeit zu verbreiten.*
Es war im Jahr 1929 in New York, da beschloss der Jüngste der Marx Brothers, Gecko, dass er es leid war, im Schatten seiner komödiantischen Geschwister zu stehen. Eines Abends trat er als Einpeitscher einer Vaudville-Revue auf die Bühne. Jede seiner Lachnummern war zum Vergessen, eine schlimmer als die andere, und das Publikum saß mit versteinerten Gesichtern da, bis Geckos Scherze schließlich nicht mit Applaus, sondern mit Schnarchen quittiert wurden.
Eine Besucherin, die nicht eingeschlafen war, hieß Philomena Glyck, eine damals berühmte Stil-Ikone, Comedy-Liebhaberin und Köchin. Auch sie hatte Geckos Nummer kalt gelassen. Aber die Vaudeville-Truppe, die an diesem Abend auf Geckos Auftritt folgen sollte, tat ihr leid. Es war schwer genug, ein Publikum zu unterhalten, das wusste sie; aber das Publikum überhaupt erst mal aufzuwecken? Das war von jedem Comedian zu viel verlangt.
Am nächsten Abend band sich Philomena eine Schürze über ihre lange Perlenkette. Sie stopfte ihren Bubikopf unter ein Haarnetz und übernahm die Küche des Revue-Clubs, um ein selbsterfundenes Rezept zu berei-

ten – Gummihuhn-Suppe. FREIE DREINGABE ZU JEDEM TICKET!, stand auf einem Transparent. Und tatsächlich, jedem Besucher dieses Abends wurde die Suppe serviert, und alle verspürten fröhliche Wärme in ihren Bäuchen.

Diese Wärme stieg in rülpsenden Lachern auf, während Gecko seine schrecklichen Witze darbot. Die Leute lachten so viel, dass das Publikum, als Gecko schließlich abtrat, phantastisch guter Stimmung war – die Show der restlichen Truppe wurde ein stürmischer Erfolg.

Leider stieg Gecko die Auswirkung der Suppe so zu Kopf, dass er beschloss, fortan alleine aufzutreten. Nachdem mehrere Auftritte mit Buhrufen und fliegenden Tomaten endeten, gab er das Show-Business auf und wurde Versicherungsagent. Philomena Glyck, Comedy-Liebhaberin, sah das als Erfolg an – erstens, weil es nicht genug Gummihühner auf der Welt gab, um Gecko dauerhaft lustig zu machen, und zweitens, weil Gecko ihr im Gegenzug eine bezahlbare Lebensversicherung verkaufte.«

Die Augen des Hundes verloren ihren glasigen Blick, und er sah Rose erwartungsvoll an.

»Okay«, sagte Rose und versuchte dahinterzukommen, wie ihr das Rezept nützen sollte, »du … meinst also,

wenn wir diese Gummihuhn-Suppe machen, dann hebt das die Laune der Marchesa? Und sie wird so glücklich, dass sie uns ihren Zauber verrät?«
Der Hund schnaubte. »Was ich *hoffe*, ist, dass du sie zu unbändigem Lachen verführst und wir ihr dank meines außergewöhnlichen Gehörs folgen können. Auf diese Weise können wir ihr nachgehen, wenn sie das Silver Spoon verlässt, und den Geheimeingang zu ihrem Haus finden – denn nur durch einen Geheimgang hat sie den Diner hier vor uns erreichen können, ohne dass wir sie gesehen haben.«
»Und sobald wir dort sind, können wir ihre Küche finden«, sagte Rose mit einem Nicken, »und genau herausfinden, wie sie die Stadt mit dem Fluch verzaubert hat.«
Der Suppentopf war schon voll mit Nudeln, Möhren, Sellerie und Zwiebeln, die in der Hühnerbrühe köchelten. Rose nahm das Gummihuhn ihres Bruders und sagte: »Jetzt bist du dran, Bertha«, und ließ es in den Topf fallen.
Ein hohes Zischen stieg aus dem Topf auf, kaum dass das schrumplige Requisit hineinfiel. Das Gummihuhn blähte sich auf wie ein Ballon, die Flügel breiteten sich aus, und der Hals streckte sich. Schließlich nahm auch noch der Kopf seine Hühnergestalt an. Das Zischen

hörte auf, und eine schiefe Stimme trällerte: »La-la-la – ich bin wieder da!«

Der gelbe Hühnerschnabel hüpfte auf und ab. »Ich bin den ganzen Weg hergeflogen. Junge, was sind meine Flügel müde!« Das Huhn platschte in der Suppe umher, als sei der Suppentopf sein persönlicher Whirlpool. Mit jedem Aufspritzen der Gummifüße ertönte das ferne Gelächter einer Menschenmenge.

»Mann-o-Mann«, murmelte Rose. »Jetzt weiß ich, wo Basil seinen Stoff hernimmt.«

»Hallo, meine Freundin!«, gackerte das Huhn, als es Rose sah. »Folgende Frage: Auf was für einem Baum wächst ein Gummihuhn?«

»Hühner wachsen doch nicht auf –«, fing Rose an.

»Ich weiß es!«, bellte der Hund. »Auf einem –« Aber dann verstummte er.

»Ha!«, rief Bertha. »Auf einem Gummibaum, ihr Trottel!« Das Gelächter aus dem Topf wurde ungestüm, als ob ein unsichtbares Publikum aus den Stühlen kippte.

Rose und der Hund stöhnten.

»Das Huhn geht einem gewaltig auf den Zeiger«, grummelte der Hund.

»Genau wie mein Bruder Basil«, sagte Rose grübelnd. »Was, wenn die Marchesa die Art von Person ist, die ganz still lacht? Du weißt schon –« Rose bedeckte den Mund mit der Hand und kicherte höflich. »Wie können wir ihrem Lachen dann folgen?«

»Ich verstehe, was du meinst.« Der Hund legte die Pfoten auf den Küchentisch und stöberte mit der Nase in Lilys Kochbuch. »Könnten wir vielleicht irgendwas dazu im Hochglanzbuch von deiner Tante finden?«

Rose schlug ein Foto ihrer Tante auf. Lily trug darauf weiße Schmetterlingsflügel. Als Titel stand über dem Foto: FEENSTAUB-WÜRZE. »Wir brauchen etwas, das diese Lacher in eine Spur verwandelt, der wir folgen können.« Sie überflog das Rezept, das nichts anderes war als eine Mischung aus Oregano, Knoblauchpulver und Rosmarin. Doch die Beschreibung versprach: »Verleiht jeder pikanten Speise etwas Zauber!« Was Rose auf eine *echte* Zauberzutat brachte.

»Feenstaub!« Sie kramte in ihrem Rucksack und zog Großvater Balthasars grünes Gläschen mit Allerleigewürz hervor. »Das soll angeblich eine schimmernde Spur hinterlassen. Meine Mutter hat es mal in *Versteckkeksen* verarbeitet, als wir ins Ferienlager fuhren. Wenn wir Kinder uns im Wald verirrt hätten, wäre es ganz einfach gewesen, unserer Spur zu folgen und uns zu finden!«

»Ausgezeichneter Einfall!«, sagte der Hund. »Streue etwas hinein. Und dann backen wir mal lieber schnell die Brotstangen. Die Marchesa wartet immer noch auf ihr Essen.«
Rose streute Allerleigewürz über den Topf. Die Körner verwandelten sich in goldene und silberne Flecken, und als sie auf der köchelnden Suppe landeten, zerplatzten sie zu kleinen Blitzen. Funken wie von Miniaturfeuerwerken stoben aus dem Topf, und Bertha sperrte verdutzt den Schnabel auf. »Oooh, so was! Eine Lichterschau, ganz für mich allein!«
»Sei du still«, sagte der Hund. »Paddel einfach weiter und mische die Funken in die Suppe.«
Während Bertha das Allerleigewürz in die Suppe mischte, schob Rose die Brotstangen in den Ofen. Schon bald erfüllte der warme Duft nach Backwerk die Küche.
Das Brot war nach ein paar Minuten fertig – zum Glück, denn durch den Durchgang konnte Rose sehen, wie sich die Marchesa ärgerlich umsah.
Rose trat an den Suppentopf und schob Bertha mit einem Holzlöffel zur Seite, damit sie die Brühe begutachten konnte. »Warum hat die Bouillon die Farbe nicht verändert oder so was? Habe ich mich mit dem Feenstaub getäuscht?«

»Du solltest mal deine Augen durchchecken lassen«, gackerte Bertha. Sie drückte die Gummiflügel auf den Rand des Kochtopfs und stemmte sich über die Seite. Suppentriefend watschelte das Huhn über die Arbeitsfläche zu einem Geschirrtuch, auf dem es sich hin- und herrollte, um sich abzutrocknen. »Die Suppe hat doch jetzt ein richtig schönes, warmes Schimmern. Bist du sicher, dass du keine Brille brauchst?«

Rose hatte keine Zeit, sich mit dem Gummihuhn zu streiten. Sie schöpfte die Suppe in einen tiefen Teller, den sie zusammen mit den warmen, frischgebackenen Brotstangen auf ein rundes Tablett stellte.

Gerade als sie das Tablett am Durchgang auf den Tresen stellte, kam Cosmo angerannt. »Die Marchesa ist so verschlossen wie ein Banktresor«, flüsterte er und fuhr sich mit dem Finger innen am Kragen entlang. »Ich hoffe nur, dass dir was eingefallen ist, Rose.«

»Vielleicht«, sagte Rose, die nicht zu hohe Erwartungen wecken wollte. »Bring ihr einfach die Suppe.«

Cosmo nickte und eilte mit dem Tablett davon. Rose guckte heimlich über den Tresen und sah zu, wie sich die Marchesa eine Stoffserviette in den hohen Kragen ihrer Bluse steckte und die Gummihuhn-Suppe zu schlürfen begann.

Falls Berthas Bad der Suppe einen Gummigeschmack

verliehen hatte, schien es die Marchesa nicht zu bemerken. Sie aß mit Appetit, so gierig, als hätte sie seit Tagen gehungert. Als habe sie noch nie im Leben Suppe probiert. Die Brotstangen tauchte sie in die Brühe, und sie lächelte selig mit jedem Bissen, den sie nahm.

»Und, wie schmecke ich?«, gackerte Bertha.

Rose bat das Gummihuhn, zu schweigen.

Der Hund klopfte mit dem Schwanz an ihr Bein. »Funktioniert es, Rosmarin?«

Rose sah zu, wie die Marchesa ihre Mahlzeit beendete, die Mundwinkel mit der Serviette betupfte und den leeren Suppenteller zur Seite schob. Sie ließ ein paar neue Scheine auf dem Tisch, ergriff ihren Mantel und stand auf. Ein Lächeln huschte über ihr Gesicht, dann zuckte ihr ganzer Körper und sie hickste. Oder besser gesagt, sie *hickste* und dann *lachte* sie – mit einer alarmierenden plötzlichen Serie von Lauten, die Rose fast erschreckend fand.

Rose erwartete, etwas aus ihrem Mund platzen zu sehen – vielleicht einen goldenen Schein. Aber selbst als die Marchesa noch einmal rülpste, fast mit einem lauten Wiehern, tauchte kein Feenstaub auf.

»Entschuldigung«, sagte die Marchesa zu niemand im Besonderen und knöpfte ihren Mantel zu.

»Ich hab nichts sehen können«, sagte Rose, von Panik ergriffen.
»Ich sag's dir doch«, gackerte Bertha, die sich immer noch neben dem Suppentopf abtrocknete. »Du brauchst 'ne Brille! Ich sehe *überall* Gelb.«
»Eine Brille!«, sagte der Hund. »War eine deiner *Gaben der Liebsten* nicht eine Brille?«
Rose fand Jacques' winzige Brille und nahm sie auf. Sie war unmöglich klein – wortwörtlich für eine Maus gemacht. Selbst wenn sie durch Jacques' Brille das Magische sehen konnte, was Bertha ja zu sehen behauptete, würde das Ding niemals auf ihre Nase passen.
Die Marchesa war schon unterwegs und marschierte schnell durch die Eingangstür. Rose steckte die Brille in ihre Hosentasche und eilte auf die Schwingtür der Küche zu. »Es bleibt uns nichts andres übrig – folge ihrem Lachen, Hund. Komm!«
Rose und der Hund liefen aus der Küche, vorbei an dem verblüfften Silver, der an der Kasse stand und Wechselgeld zählte. Die Glastür schloss sich seufzend, als Rose dort ankam – die Marchesa war gerade erst aus dem Diner getreten. Der Nachhall ihres letzten rülpsenden Gelächters hüpfte noch über die Straße.
Aber als Rose und der Hund in den kühlen Herbsttag traten, war die Marchesa nirgends zu sehen.

So schnell, wie sie in dem Diner aufgetaucht war, so schnell war sie auch wieder verschwunden – und ohne den Klang ihres Lachens, dem Rose hätte folgen können, gab es keine Hoffnung, sie einzuholen.

Kapitel 11
Folge der gelben Rülpsspur

Bedrückt kehrte Rose mit dem Hund an ihrer Seite ins Silver Spoon zurück. Der Hund wollte schon etwas sagen, aber hielt mitten im Wort inne. Stattdessen sagte er: »Ähm, wuff, wuff«, dann schloss er das Maul.
Silver stand vor ihnen und hatte die Arme über der rundlichen Brust verschränkt.
»Äh, hallo«, sagte Rose mit einem lahmen Winken.
Der junge Restaurantbesitzer sah sie von oben bis unten an. »Ihr Zirkusleute seid ein seltsamer Haufen.« Er drehte sich weg und wischte den Tresen mit einem Tuch ab. »Trotzdem nett, Sie kennenzulernen, Köchin Broomenthal.«

»Gleichfalls«, murmelte Rose und schob sich an ihm vorbei.
Cosmo saß noch immer in der Nische der Marchesa – der Tisch war inzwischen abgeräumt – und kaute auf einer übriggebliebenen Brotstange, die Rose gebacken hatte. »Sie ist also wieder einfach verschwunden, was?«
Rose nickte und setzte sich ihm gegenüber in die Nische. »Wenn man's recht bedenkt, war ich echt kein guter Reporter, wenn mir in der Vergangenheit alle Hinweise entgangen sind, dass die Marchesa zaubern kann. Ist wahrscheinlich ganz gut so, dass mich Hedda Penny gefeuert hat.«
Der Hund sprang neben Rose in die Nische. »Du weißt aber schon noch, dass du nicht wirklich gefeuert worden bist, stimmt's? Das war doch nur eine vorgetäuschte Geschichte.«
Cosmo wischte sich den Mund mit dem Ärmel ab. »Ach so, stimmt ja.«
»Das ist alles aussichtslos«, sagte Rose. Sie sah aus dem Fenster, in der Hoffnung, irgendwo die braungekleidete Marchesa zu entdecken, aber die Straße draußen war menschenleer. »Ich tue ja mein Bestes, aber ich glaube, ich brauche doch mehr Hilfe.«
»Du hast doch Hilfe *gehabt*«, erwiderte der Hund kühl. »Das unerträgliche Gummihuhn hat dir die ganze Zeit

gesagt, dass du eine Brille brauchst. Nachdem du jetzt erst mal nichts mehr zu tun hast außer dich selbst zu bemitleiden, solltest du dir vielleicht diese Brille doch noch mal ansehen.«

Rose tastete in ihrer Hosentasche nach der winzigen Brille. Sie hielt das Etui dicht vor ihre Nasenspitze, klappte es mit dem Fingernagel auf und zog vorsichtig eine kleine runde Brille mit Silbergestell heraus. Die Brille war so klein, dass sie höchstens einer Plastikpuppe – oder einer Maus – passen konnte. Rose kniff die Augen zusammen und konnte ganz ungenau ein paar Kratzer innen am Rahmen erkennen. »Ich glaube, da steht was geschrieben«, sagte sie.

Cosmo hielt die Hand hoch. »Hey, Silver!«, rief er. »Hast du noch die Lupe hinter dem Tresen? Mit der du Geldscheine auf Fälschungen untersuchst?«

»Aber sicher!« Einen Moment später kam der kleine, rundliche Restaurantbesitzer mit einem Vergrößerungsglas. Er reichte es Cosmo misstrauisch. »Wozu brauchst du sie denn?«

Cosmo deutete mit dem Daumen auf Rose. »Das alte Mädchen sieht nicht mehr so gut. Das kennst du ja auch.«

Offenbar kannte Silver das nur zu gut. Er nickte, dann ging er an den Tresen zurück.

»Danke«, sagte Rose. Sie nahm die Lupe und hielt sie über die winzige Brille. Die Kratzer wurden plötzlich ganz deutlich: In den Rahmen waren Worte geritzt: »Universalgröße für jedermann«, las sie laut vor.

Cosmo prustete los. »Hat der Puppenmacher, der die gemacht hat, das als Witz eingeritzt?«

Der Hund stupste Rose mit seiner feuchten Schnauze am Ellbogen an. »Warum wagst du es nicht, Rosmarin Glyck?«

Rose zuckte die Schultern. Einen Versuch war es wert. Sie nahm die Brille zwischen die Nägel von Daumen und Zeigefinger und setzte sie ganz vorsichtig auf den Nasenrücken. Es war, als würde sie dort ein Reiskorn balancieren.

Ein Zittern ging durch die Brille. Die Linsen vergrößerten sich um ein Hundertfaches, und die Bügel wuchsen heraus wie Zauberstäbe. Innerhalb eines Atemzuges war die Brille auf die exakt richtige Größe für Roses Gesicht angewachsen, genau wie die Aufschrift es versprochen hatte.

Cosmo nahm seine eigene Brille ab und rieb sich ungläubig die Augen. »Dieses Zauberzeug ist ja bekloppt!«

Rose achtete nicht auf ihn, denn kaum dass Jacques' Universalgrößen-Brille wie für sie gemacht auf ihrer

Nase saß, konnte sie das deutlich sehen, wovon das Huhn Bertha geplappert hatte: goldene Staubwölkchen in der Luft. Eines hing direkt vor Rose, dort, wo die Marchesa gesessen hatte. Rose drehte den Kopf, und ihr Blick folgte den kleinen Wolken. Fünf davon führten direkt zum Ausgang.

Rose fuhr mit der Hand durch das glitzernde Wölkchen vor ihr, und goldene Flecken klebten mit leise klingelndem Gekicher an ihren Fingerspitzen – das Allerleigewürz war zu Feenstaub geworden und hatte an den Gummihuhn-Suppen-Rülpsern der Marchesa angedockt!

»Der Zauber hat funktioniert!«, rief Rose aufgeregt. »Ich sehe die Spur!«

»Dann dürfen wir nicht zaudern!« Der Hund sprang aus der Nische. »Komm, Rosmarin, wir müssen uns beeilen!«

»Ist ja heiß!«, krähte Cosmo. »Diese Geschichte ist ja wirklich voll von Rätseln und Wendungen.«

Die goldenen Rülpswölkchen wirbelten um Roses Kopf, als sie sie durchschritt, und ein fernes Gelächter hallte ihr in den Ohren. Die Wölkchen machten keine Anstalten sich aufzulösen, sondern blieben in der Luft hängen und hüpften sanft dahin.

Als Rose gerade das Silver Spoon verlassen wollte, kam

Silver hinter der Kasse hervor und versperrte ihnen den Weg. »Wo wollt ihr eigentlich hin? Ihr könnt mich doch nicht schon wieder im Stich lassen!«

Zum Glück reagierte Cosmo schnell. »Natürlich nicht, Boss! Köchin Broomenthal muss gehen, und sie nimmt meinen Trosthund mit auf einen Spaziergang. Aber ich? Ich gehe nirgendwohin.«

Silver räusperte sich. »In Ordnung. Die frühen Gäste, die zeitig zu Abend essen, treffen bald ein, du solltest also deinen Hintern in die Küche bewegen und mit den Vorbereitungen anfangen.«

»Schon dabei, Boss!« Cosmo salutierte und verschwand in der Küche. Rose und der Hund folgten ihm. Sie stopften Roses Sachen in ihren Rucksack – einschließlich des Gummihuhns, das nun wieder schrumpelig war, denn das wollte Basil ja wohl zurückhaben – und Cosmo scheuchte sie aus der Hintertür. »Klopft einfach dreimal an diese Hintertür, so« – er klopfte mit den Knöcheln dreimal auf die Arbeitsfläche –, »dann weiß ich, dass ihr es seid. Viel Glück!«

»Danke, Cosmo«, sagte Rose, dann verschwanden sie und der Hund in die Gasse hinter der Küche und um die Ecke zum Eingang des Diners.

Eine besonders große gelbe Wolke stand bebend direkt neben der Tür. Sie schien vor Lachen zu wiehern, als

Rose sie durchschritt. Weitere goldene Wölkchen zogen den Gehweg entlang, vorbei an der Bank und dem Schlachter und dem Blumenladen. Überall hingen die Zettel, auf denen nach Rose und dem Hund gesucht wurde – sie klebten an Wänden und Fenstern und an Laternenpfählen. Rose senkte schnell den Kopf, als sie an einem jungen Pärchen vorbeikam, das Arm in Arm spazieren ging – die Verliebten waren ungefähr sechs.

Die Rülpsspur führte sie um eine Ecke, weg vom Marktplatz. Rose konzentrierte sich auf eines der goldenen Wölkchen nach dem anderen und wagte nicht, mit dem Hund zu sprechen, falls jemand sie beobachtete. Nachdem sie ein paarmal abgebogen waren, merkte sie, dass sie sich keine Gedanken mehr machen musste: Kein Mensch war in der Nähe.

Alle Geschäfte in diesem Teil von Bontemps waren geschlossen und mit Brettern zugenagelt. Obwohl der übrige Teil der Stadt tadellos sauber war, raschelten hier Laub und alte Zeitungen in den Rinnsteinen. Die Gebäude waren verlassen und sahen schmutzig und traurig aus. Da so viele der Bewohner von Bontemps zu jung zum Arbeiten waren – oder noch schlimmer, sich in Luft aufgelöst hatten –, gab es niemanden mehr, der diese Läden betreiben konnte.

Rose fröstelte. Konnte dieser Ort noch unheimlicher werden? Wer weiß, wohin diese Wölkchen sie führten?

Wie sich herausstellte, wurden sie zu einem Kino geleitet.

Die schimmernden Rülpser endeten ganz plötzlich an der Kasse vor dem alten Lichtspielhaus. Die Eingangstüren waren mit Kanthölzern vernagelt, und die Scheiben der Plakatkästen so staubig, dass Rose nicht erkennen konnte, welche Filme hier gelaufen waren. Vor den zugeklappten Fensterläden des Kassenhäuschens hing schief ein Schild: *GESCHLOSSEN*.

Rose reckte den Hals. Die Anzeigetafel war schmutzig und vergilbt. In schwarzen Buchstaben stand da: HEUTE IM PROGRAMM: Rod Taylor in DIE ZEITMASCHINE.

»Von dem Film hab ich noch nie gehört«, sagte Rose.

Der Hund sah hinauf, dann sagte er: »Der ist nicht schlecht, aber *uralt*.«

Rose ging um das Kassenhäuschen und suchte verzweifelt einen Eingang in das geschlossene Kino. »Ich kann die Spur nicht mehr sehen«, sagte sie mit bebender Stimme. »Sie hört genau hier auf. Wenn wir nun zu langsam waren und sie sich aufgelöst hat?«

»Kannst du sie hinter uns noch sehen?«

Rose blickte zurück. Durch die Zauberbrille von Jacques konnte sie in der Tat eine lange Reihe senffarbener Wölkchen erkennen, die sich die Straße entlangschlängelten. »Ja, kann ich.«

»Dann muss sie hier irgendwo weitergehen.« Der Hund schnüffelte um das Kassenhäuschen herum. »Hilf mir beim Suchen.«

»Schau mal!« Rose deutete auf das Pflaster vor der Tür zu dem Häuschen. Die dünne Schmutzschicht, die sonst den ganzen Gehweg überzog, war hier unterbrochen, auch wenn es im Dämmerlicht schwer zu erkennen war.

Jemand war durch diese Tür gegangen.

»Gut erspäht, Rosmarin!«, sagte der Hund mit wedelndem Schwanz. »Vielleicht hast du ja wirklich nur eine Brille nötig gehabt.«

Der Türgriff klemmte, als Rose ihn zu drehen versuchte, doch unter Stöhnen gelang es ihr, die Tür aufzuziehen. Sie und der Hund fuhren zurück.

Rose hatte erwartet, dass im Inneren des Häuschens ein Hocker und ein Schalter wären, vielleicht sogar eine alte Registrierkasse. Aber hinter dem abgedunkelten Fenster war das Häuschen leer – nichts war darin, nicht mal ein Fußboden. Stattdessen wand sich eine Treppe spiralartig in die Tiefe unter dem Kino.

Doch durch Jacques' Spezialbrille konnte Rose viele helle Lichter sehen. Eine goldene Rülpswolke schwebte über der Wendeltreppe, und tiefer unten waren weitere Wölkchen, die wie Glühwürmchen flackerten und hinunter ins Bodenlose führten.

»Ein Geheimgang!«, sagte der Hund. »Das wird ja immer mysteriöser.«

Rose schluckte und rückte den Rucksack auf ihren Schultern zurecht. Es war nicht ungefährlich hinabzusteigen, wo sie doch gar nicht wussten, wohin die Stufen führten, aber jetzt waren sie und der Hund nun mal so weit gekommen. Wenn doch nur Gus und Jacques hier gewesen wären, um vorauszueilen und auszukundschaften – keiner war besser darin, sich mutig irgendwohin zu schleichen, ohne gesehen zu werden. Aber nun lag es an ihr. Sie wappnete sich und stieg hinab. Leise folgte ihr der Hund.

Die Treppe war kurz, und schon bald befand sich Rose in einer Art Tunnel. Mattgelbe Glühbirnen baumelten von der bogenförmigen Decke, und die Steinwände wurden von Holzbrettern abgestützt wie Stollenschächte. Kalte, abgestandene Luft streifte Rose, die in eine flache Pfütze trat. »Wie eklig«, sagte sie. Alte, verblasste Plakate – von Filmen und vom Broomenthal-Zirkus sowie von Zaubershows – klebten an den Wänden.

»Was ist das denn für ein Ort?«, flüsterte Rose, obwohl die Stille verriet, dass sonst niemand in der Nähe war.
»Die Marchesa hat ein geheimes unterirdisches Netzwerk, wie es scheint. So kann sie wie von Zauberhand überall in der Stadt auftauchen und verschwinden.« Der Hund beschnüffelte den schmutzigen Boden. »Kannst du die Spur noch sehen?«
»Hier entlang.« Rose folgte den glühenden goldenen Wolken, die die Marchesa hinterlassen hatte. Die Idee mit dem Feenstaub in der Suppe erwies sich als goldrichtig, denn der Tunnel führte in ein Labyrinth dunkler Gänge, die in alle Richtungen abzweigten. Wenn die Marchesa die Einzige war, die von diesen Zugangstunneln wusste, war sie in der Lage, in Bontemps überall hinzukommen, ohne dass ein einziger Bewohner etwas merkte.
Rose folgte also den schwebenden gelben Zeichen und war erleichtert, als die Spur schließlich an einer stabilen Eisentür endete, die in die steinerne Wand eingebaut war.
Die Tür war unverschlossen und ließ sich mit einem lauten Quietschen öffnen. Dahinter befanden sich Stapel von Kisten, wackelige, staubige Holzregale und eine einzelne riesige bernsteinfarbene Wolke – die Mar-

chesa musste an dieser Stelle einen großen Rülpser ausgestoßen haben. Die Wolke löste sich auf, goldene Staubkörner stoben auseinander und rieselten sanft zu Boden.

Die Spur erlosch.

»Wir müssen uns beeilen«, sagte Rose zu dem Hund und stürzte in den Raum. »Die Spur verschwindet!«

Das einzige Licht in dem Raum kam von dem rasch vergehenden Feenstaub, doch dann drückte sich der Hund an Roses Seite, sie legte die Hand auf das weiche weiße Fell seines Kopfes, und er führte sie durch die Dunkelheit zum Fuß einer Holztreppe. Die letzten Glimmer der Spur führten dort hinauf.

»Ich glaube, wir sind in einem Keller«, flüsterte Rose. »Glaubst du, dass wir im Haus der Marchesa sind?«

»Das können wir nur auf eine Weise herausfinden«, flüsterte der Hund zurück.

Rose nickte, holte tief Luft und erklomm die Treppe. Vorsichtig öffnete sie die Tür am oberen Ende und spähte um die Ecke – in einen langen, holzgetäfelten Korridor. An einer Wand in ihrer Nähe machte ein Heizkörper klopfende Geräusche, aber es waren keine Schritte oder Stimmen zu hören. Direkt gegenüber der Kellertreppe stand ein schmaler Tisch, darüber hing ein schwarzweißes Foto der Marchesa in einem protzigen

Goldrahmen. Das Bild sah aus wie das Porträt eines Filmstars und war sogar in einer Ecke mit folgenden Worten signiert:

Ich für mich von mir.
In ewiger Liebe, die Marchesa. Xoxo

Die letzten Pusteblumenwölkchen der Rülpsspur führten den Korridor entlang nach links um eine breite Treppe herum, die sich gegenüber der Eingangstür befand. Hier war die Marchesa durchgekommen und dann nach oben gegangen.

Es *war* ihr Haus.

Rose legte einen Finger auf die Lippen und betrat mit dem Hund die Eingangsdiele. Da die Spur der Marchesa nach links führte, wandte sich Rose nach rechts. Sie kamen an einem offenen Durchgang zur Küche vorbei – sie war groß und prächtig, genau wie Emma gesagt hatte, und am liebsten hätte Rose sie sofort erkundet. Aber wenn die Marchesa niemals backte, dann würde die Antwort darauf, wie sie die Stadt verhexte, nicht dort zu finden sein.

Stattdessen ging Rose durch den nächsten Durchgang in einen eleganten Salon. Eine ganze Wand wurde von einem gemauerten Kamin eingenommen, in dem ein warmes Feuer flackerte. Dem Durchgang gegenüber befand sich ein Fenster, das vom Boden bis zur Decke reichte und von gelben Spitzengardinen verhüllt wurde. An den übrigen Wänden standen hohe Bücherregale voller muffig aussehender Bände. In der Mitte des Zimmers waren vier Lehnsessel um einen niedrigen Wohnzimmertisch arrangiert, darunter lag ein prächtig gemusterter Perserteppich.

Obwohl die Villa von außen vernachlässigt wirkte, schien innen alles ordentlich und sauber zu sein, ein hundert Jahre altes Wohnhaus, wie in einem luftdichten Gefäß versiegelt. Wie ein großes Museum.

Und wie in einem Museum hatte die Marchesa Fotos aus alter Vorzeit aufgestellt.

Die Fotos standen in einer Reihe auf dem Kaminsims, der von einer Wand zur anderen reichte. Im ersten Rahmen war ein Porträt der Marchesa, genauso gekleidet, wie sie die Statue im Park zeigte. Jung und begeistert strahlend zeigte sie stolz ihre Schönheitsköniginnen-Schärpe. Daneben war das Bild eines Teenagers, der nicht älter war als Tymo. Er trug einen grauen Nadelstreifenanzug mit einem Jackett, das ein wenig zu lang aussah, und auf seinem Kopf saß ein steifer Strohhut.

Er und die Marchesa waren auch beide auf dem nächsten Bild, immer noch glücklich, immer noch jung, bei einem Strandausflug, beide in Badeanzügen, die fast ihren ganzen Körper bedeckten. Auf dem vierten Foto waren die Marchesa und derselbe Mann mit einem Baby abgebildet, das Emma sein musste.

Doch danach war der Mann nicht mehr zu sehen.

Jedes der folgenden Fotos war ein Einzelporträt der Marchesa. Auf jedem war sie ein paar Jahre älter als auf dem vorigen, die Augen etwas trüber, die Gesichtshaut runzeliger, das Haar an den Schläfen allmählich grau. Ihr Ausdruck wurde von Bild zu Bild säuerlicher, bis man kaum noch die schöne, glückliche junge Frau in ihr erkennen konnte, die sie einst gewesen war.

Und danach hatten die Bilder überhaupt keine Gesichter mehr. Sie waren mit einem Messer oder mit einer Schere herausgeschnitten worden und hatten schartige Löcher hinterlassen.

Rose war in der Mitte des Kaminsimses angekommen, doch es folgten noch weitere Bilder – nur, dass sie jetzt in umgedrehter Reihenfolge angeordnet waren. Oder das hätte Rose wohl angenommen, wenn sie nicht gewusst hätte, dass die Marchesa einen Weg gefunden hatte, die Zeit in Bontemps umzudrehen. Die runzelige ältere Frau lächelte jetzt düster, und auf jedem weiteren Foto wurde sie immer jünger.

Kurz vor dem Ende des Kaminsimses waren neuere Bilder der Marchesa, auf denen sie aussah wie jetzt: wieder zwanzig Jahre alt und mit einem herausfordernden Strahlen.

»Sie muss wohl sehr unglücklich gewesen sein«, flüsterte Rose dem Hund zu.

Der Hund knurrte. »Möglich. Aber das ist keine Entschuldigung für das, was sie gemacht hat.« Er wandte sich von dem Kamin ab und trottete auf das nächstliegende Bücherregal zu. »Ich nehme an, wir kennen jetzt das *Warum* der Geschichte. Die Marchesa wollte ihre verlorene Jugend zurückhaben und in die Zeit zurückkehren, in der sie am glücklichsten gewesen war. Jetzt müssen wir nur das *Wie* aufdecken.«

Die Bücher in den Regalen waren keine Koch- oder Backbücher, auch keine Romane. Rose und der Hund bückten sich und lasen die Titel von den Buchrücken ab: *Gloxinias Leitfaden zu gärtnerischer Gaunerei* war ein Titel. *Das Kreuzen von Pflanzen im Lauf der Jahrhunderte* war ein anderer. *Jahreszeiten kommen, Jahreszeiten gehen: Züchten nach der Bernard-Blatt-Methode.* Es gab noch mehr davon, alle mit ähnlichen Titeln.

In jedem einzelnen Buch ging es ums Gärtnern.

Ein Regal enthielt gar keine Bücher. Es stand in der Ecke des Raumes, im hintersten Teil, wo die Regale aneinanderstießen, und es war mit Spielsachen gefüllt: eine Stoffpuppe mit Wollhaaren und nur einem Knopf als Auge; ein rostiges Jacks-Spiel mit einem Gummiball, der vor Alter ganz runzelig war. Alte Rollschuhe, wie Rose annahm – es waren metallene Schuhsohlen samt Lederriemen mit hölzernen Rädern darunter. Offenbar schnallte man die Metallsohlen einfach unter die Schuhe.

Rose dämmerte es langsam. Es gab also anscheinend nur drei Dinge, die der Marchesa etwas bedeuteten: ihre verlorene Jugend, ihr Garten und allem voran sie selbst.

Rose wollte gerade einen der schweren Bände über Gartenkunde herauszerren, als von oben laute Schritte zu hören waren. Der Hund erstarrte und spitzte die Ohren. Rose hielt die Luft an und wartete lauschend.

Holzdielen knarrten, und die Schritte wurden lauter. Jemand kam nach vorne auf das Treppenhaus zu, das nach unten führte – direkt zu Rose und dem Hund.

»Wir haben genug gesehen, Rosmarin«, zischte der Hund. »Wir müssen fliehen!«

Rose nickte nur zustimmend und, so leise sie konnte, schlich sie im Eiltempo aus dem Salon und zurück in die Diele. Da hörte sie ein hicksendes Lachen und sah Goldstaub in die Luft der Diele puffen.

Die Marchesa war nicht am oberen Ende der Treppe; sie war unten.
Es bestand keine Möglichkeit, die Kellertreppe zu erreichen, ehe die Marchesa sie entdeckte, und die Haustür war sogar noch weiter weg.
Daher wich Rose nach links aus, durch den Bogen und in die riesige Küche.
Leider war es eine Küche, die keine Durchgangstüren zu irgendeinem anderen Raum hatte und auch keine Fenster, die für ein dreizehnjähriges Mädchen und einen Hund groß genug waren, um hindurchzuschlüpfen.
Während Rose das klarwurde, kamen die Schritte aus der Halle und näherten sich rasch.
Jetzt saßen Rose und der Hund in der Falle.

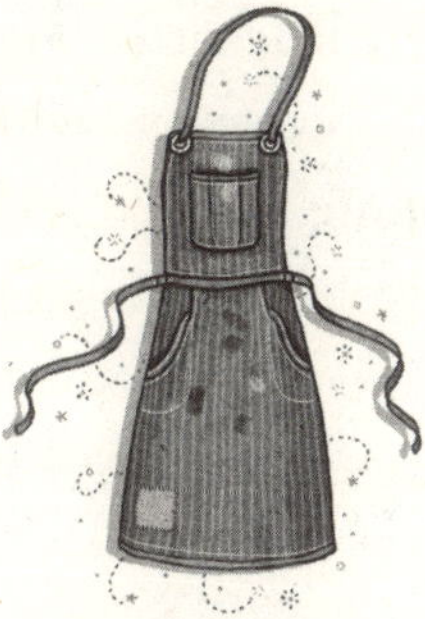

Kapitel 12
Igitt – eine schmutzige Schürze!

Rose sah sich um, welches der größte Schrank war, und eilte dorthin. Es würde vielleicht eng, sich darin zu verstecken, aber es konnte auch nicht schlimmer sein, als in einem Kinderwagen herumgefahren zu werden.

Sie wollte die Schranktür aufreißen, aber sie ließ sich nur ein paar Zentimeter öffnen. Ein kleiner dünner Plastikarm verhinderte, dass man sie weiter öffnen konnte.

»Was ist los?«, flüsterte der Hund.

»Kindersicherung«, flüsterte Rose zurück. Selbst wenn sie herausfinden sollte, wie man den kleinen Haken löste, sah sie doch, dass der Schrank vollgestopft war mit Rührschüsseln und anderen Dingen.

Draußen in der Diele klackerten die Schuhe der Marchesa über den Dielenboden und wurden mit jeder Minute lauter. Jetzt konnte Rose sie summen hören – eine vertraute Melodie; woher sie sie kannte, fiel Rose nicht ein.

»Beeil dich, Rosmarin!«, stieß der Hund flüsternd hervor.

Rose sah sich nach einem anderen Versteck in der Küche um. Ihr Blick glitt über den in der Mitte stehenden Küchenblock, über die marmorne Arbeitsplatte und den glänzend schwarzweiß gefliesten Boden, in dem sich Roses Gesicht und ihr leuchtend roter Rucksack undeutlich spiegelten.

Man würde sie erwischen.

Und dann tauchte ein Bild vor ihren Augen auf, von ihr und dem Hund und Cosmo in der Küche des Silver Spoon. Sie hatte die Schürze ihres Vaters übergestreift …

»Ich hab eine Idee!« Sie schob hektisch den Hund in eine Ecke, in der ein schwarzer Mülleimer stand. Im nächsten Moment hatte Rose ihren Rucksack abgeschüttelt und hockte neben dem Hund hinter dem Mülleimer, der sie kaum verbarg.

Dann zog Rose die hässliche, schmutzige Schürze heraus.

»Das Ding?«, sagte der Hund. »Wie eklig.«
Seine Stimme wurde erstickt, als Rose die Schürze über sich und den Hund drapierte –
Genau in dem Moment betrat die Marchesa den Raum.
Immer noch mit der seltsamen Melodie auf den Lippen, wirkte die Marchesa hier, hinter verschlossener Haustür, wo sie annahm, allein zu sein, etwas entspannter – wenn auch nur ein wenig. Sie knipste die viel zu helle Beleuchtung an, und Rose konnte sehen, dass sie in einer Hand ein schweres Buch trug. Den Umschlag zierte ein beängstigend dorniger Busch. Rose hätte schwören können, dass sich seine rankenartigen Zweige zu der Form eines Totenkopfes kringelten. Der Buchtitel leuchtete rot: *Hexenbotanik.*
Plötzlich hörte die Marchesa zu summen auf. Sie schnupperte hörbar und sah sich misstrauisch im Raum um. »Hmm.«
Rose drückte sich eng an den Hund, sank in sein weiches Fell und hielt die Schürze dicht über sie beide. Sie versuchte sie über den Kopf zu ziehen, aber nun konnte man ihre Beine sehen, doch wenn sie die bedeckte, guckte ihr Kopf wieder hervor. Sie wählte den Mittelweg.
Rose hielt die Luft an. Vielleicht klappte diese Sache

ja doch nicht. Vielleicht würde die Marchesa sie sofort entdecken. Vielleicht, vielleicht, vielleicht …

Doch als sich der Blick der Marchesa auf die Ecke richtete, in der sich Rose und der Hund versteckten, zuckten ihre blassblauen Augen nur und glitten weiter.

Sie hatte sie nicht gesehen.

Die Schürze war in der Tat so hässlich, dass man sie nicht ansehen konnte.

Rose stieß einen winzigen Seufzer aus. *Danke, Dad!*

Die Marchesa fing wieder zu summen an, wechselte jedoch zu einem lauten Stegreiflied. »Ganz allein«, sang sie vor sich hin und legte das Buch auf den Küchenblock. »Allein in meinem Haus.« Sie nahm einen silbernen Kessel vom Herd, füllte ihn mit Wasser und stellte ihn dann zum Kochen auf. »Nur ich an dem Ort, wo ich hingehöre.« Ihre Bewegungen hatten etwas Anmutiges. Unwillkürlich sah Rose sie vor sich, wie sie jung und verliebt gewesen war.

Der Hund neben ihr fing an, sich zu kratzen. Rose drückte seine Pfote auf den Boden, um ihn daran zu hindern. Man konnte sie vielleicht nicht sehen, aber die Schürze verbarg nicht die *Geräusche,* die sie machten. Sie durften keinen Pieps von sich geben, solange die Marchesa in der Küche war.

Es dauerte eine Weile, bis das Wasser kochte. Die Marchesa lehnte sich auf die Anrichte und betrachtete sich in den spiegelnden Kacheln. Mit den Fingerspitzen wischte sie sich Lippenstift aus den Mundwinkeln. »Nicht mehr lange bis zur Ernte«, sang sie, und ihre improvisierte Melodie nahm einen dunkleren Ton an. »Und dann, dann – dann bin ich perfekt!«

Selbstgefällig nahm die wieder jung gewordene ehemalige Schönheitskönigin ein gerahmtes Bild von der Arbeitsplatte. Es war Rose bisher nicht aufgefallen, doch jetzt konnte sie erkennen, dass es ein weiteres Schwarzweißporträt der Marchesa als Teenager war, zusammen mit dem jungen Mann, der sie anscheinend verlassen hatte. »Nimm *das*, Eustachius«, sagte sie und stieß mit dem Finger nach seinem Gesicht.

Der Kessel fing schrill zu pfeifen an. Die Marchesa zog ihn vom Herd. Plötzlich erstarrte sie und legte einen Finger unter die Nase. Mit einem Schütteln des Kopfes unterdrückte sie ein Niesen.

Einen Augenblick später goss sie das dampfende Wasser in eine Teetasse und tauchte einen Teebeutel hinein. Gerade, als sie die Tasse hochheben wollte, zuckte ihr ganzer Körper, und sie wurde von einem sehr heftigen »Ha-TSCHIE!« geschüttelt.

Schniefend stemmte sie die Hände in die Hüften und sah sich stirnrunzelnd im Raum um. Dreimal blickte sie die Schürze mit Rose und den Hund dahinter direkt an. Dreimal ließen die schmutzigen Zebrasteifen und Leopardenflecken den Blick ihrer tränenden Augen abgleiten.

Endlich ergriff die Marchesa ihre Teetasse, trank einen Schluck und ging durch den Bogen zurück in die Diele, wobei sie mit ihrem Lied fortfuhr. »Ganz allein, allein in meinem Haus …«

Rose und der Hund konnten sie summen hören, während sie sich entfernte, dann Schritte im oberen Flur. Von dort oben ertönte nochmals ein markerschütterndes Niesen, dann wurde alles ruhig.

»Ich glaube, die Luft ist rein, Rosmarin«, flüsterte der Hund. »Du kannst mich loslassen.«

»Ach, entschuldige!« Rose ließ die hässliche Schürze zu Boden sinken, dann stand sie auf und streckte die Beine, die kurz vor einem Krampf waren. »Das war knapp.«

Hexenbotanik lag immer noch auf dem Küchenblock. Rose nahm den Band und schlug ihn auf.

Innen befanden sich Hochglanzfotos von allen möglichen ungewöhnlichen Pflanzen. Löwenmäulchen, deren Blüten wie richtige Löwenrachen aussahen; eine blassrosa Blume mit dicken, fleischigen Blütenblättern, die *Vierlippe* hieß; eine Art Venusfalle, die groß genug aussah, um ein Kind zu verschlingen. Rose hatte das ungute Gefühl, dass es sich nicht um Trickaufnahmen handelte. »Ich glaube nicht, dass die Marchesa irgendwas gebacken hat.«

»Offensichtlich.« Der Hund schnupperte an der immer noch warmen Teekanne auf dem Tisch. »Sie hat sich nur was Warmes zu trinken gemacht.«

»Ich meine nicht *jetzt*«, sagte Rose. »Ich meine, ich glaube nicht, dass sie magische Backwaren genutzt hat, um die Stadt zu verhexen.« Sie hielt dem Hund die *Hexenbotanik* aufgeschlagen hin. Auf der Seite war das Foto einer neonblauen Blüte, die vor Elektrizität glühte. »Meine Eltern haben ähnliche Bücher – über wenig bekannte Zutaten. Die Marchesa hat doch was von einer Ernte gesungen, stimmt's?« Rose legte das Buch ab. »Sie muss selbst eine Zauberzutat gezüchtet haben, etwas so Mächtiges, dass man damit die Zeit umdrehen kann!«

Der Hund neigte nachdenklich den Kopf. »Eine bestechende Hypothese, die mir nicht eingefallen wäre. Wenn sie sich als richtig herausstellt, winkt dir eine gute Note.«

Rose spürte zum ersten Mal, seit sie in Bontemps angekommen waren, einen richtigen Energieschub. Besser wäre es gewesen, ihren Vater dabeizuhaben, um all die seltsamen Blumen im Buch der Marchesa zu bestimmen, aber immerhin hatte Rose endlich eine Idee, was sie jetzt machen musste. »Wir müssen das, was die Marchesa gezüchtet hat, finden und es aus dem Boden reißen.«

»Da würde ich Vorsicht anraten«, sagte der Hund. »In einer lange zurückliegenden Prüfung hat Salazar Glyck ein ungewöhnliches Kraut ausgerissen und fast das Gefüge von Raum und Zeit aus den Fugen geraten lassen.«

»O je. Okay, Vorsicht ist angesagt – verstanden.« Rose setzte ihren Rucksack auf. »Welche Note hat *er* bekommen?«

»Eine Zwei minus. Schließlich hat er ja nur *fast* alles auf Erden abgeschaltet.«

Rose trat an den Durchgang und spähte in die Diele. »Wenn sie uns irgendwie ähnlich ist, hat die Marchesa einen Botanikführer wie unser Backbuch.«

»Oder vielleicht ein Tagebuch wie Emma«, sagte der Hund hinter ihr.

»Vielleicht«, räumte Rose ein und legte den Finger auf die Lippen. Niemand war in Sicht. Sie deutete dem Hund an, ihr zu folgen, dann schlich sie auf Zehenspitzen durch die polierte Diele und zurück in den Salon. Das Feuer wärmte den Raum noch immer, aber das Tageslicht, das durch die Gardinen schimmerte, begann nachzulassen. Auch wenn die Zeit rückwärtslief, waren die Herbsttage hier in Bontemps kürzer, und es wurde allmählich Abend.

»Wir müssen nur ihren magischen Botanikführer finden«, sagte Rose und hockte sich vor das erste Regal. Wortlos begannen sie und der Hund die ledergebundenen Bände zu untersuchen. »Dazu sollten wir ja nicht *allzu* lange brauchen.«

Eine Stunde später durchsuchten sie die Regale immer noch. Rose ließ den Finger über jeden Buchrücken gleiten, während der Hund ab und zu an den modrigen Seiten schnüffelte. Es gab grundlegende Gartenbücher, Anleitungen zum Kreuzen von Pflanzen und zum Düngen von Blumenbeeten, es gab hochspezialisierte Anleitungen über das korrekte Setzen von Gemüsepflanzen, zum Beispiel so, dass deren Wurzeln die der umstehenden Gewächse erstickten. Es gab sogar einen bebilderten Almanach über Bestäubung.

Alle Bücher waren den Gartenbüchern ähnlich, die man in den langweiligen Abteilungen eines Buchladens fand, Bücher, die sich jeder anschaffte, der einen grünen Daumen und Freude am Graben in der Erde hatte. Nur *Hexenbotanik* war irgendwie geheimnisvoll, aber selbst dieser Band war in erster Linie ein Bildband über ungewöhnliche Pflanzen. Kein Zauber weit und breit.

Vielleicht täuschte sich Rose ja. Vielleicht hatte die Marchesa *doch nichts* Verhextes gezüchtet.

Rose schob eine Ausgabe von *Unkräuter unschädlich machen* in das Regal zurück und hatte gute Lust, einem der Sessel hinter sich einen Tritt zu versetzen. Sie hatten nichts gefunden, und jede Minute konnte die Marchesa zurückkommen.

Besorgt blickte Rose zur Tür des Salons, voller Angst, dass man sie gleich erwischen und in den Geheimgarten der Marchesa werfen würde, in dem die monströse Venusfalle aus *Hexenbotanik* schon auf sie wartete.

»Du gibst doch nicht auf, oder?«, flüsterte der Hund. Er sprang auf einen der Ledersessel, um die oberen Regalbretter zu beschnüffeln. »Du bist auf der richtigen Spur, Rosmarin, das habe ich im Gefühl!«

»Vielleicht sollten wir verschwinden, ehe wir erwischt werden«, sagte Rose.

»Die Stadt braucht dich, Rosmarin. Willst du wirklich zulassen, dass Emma im Nichts verschwindet?«

»Nein.« Mürrisch trat Rose an das letzte Regal, das neben dem großen Fenster stand. Sie griff nach dem Rücken eines blauen Buches, das *Pforte zur Pflanzenkunde* hieß, und versuchte, es herauszuziehen. Es steckte fest, was seltsam war, da die Bücher gar nicht so übermäßig eng standen.

»Komisch«, murmelte sie.

Der Hund kam angetappst. »Hast du was gefunden?«

Rose packte den Buchrücken mit beiden Händen und zog, so fest sie konnte. Es kippte heraus wie ein buchförmiger Hebel. Mit einem Zischen teilte sich das Regal in der Mitte, und die beiden Hälften klappten auf wie Schranktüren.

»Ein Geheimkabinett!«, sagte Rose. »Genau wie die geheime Kammer für das Backbuch zu Hause!«

»Darin muss es sein!«, sagte der Hund und wedelte so schnell mit dem Schwanz, dass Rose Angst hatte, er könne ihm wegfliegen.

In dem versteckten Schrank war ein Pult, auf dem ein einziges Buch lag. Ein violettes Seidentuch war darübergeworfen, wie um den Band vor Licht zu schützen. Rose zog das Tuch weg.

Das Buch war schwer und dick, mindestens so groß wie das Backbuch. Der Einband war von einem dunklen Braun, wie Baumrinde, und sah aus, als sei er aus Hunderten von geflochtenen Zweigen gemacht. In den Holzeinband war der Titel geschnitzt: *Der Magische Gärtner.*

Rose griff danach, und sofort stellten sich ihr fast unsichtbare Dornen entgegen – sie zog die Hand zurück und pustete sich auf die Fingerspitzen. »Autsch!«

»Dornen?«, fragte der Hund, als habe er es geahnt. »Die Marchesa ist raffiniert. Versuche es mit dem Tuch.«

»Gute Idee.« Rose wickelte sich zum Schutz das Tuch um die Hand. Sie packte das Buch und zog es vom Pult. Es war so schwer, dass sie es fast fallen ließ. Zweifellos war das der Schlüssel zu dem, was die Marchesa der Stadt angetan hatte.

»Schnell, Rosmarin, knack den Buchdeckel!«, heulte der Hund auf, der kaum an sich halten konnte.

»Nein, wir haben gefunden, was wir gesucht haben«, sagte sie. »Wir müssen es irgendwohin schaffen, wo wir –«

Ein schweres Stampfen kam von oben, und ganz plötzlich gingen in der Diele gleißende Strahler an, dann auch im Salon, so heiß und hell, dass es Rose vorkam, als sei sie gerade ins grelle Sonnenlicht getreten.

Die Stimme der Marchesa donnerte über eine unsichtbare Sprechanlage durch das Haus und hallte aus Dutzenden von Lautsprechern, die in den Wänden versteckt waren.

»Eindringling!«, bellte sie. Ihre Worte kamen verzerrt. »Hast du geglaubt, dass ich, die Marchesa, nicht bemerken würde, wie du mein Allerheiligstes störst? Hast du geglaubt, dass meine feine Nase das stinkende Tier nicht riechen kann, das dich begleitet?«

»Wir müssen raus hier, und zwar *sofort*!«, zischte Rose.

Aber es war zu spät. Stiefelschritte hallten durch das Haus – von mehr Personen als nur von der Marchesa. Ihre Wachen kamen offenbar von draußen hereingeströmt.

»Ich weiß nicht, wie du es geschafft hast, meinen Zaun und meinen Graben und meine Wachen zu überwinden«, donnerte die Marchesa weiter durch die Sprechanlage, »aber ich kann dir eines versichern: Jetzt, wo du hier bist, kommst du nie, *niemals* mehr hinaus!«

Der Hund rannte in die Ecke, wo die Regale aneinanderstießen. »Es bleibt keine Zeit, hinauszukommen«, bellte er. »Rose, die Schürze! Wir müssen uns noch mal darunter verstecken!«

Rose blieb erstarrt stehen. Sie hatte die Schürze zuletzt dort gesehen, wo sie sie auf den Boden hatte fallen lassen.

In der Küche.

In der Küche, hinter der Diele, die jetzt voller Wachen war.

Sie hatte sie noch aufheben wollen, es dann aber irgendwie vergessen, als sie ihren Rucksack aufsetzte.
»Runter, schnell!« Der Hund stieß Rose mit dem Kopf in die Seite und zwang sie, sich hinter einen der großen Sessel zu ducken.
Gerade noch rechtzeitig. Der Kopf eines Wachmanns blickte herein.
Es war ein Junge in Tymos Alter, der die Haare über den Ohren hochgeschoren hatte wie ein Militärkadett. Mit zusammengekniffenen Augen sah er sich im Raum um und suchte nach einem Anzeichen für einen Einbruch. Rose hielt den Atem an. Sie war sicher, er würde sie und den Hund in der düsteren Ecke neben den alten Spielsachen entdecken.
Aber jemand rief etwas, und der Junge drehte sich um und verschwand.
Rose hörte, wie die Tür am Ende der Diele aufging und jemand sagte: »Hier sind sie reingekommen! Halte du oben an der Treppe Wache, während ich den Keller durchsuche.«
Sie hatten etwas Zeit, wenn auch nur einen Moment.
»Hund«, sagte Rose, »jetzt brauche ich wirklich deine Hilfe. Vergiss meine Noten. Egal, wenn ich durchfalle. Sag mir einfach, wie wir hier rauskommen.«
»Gib doch nicht so leicht auf«, schalt sie der Hund, aber

ein Zittern seiner tiefen Stimme verriet seine eigene Angst. »Die *Gaben der Liebsten* – vielleicht kann eine davon helfen?«

Verzweifelt legte Rose den *Magischen Gärtner* auf den Boden und ließ das Tuch, das sie noch um die Hand hatte, fallen. Die Schritte der Marchesa und des Suchtrupps erfüllten das Haus – bestimmt blieben ihnen nur Minuten, ehe jemand in den Salon zurückkam und sie entdeckte. Mit pochendem Herzen nahm Rose den Rucksack ab, und ihre Finger zitterten so sehr, dass sie kaum den Reißverschluss öffnen konnte.

Sie seufzte. Sie hatte nur noch das Schnurrhaar eines Katers, ein Stundenglas, eine leere Konservendose und ein Blumengebinde, das eigentlich gar nicht zu den *Gaben der Liebsten* gehörte, sondern nur eine hübsche Erinnerung an den Freund war, den sie hatte zurücklassen müssen. Fast unbewusst streifte sie es über ihr Handgelenk.

Zuunterst lag *30 Minuten Küchenzauber mit Lily*. Rose zog das Buch heraus, dann wickelte sie das Buch der Marchesa in das Tuch und steckte es in den Rucksack, um es in Sicherheit zu bringen. Als sie den Rucksack zumachte, erinnerte Lilys holographisches Bild sie so sehr an zu Hause, dass sie fast weinte.

»Tante Lily«, sagte sie leise, »wenn du nur hier wärst.«

Zu Roses Überraschung hörte Lilys Bild auf, mit dem Schneebesen zu winken. Lily sah Rose direkt an. »Hallo, lieber Leser!«, sagte die strahlende Tante Lily. »Es klingt, als ob du die sachkundige Hilfe der außergewöhnlichen Köchin Lily Le Fay benötigst. Warum zeigst du mir nicht deine Küche, und wir legen los?«

Einen kurzen Moment hatte Rose geglaubt, sie sei *tatsächlich* zu Tante Lily durchgedrungen, hatte gehofft, dass ihre Tante ihr eine Möglichkeit geboten hatte, mit ihr zu reden – Skypen per Buchumschlag.

Doch dann wurde ihr klar, dass es sich nur um eine Art magischer Tonaufnahme handelte.

»Wir haben keine Küche«, flüsterte Rose dem Buch zu. »Wir brauchen ein Rezept, das ohne Küche auskommt. Und Zutaten habe ich auch nicht.«

Auf dem Bild legte Tante Lily den Kopf zurück und lachte kehlig. Rose drückte rasch die Hände auf den Umschlag, der Hund die Pfoten, um ihre Stimme zu unterdrücken. Rose verzog das Gesicht und spähte um den Sessel herum zu dem Durchgang, der aus dem Salon führte – aber es schien keiner was gehört zu haben. Der Lärm von den Jugendlichen, die die anderen Räume durchsuchten, war zu laut.

»Keine Küche!«, kam Lilys erstickte Stimme unter Roses Händen hervor. »Wie kommt es denn, dass du dir eine limitierte Sonderedition mit Hologramm von *30 Minuten Küchenzauber mit Lily* besorgt hast, wenn du nicht mal eine Küche hast? Komm schon, zeig sie mir.«

»Wir versichern dir, Tonbandstimme«, sagte der Hund, »dass wir gerade ohne Küche sind. Hast du auch Rezepte anzubieten, die ohne Küche funktionieren?«

Die Tante Lily auf dem Bild rieb sich das Kinn. »Diese Frage habe ich nicht verstanden. Aber eine meiner Funktionen ist es, meine Rezepte laut vorzulesen. Wäre das hilfreich, lieber Leser? Ich kann mit meinem mitreißenden Vorwort beginnen! Es ist eine lange, schöne Einführung in das unglaubliche Leben der Lily Le Fay und ein aufregender Vorgeschmack auf das, was auf den restlichen Seiten folgt.«

»Nein!«, rief der Hund und fletschte die Zähne. »Das wäre keineswegs hilfreich!«

Rose wandte sich ab, denn sie ertrug es nicht, wie unhöflich der Hund zu Tante Lily war. Ihr Blick fiel auf die Spielsachen neben ihnen in der Zimmerecke.

Vielleicht war es die gelbe Rose an ihrem Handgelenk, denn plötzlich musste sie an Devin denken. Was würde er machen, wenn er hier wäre? Er würde nicht einfach einen Haufen unbedeutender Spielsachen sehen, oder? Er würde ganz besondere Zutaten darin entdecken – Bauteile einer Erfindung, die er noch erschaffen müsste. Stoffpuppen, das metallene Jacks-Spiel mit den nagelartigen Haken, ein Gummiball, Rollschuhe …

»Vielleicht kann ich dir was vorsingen?«, erbot sich Tante Lilys schimmerndes Bild. »Das tue ich nicht für jeden, lieber Leser, aber Lily Le Fay ist Fans wie dir treu ergeben.«

»Das wird nicht nötig sein«, knurrte der Hund.

»Warte mal«, sagte Rose, die ganz plötzlich einen Einfall hatte, »singen ist *genau* das, was du tun musst.«

Kapitel 13
Flammendes Versprechen

Zwei Minuten später setzte Rose ihren Plan in die Tat um.

Von ihrem Platz im Salon konnte sie zwei Jungen sehen, die mit hängenden Armen vor der offenen Kellertür Wache standen. In ihren schwarzen Uniformen und braunen Schärpen sahen sie aus wie die Wachen mit den hohen Mützen vor dem Buckingham Palast, nur viel jünger und ohne das Fellzeug.

Rose beugte sich durch den Durchgang in die Diele, holte aus und warf den Gummiball, dann duckte sie sich schnell wieder zurück. Der Ball flog direkt an den Gesichtern der zwei Wachen vorbei zur Haustür, wo er mit einem scharfen Knall landete.

»Ball!«, schnaufte der Hund neben Rose, bereit zu apportieren. Sie legte ihm einen Arm um den Hals, um ihn zurückzuhalten.
»Was war das?«, fragte einer der Jungen. »Hast du was geworfen, Carl?«
»Ich nicht!«, sagte Carl und hob abwehrend die Hände. »Warst du es?«
»Ich war's auch nicht, Juan Pablo. »Sieh mal dort – ein Ball!«
Vorsichtig geduckt schlichen die beiden Wachen zur Haustür. »Wer da?«, brüllte Carl.
Jetzt war Lily Le Fay an der Reihe.
Rose setzte ihre Vorrichtung auf den Boden – einen der altmodischen Rollschuhe, auf den jetzt mit Hilfe von Devins Gebinde *30 Minuten Küchenzauber mit Lily* geschnallt war.
»Sing für uns!«, sagte Rose zu dem Hologrammbild von Lily, und schubste das Buch auf dem Rollschuh mit leichtem Stoß in die Diele.
Sofort erfüllte die trällernde Stimme ihrer Tante die Luft. »Wie Charles Dickens einmal schrieb, ist für gutes Backen eine schöne Frau genauso wichtig wie großer Appetit für ein gutes Mahl! Ach was, wem mache ich was vor? *Ich selbst* habe das gesagt. Genau, ich selbst war das!« Wie sie versprochen hatte, sang Lily

das gesamte Buch vor, angefangen mit dem ausgedehnten autobiographischen Vorwort.

Rose sah, wie sich die Wachen verdutzt umsahen. Ihr Blick war auf den Ball gerichtet – weder Buch noch Rollschuh hatten sie bemerkt, daher dachten sie, es sei tatsächlich eine Frau im Haus.

»Was zum –«, wunderte sich Carl laut.

»Ich bin vielleicht nicht die schnellste Bäckerin oder die erfolgreichste und habe auch nicht die meisten Fans«, fuhr Lily fort, und ihre Stimme kam trällernd der Kellertür näher. »Auch wenn Letzteres inzwischen vielleicht nicht mehr zutrifft! – aber ich glaube doch, dass ich eine der hübschesten Bäckerinnen bin, die sich je eine Schürze umgebunden hat!«

Ein Klappern und Scheppern hallte durch die Diele, als der Rollschuh die Kellertreppe hinunterholperte. Die ganze Zeit schmetterte die aufgenommene Stimme von Roses Tante ihr Lied, und auf jeder Stufe überschlug sich ihre Stimme.

»Mein erstes Machwerk waren – *huch!* – arme Ritter, da war ich erst fünf – *du liebe Güte!* – Jahre alt. Ich hatte … das ist heute aber eine holperige Fahrt!«

Das Lied wurde schwächer, während der Rollschuh in die Tiefen des Kellers entschwand, gefolgt von den Schritten der Wachen. Eine Sekunde später folgte das

Tock-tock der Absätze der Marchesa. »Ihnen nach!«, rief sie. »Lasst sie nicht in die Tunnel entkommen!«

Die Luft war rein. »Ich muss das Bällchen holen, Rosmarin!«, jammerte der Hund und zerrte an Roses Arm. »Ich muss es kriegen!«

»Braver Hund«, sagte Rose, »dann hol es!«

Der Hund raste aus dem Salon und galoppierte durch die leere Diele auf die Haustür zu. Rose rannte hinter ihm her. Der inzwischen viel schwerere Rucksack schlug ihr an die Schulterblätter. Gerade, als sie an der offenen Kellertür vorbeirannte, hörte sie die Marchesa kreischen: »Das war ein Trick! Das ist keine Frau, nur eine auf einem Buch! Zurück nach oben! *Schnell, schnell, schnell!*«

Aber darauf war Rose gefasst.

Sie hatte die Metallhaken von dem Jacks-Spiel der Marchesa in den Fäusten, warf sie jetzt auf den Boden und hinterließ ein Minenfeld scharfer, spitzer Hindernisse hinter sich.

Der Hund schnappte den Ball in dem Moment, als Rose die Haustür öffnete, die in den überwucherten Garten der Marchesa führte. Das Grün leuchtete im hellen Schein des Sonnenuntergangs.

»*Hab iiihn!*«, sagte der Hund mit dem roten Gummiteil im Maul.

»Gut gemacht, komm jetzt!« Rose sprang die Stufen hinunter in die kalte, frische Luft und rannte durch hohes, piksendes Gras – nur um festzustellen, dass die Zugbrücke hochgezogen war, der Graben voller Wasser und das Eingangstor mit Ketten verrammelt.

Der Hund blieb am Rand der Zugbrücke stehen und ließ den Ball vor Roses Füße fallen. »Der Ball schmeckt, das muss ich leider sagen, nach fünfundsiebzig Jahren Fäulnis und Staub«, verkündete er.

Von drinnen ertönte schmerzliches Aufheulen.

»Meine Füße!«, jammerte einer der Wachen. »Die Dinger sind ja viel schlimmer als Legosteine!«

»Lauf weiter, sei keine Memme!«, schrie die Marchesa. »Ich verlange, dass du das Mädchen aufhältst!«

»Schnell, Rosmarin«, befahl der Hund. »Klettere auf meinen Rücken.«

»Du kannst mich tragen?«, fragte Rose und hob vorsichtig ein Bein, um aufzusteigen.

»Keine Zeit für Diskussionen«, sagte der Hund. »Schling die Arme um meinen Hals und halt dich gut fest!«

Rose tat wie geheißen und barg ihr Gesicht in dem weichen grauweißen Fell des Hundes.

Und der Hund rannte los.

Der wild wuchernde Garten der Marchesa verwandelte

sich in ein grünes Flimmern, als die kräftigen Muskeln des Hundes sie in einer raschen Schleife am Graben entlang dorthin trugen, wo die Zugbrücke begann. Der Hund rannte die hochgeklappte Brücke wie eine Rampe hinauf, bis ganz nach oben – und dann sprang er zusammen mit Rose hoch in den Himmel.

Einen atemlosen Moment lang, der ihnen in den Magen fuhr, waren die beiden schwerelos. Roses Körper hob etwas vom Rücken des Hundes ab, während sie über die messerscharfen Spitzen des Tores flogen.

Schließlich kehrte die Schwerkraft zurück, und sie landeten sanft auf der Straße vor der Mauer.

Im Park vor dem Haus, wo die Traditionstagsbühne fast fertig war, machte der kleine Vorarbeiter große Augen und kratzte sich unter seinem Schutzhelm den Kopf.

Rose winkte dem Jungen – äh, dem Mann – zu, als sie vom Hund abstieg. »Wir haben es geschafft!«, rief sie, schlang dem Hund die Arme um den Hals und drückte ihn dankbar, so fest sie konnte.

»*Du* hast es geschafft«, sagte der Hund. »Ich hab nur assistiert.«

Hinter der Mauer ertönten Rufe und Schreie – Kommandos der Marchesa, laut und gefährlich wie das Heulen eines Gewittersturms.

»Und ich werde noch einmal assistieren«, sagte der

Hund, »nämlich mit einem wertvollen Tipp: *Lass uns verschwinden!*«

Rose und der Hund rannten durch die kleinen dunklen Nebengassen von Bontemps, um nicht gesehen zu werden, bis sie das Silver Spoon wieder erreichten. Rose klopfte an die Hintertür, so wie es ihr Cosmo gezeigt hatte. *Poch, poch-poch.*

Einen Moment später stand Cosmo da. Eine fleckige Schürze bedeckte seine grüne Strickjacke, und seine Brille war von Dampf beschlagen. »Dem Himmel sei Dank, dass ihr zurück seid! Ich hab mir schon Sorgen gemacht, ob es euch erwischt hätte!«

»Sie hat uns tatsächlich fast erwischt«, sagte Rose und huschte in die mollig warme Küche. »Aber wir sind ihr entkommen.« Sie klopfte auf ihren Rucksack. »Und zwar nicht mit leeren Händen.«

Der Hund leckte sich die Lefzen. »Was immer du da kochst, junger Mann, das riecht verdammt lecker.«

»Verdammt freundlich von dir, Hund«, sagte Cosmo und rannte an den Herd zurück, damit nichts anbrannte. Jede nur mögliche Fläche war belegt: Auf dem Herd kochten Suppentöpfe, in der Grillpfanne zischten Burger, und aus dem Backofen stieg der Duft von gebackenem Brot. Der Küchenblock in der Mitte des Raumes war voll mit Gemüse und Fleisch, teilweise bereits gehackt oder geschnitten. »Vorne ist der Laden voll. Ich komme kaum hinterher.« Er schob ein Schneidebrett beiseite und wischte eine Tischplatte ab. »Und, was für eine Beute habt ihr mitgebracht?«

Rose zog den *Magischen Gärtner* aus ihrem Rucksack.

Cosmo blickte über die Schulter. »Ist das das Kochbuch der Marchesa?«

»Das glaube ich nicht«, sagte Rose. »Aber nachdem wir jetzt hier in Sicherheit sind, ist es an der Zeit, endlich nachzusehen, was sie da angestellt hat.«

Rose nahm das Tuch, um damit vorsichtig den Buchdeckel aufzuschlagen. Das alte Leder knarzte unter Protest. Die Seiten waren dick wie Bastelbögen und so hellgrün wie ein Blatt Salbei.

Und sie waren völlig *bedeckt* mit schwarzen Tuscheranken.

Die Ranken schlangen sich dicht um und durch jedes Wort und jeden Satz, fast so, als habe ein unartiges Kleinkind einen Stift in die Finger bekommen und auf den Seiten herumgekritzelt.

Rose blätterte das Buch fieberhaft durch, aber es war überall das Gleiche, von vorne bis hinten: Seite um Seite überwuchert von Ranken, von bedrohlich schwarzen

Schlingpflanzen, die sich durch die Löcher in den O's und um die Finger der K's schlängelten und den streng geheimen Text der Marchesa vollkommen unleserlich machten.

Rose blinzelte und sah erneut hin. Die Ranken schienen sich ein winziges Bisschen zu bewegen – als seien sie lebendig.

»Meine Güte, das ist ja ein Wirrwarr«, sagte Cosmo, als er sich herüberbeugte, um einen Blick auf das Buch zu erhaschen. »Bin ich froh, dass du das lesen musst und nicht ich.«

»Aber ich *kann* es nicht lesen!«, sagte Rose niedergeschlagen. »Wir haben das nutzlose Buch meiner Tante gegen ein noch nutzloseres Buch eingetauscht.«

»Lass mich mal sehen«, knurrte der Hund. Er legte die Pfoten auf die Anrichte und die Schnauze auf die aufgeschlagenen Seiten. »Ja, auf dem Buch liegt ein mächtiger Zauber.« Der Hund ließ sich wieder zu Boden und lief auf der Gummimatte auf und ab. »Rose, ich glaube, du hast wohl recht: Du musst deine Familie anrufen.«

Roses Herz machte einen Satz. »Danke! Jawoll! Das ist genau das, was wir brauchen. Aber wo gibt es ein Telefon? Hier in der Küche wohl nicht, oder?«

»Nein«, sagte Cosmo. »Und selbst wenn eines hier

wäre, alle Anrufe laufen über die Zentrale der Marchesa. Man würde dich im Nu erwischen.«

Rose trat verzweifelt nach ihrem Rucksack. Er kippte um, und alles fiel heraus – die Sanduhr, das Gummihuhn und die leere Kondensmilchdose, die über die Matte und an Cosmos Fuß rollte.

»Schade, dass du das hier nicht nehmen kannst«, sagte Cosmo und hob die leere Dose auf. »Als ich ein Junge war – als ich das erste Mal ein Junge war, meine ich – haben wir eine Schnur zwischen zwei leere Dosen gespannt und in die Dosen gebrüllt und so getan, als ob sie ein Telefon wären.« Er zuckte die Schultern. »Man hat eher unser Brüllen gehört als das, was tatsächlich durch die Dosen übertragen wurde, aber es hat trotzdem Spaß gemacht. Damals hatten wir noch kein Fernsehen.«

Der Hund riss die Augen auf und stieß ein raues Bellen aus. »*Das*«, sagte er, »ist eine ausgezeichnete Idee.« Er drehte Rose den Schwanz zu. »Rosmarin, du kannst an meiner Schwanzspitze ein dünnes perlweißes Haar sehen. Nimm es zwischen die Finger und ziehe ruckartig daran, dann haben wir unsere Schnur.«

Inzwischen hatte Rose gelernt, sich darauf zu verlassen, dass der Hund eine Menge Asse im Ärmel hatte – oder vielmehr im Fell. Sie entdeckte das Haar – es schim-

merte ein wenig und sah fast so aus, als sei es aus Licht gesponnen – und zog ruckartig daran.
Und als ob man an einem losen Faden eines alten Pullovers zog, ribbelte sich der Schwanz des Hundes auf.
Der Faden ringelte sich auf den Boden und wurde immer länger, während der buschige Schwanz des Hundes dahinschwand, bis nur noch ein kurzer Stummel da war, an dem das Ende des Zauberfadens hing.
»Wow«, hauchte Cosmo. »Jetzt wird's aber brenzlig!«
Erschrocken sprang er auf und rannte zum Herd, um ein paar Burger vom Feuer zu ziehen. »Hätte fast vergessen, dass es *hier* auch brenzlig wird!«
»Was nun?« Ratlos hielt Rose das Ende der Schnur und die leere Dose hoch.
»Bohre ein Loch in den Boden!«, rief Cosmo im Vorbeirennen, dann wendete er mit gekonntem Schwung ein paar Pfannkuchen. »Zieh die Schnur durch und mach einen Knoten!«
»Aber wie soll ich damit jemanden anrufen?«, fragte Rose, die mit einem Schälmesser ein kleines Loch in den Boden der Dose bohrte. »Das ist doch mit nichts verbunden.«
»Es ist mit *mir* verbunden«, belehrte sie der Hund. »Und ich meinerseits bin mit *allem* verbunden.« Er

nickte zustimmend, als Rose mit dem Dosentelefon fertig war. »Gut. Jetzt ruf deine Familie an.«

Rose sah zweifelnd von dem Hund zu der Dose. Cosmo war zu sehr damit beschäftigt, Teller zu jonglieren, um ihr zu helfen. Also hielt Rose die Öffnung der Dose an ihre Lippen und machte Anrufgeräusche: *Rrring, rrring.*

Ein entferntes Klingeln kam aus der Dose heraus. Rose drückte das Ohr an die Öffnung. Es war ihr egal, dass ein kreisrunder Rand von süßer, halbgetrockneter Kondensmilch an ihrem Haar klebte.

Sie hörte Wasser gurgeln, wie aus einem verstopften Beckenausguss, aus dem gluckernd Blasen aufstiegen. Dann ein metallisches Knarzen. Plötzlich konnte Rose eine Stimme hören – eine schöne, wunderbare, tröstlich vertraute Stimme.

»Okay, Nella«, sagte Polly so klar und deutlich, als würde sie direkt neben ihnen stehen. »Ich habe die Dose geleert, wie du gesagt hast. Pass auf mit den scharfen Rändern.«

»Mom!«, rief Rose, überwältigt vor Rührung. Ihr Mutter fehlte ihr so sehr, obwohl sie doch erst – wie lange? – zehn Stunden fort war. Aber ohne ein Mitglied der Familie Glyck an ihrer Seite kam ihr die Reise wie eine Ewigkeit vor.

»Rosie!«, kreischte eine andere Stimme – die von Nella. »Du hast angerufen, wie du versprochen hast!«

»Hab ich das?«, fragte Rose, aber wahrscheinlich war ihre kleine Schwester ein bisschen durcheinander – sie sagte immer so seltsame Sachen. »Ach Nella, ich würde ja so gerne mit dir reden, aber ich hab nicht viel Zeit. Kannst du mir bitte Mom geben?«

»Oooo-kaaaay«, erwiderte Nella, dann rief sie: »Mom! Für dich!«

»Ja, schon gut, Nella, ich rede mit der Milchdose. Mein kleines Dummerchen.« Wichtigtuerisch, als sei sie eine Figur aus einem Comicfilm, sagte Roses Mutter: »Hallo, Dose! Wie tröpfelt's denn? Hier spricht Polly Glyck!«

»Mom?«, sagte Rose wieder.

Polly stieß einen erschrockenen Quietscher aus, dann klapperte es, als sei ihr die Dose aus der Hand gefallen.

»Funktioniert es?«, fragte Cosmo hinter Rose und verteilte Essen auf Teller für die hungrigen Gäste.

Der Hund gebot ihm zu schweigen. »Natürlich funktioniert es. Quatsch jetzt nicht dazwischen.«

»Rose!«, sagte Polly einen Moment später. »Du rufst tatsächlich mit einer Kondensmilchdose an! Ich lerne immer noch dazu, selbst in meinem Alter.« Roses Mutter räusperte sich. »Ich nehme mal an, du willst was zu überwucherten Büchern wissen?«

»Woher wusstest du …«, fing Rose an, dann schüttelte sie den Kopf. Es war einerlei, woher ihre Mutter Bescheid wusste. Rose berichtete kurz von den Ereignissen des Tages – vom Rückwärtslaufen der Zeit und von den üblen Gärtner-Machenschaften der Marchesa, und dass eine unheimliche Ernte stattfinden sollte, und zwar bald.

»Tja«, sagte Polly, als Rose mit ihrem Bericht fertig war. »Das klingt ja *viel* schwieriger als meine Meisterbäckerinnen-Prüfung.«

»Danke, Mom«, sagte Rose. »Das baut mich sehr auf.«

Polly lachte. »Ach Rose, du machst das schon. Aber wir müssen uns um diesen Fluch kümmern. Sag mal, welche *Gaben der Liebsten* hast du noch übrig?«

Rose kramte in ihrem Rucksack. »Das Schnurrhaar von Gus ist noch hier und deine Sanduhr. Sonst nicht mehr viel.« Ein feuchter Tropfen aus der Dose auf ihrer Wange erinnerte sie an Devin, daher sagte sie: »Ach so, und Devin hat mir einen … einen Kuss gegeben und ein Versprechen, dass uns nichts trennen würde, nie und nimmer.«

»Das kann vielleicht von Nutzen sein«, überlegte ihre

Mutter. »Okay, also ... du musst die Ranken ausbrennen, indem du das Buch verbrennst.«
»Das Buch verbrennen!«, sagte Rose bestürzt. In ihrer Familie verehrte man Bücher und war strikt gegen Bücherverbrennungen. »Dann hab ich doch nur noch ein Häufchen Asche!«
»Vielleicht. Warte einfach ab, was übrigbleibt«, sagte Roses Mutter. »Aber das musst du riskieren. Zuerst musst du jedoch die Botschaft von Devin weitergeben. Küsse das Buch und sag ihm, *dass euch nichts und niemand jemals trennen wird,* genau wie es Devin zu dir gesagt hat.«
Rose warf einen Blick auf den schmutzigen Ledereinband. »Hm, na gut.«
»Dann wirf es in ein Feuer. Danach musst du das, was übriggeblieben ist, an dich nehmen und –«
Pollys Worte brachen abrupt ab. Aus dem Inneren der Dose kamen knackende Geräusche. Es folgte ein elektrisches Summen, und die nasale Stimme einer Frau, die Rose nicht kannte, sagte über die Schnur: »Bitte einen Viertelliter Kondensmilch einfüllen, um das Gespräch fortzusetzen.«
»Äh«, sagte Rose und sah verzweifelt von Cosmo zu dem Hund. »Ich *habe* keine Kondensmilch.«
Die Stimme seufzte, dann sagte sie scharf: »Guten

Tag.« Es klickte noch, dann gab die Dose keinen Laut mehr von sich.

»Hallo? Mom? Vermittlung?« Rose warf die sinnlos gewordene Dose auf den Boden. »Und was soll ich machen, nachdem ich das Buch verbrannt habe? Warum musste der Anruf genau hier enden?«

»Ich vertraue dir, dass du es herausfindest, Rosmarin«, sagte der Hund. »Warum befolgst du nicht die ersten Schritte, die Polita vorgeschlagen hat?«

»Hätte nie geglaubt, dass ich das jetzt sagen würde, wo ich doch ein Mann des geschriebenen Wortes bin und so weiter, aber ein Buch zu verbrennen sollte einfach genug sein«, sagte Cosmo. Er ging auf die Backöfen zu, neben denen der große Pizzaofen stand. Er drehte den Griff um und öffnete die Tür. Unter dem Rost flackerte ein Feuer.

»Mir bleibt wohl keine Wahl«, sagte Rose und holte tief Luft. »In dem Zustand, in dem es jetzt ist, kann ich es nicht lesen.« Sie klappte den Buchdeckel des *Magischen Gärtners* zu und dachte zurück an den Moment, ehe sie zu dieser Reise aufgebrochen war und Devin gekommen war, um ihr die gelbe Rose und einen Kuss mitzugeben. Mit einer Grimasse küsste sie die umrankten Wörter auf dem Deckel. Ihre Lippen kribbelten, als seien sie aufgesprungen. »Ich verspreche, dass uns

nichts und niemand jemals trennen wird«, flüsterte sie dem Buch zu, auch wenn sie innerlich Devin mit dem Versprechen meinte.
Dann hievte sie das Buch in den Ofen.
Cosmo knallte die Tür zu, dann hockten sich alle drei hin, um durch das Sichtglas zu beobachten, was passieren würde. Die Ränder des Buches flackerten einen Moment in den Flammen, dann loderte das Buch mit einem lauten *Wuuusch!* auf wie ein Stück Grillanzünder. Das Buch zischte und kreischte, der Buchdeckel wurde schwarz, und die Seiten kräuselten sich – und alles verbrannte in der Hitze. Dann verstummten die Schreie, und das verkohlte Buch wurde zu Asche.
Es war von dem Buch so gut wie nichts mehr übrig. Rose hatte es in einen Haufen Asche verwandelt.
Mit dem verglühenden Papier brach Roses Zuversicht in sich zusammen. Ihre einzige Chance, der Marchesa Einhalt zu gebieten, war wortwörtlich in Flammen aufgegangen.
Rose starrte in den Pizzaofen. »Was habe ich nur gemacht?«, flüsterte sie.

Kapitel 14
Aus der Asche lesen?

Das konnte ihre Mutter doch nicht gemeint haben. Vielleicht hatte Rose Devins Versprechen falsch zitiert? Oder sie selbst hatte nicht fest genug an das Versprechen geglaubt? Vielleicht war Rose ja doch keine so gute Meisterbäckerin. Vielleicht war sie eine absolute Null, wenn ihre Familie und ihr Team von Backhelfern ihr mal nicht zur Seite standen.

Cosmo hockte sich neben Rose und stocherte mit einem Pfannenheber aus Metall in der Asche. »Und, wie sieht der nächste Schritt aus, Püppi?«

Eine Glocke klingelte an der Durchreiche, und Silver brüllte: »Cosmo, wo bleiben die Bestellungen? Hier draußen gibt's gleich einen Aufstand!«

»Komme schon!« Cosmo rannte an seinen Platz und rief Rose zu: »Du bäckst irgendwas aus der Asche, stimmt's?«
Der Hund schnüffelte am Inhalt des immer noch heißen Ofens. »Das ist doch in der Tat ein vernünftiger Vorschlag, findest du nicht, Rosmarin?«
»Sicher«, sagte Rose. Die Asche würde zumindest nicht *weniger* lesbar werden, wenn sie als Backzutat verwendet würde, und Backen war immerhin etwas, was Rose konnte.
Seufzend holte sich Rose ein Backblech und kratzte jedes bisschen Asche mit dem Pfannenheber aus dem Ofen. Sie hoffte, in dem Ascherest etwas Festes zu finden, ein unverbrennbares Stück des *Magischen Gärtners*, das sich in den Resten versteckte. Aber alles, von Buchdeckel zu Buchdeckel, von der ersten bis zur letzten Seite, war vernichtet.
Rose stellte das Blech mit der Asche auf den Arbeitstisch. »Nur, was soll ich backen?«
Der Hund rieb sich an ihrem Bein. Rose kraulte ihn abwesend hinter den Ohren. »Du solltest einen Kuchen backen, Rosmarin.«
Also machte sie das. Sie benötigte kein Rezept – Rose hatte Hunderte von Kuchen gebacken, und ein heller Biskuitteig war immer eine sichere Bank. In einer

Schüssel rührte sie Zucker, Butter und Eier und Vanille zusammen, in eine andere schüttete sie das abgewogenen Mehl und das Backpulver. Asche, so überlegte sie, gehörte zu den trockenen Zutaten, daher siebte sie die graue Zutat von dem Backblech mit einem Haarsieb in die Schüssel mit dem Mehl.

Mit jedem Rütteln des Siebes rieselte die Asche durch die feinen Löcher, leuchtete weiß auf und wurde auf dem Mehl dann wieder grau. Fast wie ein Sternschnuppenschwarm, der vom nächtlichen Himmel fiel.

Rose wagte es kaum zu hoffen, aber sie konnte es nicht leugnen – *etwas* schien da zu passieren.

Schließlich hob Rose alle Zutaten untereinander und fügte Milch hinzu. Jedes Rühren hinterließ schimmernde Streifen im Teig. Aus der Mischung stieg ein Geruch nach frischem Gras auf, gemischt mit dem Duft von Vanille, der den scharfen Gestank nach verbranntem Papier überdeckte.

Als Rose lange genug gerührt hatte, war der Teig blassgrün geworden – hatte also dieselbe Farbe angenommen, die die Buchseiten gehabt hatten. Rose fettete das freie Backblech ein, goss den Teig darauf und schob das, was hoffentlich mal ein Kuchen werden würde, in einen von Cosmos vorgeheizten Backöfen.

Dann warteten sie.

Neunundzwanzig Minuten später ließ sich Cosmo in einen der Klappstühle bei der Schwingtür fallen, die in den Diner führte. Der abendliche Andrang war vorüber, und im Spülbecken türmten sich schmutzige Töpfe und Pfannen.

»So viel bin ich nicht mehr herumgerannt, seit ich dreißig war, und zwar zum *ersten* Mal«, keuchte er. »Allmählich fehlt es mir richtig, von Miss Penny angeraunzt zu werden.«

»Du bist immer noch Reporter«, näselte der Hund. Er lag vor Cosmo auf der Gummimatte und putzte sich die Pfoten. »Das hier ist doch nur eine verdeckte Ermittlung.«

»Das ist richtig! Danke, dass du mich daran erinnert hast, Herr Hund.« Cosmo massierte den Hundekopf mit den Knöcheln seines Handrückens. Der grummelte, obwohl er es heimlich genoss.

Rose beteiligte sich nicht an der Unterhaltung. Stattdessen konzentrierte sie sich auf das antike Stundenglas ihrer Mutter. Die allerletzten Körnchen des silbernen und bläulichen Sandes rieselten durch die schmale Mitte in den unteren Teil des Glases, und Rose richtete sich auf. »Es ist an der Zeit.«

Der Kopf des Hundes fuhr hoch. »Ich rieche einen fertigen Kuchen.«

Cosmo leckte sich die Lippen. »Und er riecht köstlich!«

Rose nahm zwei Geschirrtücher von der Arbeitsfläche und öffnete den Backofen, dann flüsterte sie: »Wow.«

Der Kuchen war weit, weit über den Rand des Backblechs aufgegangen, so wie ein Soufflé, das sich mit Luft gefüllt hatte. Er war mindestens fünfundzwanzig Zentimeter hoch.

Ein Biskuitteig *musste* ja aufgehen, aber doch nicht so gewaltig.

Vorsichtig zog Rose den riesigen Kuchen aus dem Ofen und stellte ihn auf die Arbeitsfläche, dann drückte sie ihn sanft mit dem Finger. Er war nicht weich und wabbelig wie ein Soufflé. Nein, es war eindeutig ein Kuchen. Ein grünlicher Kuchen in der Farbe der Buchseiten, doch leicht gebräunt vom erfolgreichen Backvorgang. Er schimmerte, als sei er mit Goldflitter bestreut.

»Also …«, sagte Cosmo verwirrt, »essen wir davon?«

»Ich weiß nicht«, sagte Rose. »Was passiert, wenn man von einem Kuchen isst, der mit dem Wissen aus einem magischen Gartenbuch gefüllt ist?«

Cosmo schluckte. »Ich bin nicht sicher, ob ich diese Erfahrung machen muss. Aber er riecht so gut, dass ich … vielleicht doch?« Er rieb sich den Bauch. »Es fällt mir immer schwer, zu einem Stück Kuchen nein zu sagen.«

»Meiner persönlichen Erfahrung nach«, sagte der Hund, »ist es am besten, einen Kuchen vom Blech zu nehmen, damit er auskühlen kann.« Er untersuchte den Kuchen, indem er daran schnüffelte. »Dieser Kuchen riecht eindeutig nach Magie.«

Rose holte ein Kuchengitter, legte es oben auf den Kuchen und stürzte ihn darauf. Vorsichtig nahm sie das Blech ab.

»Das ist seltsam«, sagte sie und starrte den Kuchen an. Sie erwartete, einen schön gebräunten Boden zu sehen, wie ihn ein frisch aus dem Ofen gezogener Kuchen gewöhnlich hatte. Stattdessen fand sie Wörter: *Der Magische Gärtner* stand auf der Unterseite des Kuchens.

»Das Buch!« Rose traute ihren Augen kaum. »Dieser Kuchen – er ist das Buch!«

»Was meinst du, er ist ein Buch?«, sagte Cosmo. Er hatte die Stirn verwirrt in Falten gezogen. »Er sieht doch wie ein Kuchen aus, finde ich.«

»Ich glaube«, sagte Rose, während sie die verschlungene Schrift des Titels musterte, die in den Kuchen gegraben war, »dass die Asche des Buches sich irgendwie verwandelt hat. In das hier.«

Der Hund starrte den Kuchen beeindruckt an. »Interessant, Rosmarin Glyck. Wirklich ein sehr interessantes Ergebnis. Bist du sicher, dass du es richtig gemacht hast?«

Rose war zwar nicht überzeugt, aber es war leicht genug, das herauszufinden. »Wird schon schiefgehen«, sagte sie und nahm ein langes Messer vom Arbeitstisch. Vorsichtig schnitt sie den Kuchen waagrecht auf, allerdings nur bis knapp vor den Rand. Einmal hatte Rose für ihre Nachbarin, Mrs Carlson, einen Geburtstagskuchen mit neunundzwanzig Schichten backen müssen, wofür sie nur zwei normale Blechkuchen verwendet hatte. Sie war schnell Expertin im waagrechten Durchtrennen von Blechkuchen geworden (und zum Glück hatte Mrs Carlson keinen Kuchen verlangt, der so viel Schichten wie ihr *richtiges* Alter hatte).

Rose schob die Finger unter das aufgeschnittene Ende der oberen Kuchenschicht. Sie hielt den Atem an und schlug die Schicht auf wie einen Buchdeckel.

Das Innere war blassgrün, und obenauf – auf der ersten Seite! – stand ein klarer, leicht zu lesender handgeschriebener Text. Ranken waren nirgends zu sehen – nur eine Geschichte und Anweisungen, wie man etwas pflanzen sollte, das den komplizierten Namen hatte: *Rettungsfallschirmpflanze (Ceropegia woodii ›Tem-*

pus‹) – Im Herbst zu pflanzen, wenn im Frühjahr ein unerwarteter Sturz erwartet wird.

Nur die überwuchernden Ranken, die die Wörter verdeckt hatten, waren in dem Feuer des Ofens verschwunden. Der Rest – die Anweisungen und Gartentipps und das magische Wissen, all das – war mit Devins Versprechen zusammengehalten worden! Und statt aus stacheligen Ranken geflochten zu sein, war das Buch jetzt weich und einladend und roch nach Geburtstagen.

»Wow«, sagte Rose. Als Rose dem Hund einen Blick zuwarf, lächelte der, indem er seine scharfen weißen Zähne bleckte. »Es hat funktioniert. Dann wollen wir mal sehen, was wir hier haben.«

Rose schnitt eine hauchdünne Lage nach der anderen auf und blätterte aufgeregt in den nach Vanille duftenden Seiten. »Seht euch all das an! Erklärungen, wie man Koriander anbaut und Frühblüher und – wow, sogar, wie man Nagelschwämme kultiviert.«

»Das sind doch Pilze?« Cosmo kratzte sich den Kopf. »Ist das nicht was ganz Gewöhnliches?«

»Nicht diese Art«, sagte der Hund. »Die Nagelschwämme, die in magischen Rezepten verwendet werden, muss man wörtlich nehmen – Schwämme, also Pilze, mit Nägeln drin. So etwas in freier Natur zu finden ist tatsächlich selten, da sich Schwämme und Nägel ja eigentlich widersprechen.«

Cosmo blinzelte. »Schwämme mit Nägeln? Na, das ist ja ein dicker Hund!«

»Mein Vater würde dieses Buch lieben«, sagte Rose, die den Kuchen weiter aufschnitt. Irgendwo in dem *Magischen Gärtner* würde Rose auch die Erklärung für die missliche Lage der Stadt finden. Auf jeder dünnen Kuchenschicht stand eine neue Geschichte, eine neue Pflanzanweisung, alle über die Jahrhunderte geschrieben von verschiedenen Mitgliedern der Familie der Marchesa. Genau wie das Backbuch der Glycks: ein Band, zusammengestellt von Generationen magischer Gärtner.

Und doch hatte die Marchesa das Buch mit dornigen Zweigen geschützt und es so gut versteckt, dass nur sie und sie allein in der Lage war, es zu lesen. Rose schüttelte den Kopf; das war nicht das, was man mit einem Buch wie diesem tun sollte.

Rose schnitt weitere Seiten auf und überflog sie. Ungefähr in der Mitte des Kuchenbuches stieß sie auf eine Seite, die fast das gleiche Datum hatte wie der jetzige Tag – nur dass er fünfzig Jahre zurücklag. (Vielleicht war heute ja auch etwas früher, wegen der umgedrehten Zeit in Bontemps.)

»Ich glaube, ich habe was gefunden«, sagte Rose. »*Wandelröschen (Lantana camara) – Auf der Suche nach der verlorenen Zeit.*«

Rose las die Geschichte laut vor:

»*Ich grüble, während ich älter werde, was wohl wäre, wenn ich die Zeit zurückdrehen könnte. Würdest du mich auch verlassen haben, wenn meine Schönheit nicht verblasst wäre, Eustachius? Ich kann es mir nicht vorstellen. Ich glaube – wäre ich in der Lage gewesen, meine Jugend zu bewahren –, dann hätte mein ganzes Leben anders ausgesehen. Besser. Denn ich hätte dich noch an meiner Seite.*

Keiner in der Stadt beachtet mich mehr. Keiner sehnt sich nach meiner Gesellschaft. Und du – auch du magst wohl gegangen sein, Eustachius, in dem Wissen, dass ich verwelken werde. Aber das muss nicht sein. Ich kann wieder erblühen! Ich werde *wieder erblühen!*

Auf der soliden Grundlage eines gut entwässerten Bodens entwickle ich ein Beet mit einem exakten pH-Wert von 7,0. Und dort pflanze ich die Samen meines speziell gezüchteten Wandelröschens. Dann streue ich den Sand der Zeit über das Beet, damit die Ausläufer der Pflanze den Weg tief in die Struktur unserer Stadt finden können.

All das hilft dabei, die überflüssigen Jahre aus allen Be-

wohnern von Bontemps zu saugen – aus diesen undankbaren Leuten, die mich verherrlichten, als ich schön war, und die mich dann im Stich ließen wie du. Und wenn der rechte Zeitpunkt da ist, wenn genug Zeit in die Blüten meiner ganz besonderen Pflanze gesaugt worden ist, dann kommt der Moment meiner großen Ernte. Und dann kann ich wieder von vorne beginnen.«

Rose sah von dem Kuchen auf und blickte Cosmo und den Hund an. »Es ist unterschrieben mit *Edith Tilley, Gartenexpertin.*«

»Edith Tilley!«, sagte Cosmo. »Verdammt, *den* Namen hab ich aber schon lange nicht mehr gehört.«

»Ist das der richtige Name der Marchesa?«, fragte der Hund.

Cosmo nickte. »Wir nennen sie erst die Marchesa, seit sie die Macht in der Stadt an sich gerissen hat. Was, wenn ich es recht bedenke, genau zu dem Zeitpunkt war, als dies Rezept geschrieben wurde. Hm.«

Rose schlug den *Magischen Gärtner* vorsichtig zu und fing an, die übriggebliebenen *Gaben der Liebsten* in ihren Rucksack zu stopfen. »Wenn die Marchesa diese Zeitwandelblume gezüchtet hat, dann muss das auf dem Bauernhof ihrer Familie gewesen sein. Weißt du, wo diese Familienfarm liegt, Cosmo?«

Cosmos Antwort kam genuschelt, und als Rose sich

nach ihm umdrehte, sah sie ihn mit vollen Backen und Krümeln auf den Lippen über den Kuchen gebeugt stehen.

»Was isst du da?«, fragte sie in Panik.

Der Hund heulte: »Cosmo! Sag uns, dass du nicht das Buch angebissen hast!«

»Ähm …« Cosmo schluckte und verzog das Gesicht. »Entschuldigung. Es hat einfach *so* gut geduftet.«

Rose untersuchte das zum Kuchen gewordene Buch. Zu ihrer Erleichterung stellte sie fest, dass nur ein kleines Stück aus einer Ecke fehlte. »*Bitte* iss nichts von dem Geheimbuch der Marchesa, okay? Wir *brauchen* es. Wenn das alles vorbei ist, verspreche ich, dir einen zweimal so großen Kuchen zu backen.«

»Wirklich?«, fragte Cosmo. »Abgemacht.«

»Versprich es mir«, sagte Rose.

»Ich gebe dir mein Wort«, erwiderte Cosmo.

Der Hund räusperte sich. »Nun aber zurück zu Roses Frage: Wo können wir die Farm der Marchesa finden?«

Cosmo kratzte sich den Kopf. »Ich hatte bis heute keine Ahnung, dass die Familie der Marchesa überhaupt eine Farm besaß.« Er hob einen Finger. »Hört mal, ich hab da einen Geistesblitz. Wisst ihr, wer es wissen müsste?«

Und gleichzeitig sagten Rose und der Hund: »Emma!«

Eine Viertelstunde später schlängelten sich Rose und der Hund durch die labyrinthartigen Regale der Stadtbücherei. Cosmo war im Diner geblieben – er musste abwaschen. Und auch wenn sich Rose Sorgen machte, er könne sein Versprechen vergessen und von dem Kuchen-der-eigentlich-ein-Buch-war naschen, war dieser doch zu groß und zu empfindlich, um in ihrem Rucksack herumgeschleppt zu werden. Sie musste also darauf vertrauen, dass Cosmo ihn gut bewachte.

»Rose!«, rief Emma, als Rose und der Hund ihr Büro betraten. Sie tapste über den gepolsterten Boden ihres Laufstalls. »Du bist zurückgekommen! Hast du den Fluch geknackt?«

»Noch nicht«, sagte Rose. »Wir haben es allerdings ins Haus deiner Mutter geschafft. In *dein* Haus, meine ich. Wir haben das Geheimnis gelüftet.«

Emmas blaue Augen blitzten vor Aufregung. »Seit Jahrzehnten ist es keinem gelungen, das Tor zum Haus zu überwinden. Du musst tatsächlich die Auserwählte sein, die uns retten wird. Ich wusste, dass die Prophezeiung nicht gelogen hat!«

Der Hund setzte sich auf die Hinterbeine und starrte die winzige Bibliothekarin an. »Noch haben wir dich nicht gerettet, liebes Mädchen. Rosmarin, warum berichtest du ihr nicht, was wir herausgefunden haben?«

Das tat Rose – ließ jedoch aus, dass sie den *Magischen Gärtner* verbrannt und aus der Asche einen Kuchen gebacken hatte. Ehe Rose zu Ende erzählt hatte, krabbelte Emma durch den Laufstall zu einem Stapel ihrer Bilderbücher.

»Zeit«, brabbelte sie. »Zeitenwandel, Wandelröschen, rücklaufende Zeit.«

»Weißt du, wo die Farm deiner Mutter sein könnte?«, fragte Rose.

»Nein«, sagte Emma geistesabwesend und warf wild einige Bücher durch die Luft. »Sie hat sie mir gegenüber nie erwähnt. Das Stadtarchiv könnte uns Auskunft geben, aber … ah ja, da haben wir es.«

Sie drückte ein bebildertes Buch an die Brust und tapste zu Rose zurück. »Als ich aufwuchs, überschüttete sie mich ständig mit Büchern über das Gärtnern. Was auf einmal einen Sinn ergibt, nachdem ich nun weiß, woher sie ihre Zauberkraft nimmt. Aber als ich klein war, habe ich immer gesagt: Mom! Hör auf mit den Gartenbüchern. Ich möchte nur *Anne auf Green Gables* lesen.«

»Ich liebe *Anne auf Green Gables*«, sagte Rose.

»Wer liebt das Buch nicht? Ein mutiges Waisenmädchen auf einer Farm? Himmlisch!«, sagte Emma und hielt Rose das Buch, das sie herausgesucht hatte, hin. Es war ein Gartenbuch. »*Hier* drin finden wir die Abbildung eines Wandelröschens, dann wissen wir, wonach wir suchen müssen.«

»Ausgezeichnete Idee«, sagte der Hund.

»Ach, danke!« Emma wurde rot und purzelte rücklings hin, dann kämpfte sie sich wieder auf die Beinchen. »Entschuldigt. Das passiert immer, wenn ich aufgeregt bin.«

Rose blätterte die Seiten durch. Zu jedem Buchstaben des Alphabets gab es eine Pflanze. B für Basilikum, O für Oregano und so weiter, bis sie schließlich bei W für Wandelröschen war. Die Illustration zeigte eine krautige Zierpflanze, übersät mit gelben und orangefarbenen kleinen Blütendolden.

»Warte mal, diese Pflanze habe ich irgendwo gesehen!«, sagte Rose und grübelte. »Genau! Sie stand direkt vor uns – dieser riesige Busch am Fuß der Statue der Marchesa!« Rose war schon drauf und dran, aus der Bücherei und schnurstracks in den Park im Stadtzentrum zu stürmen. »Lass sie uns aus dem Boden ausreißen!«

»Nein!«, bellte der Hund.

»Was?«, fragte Rose. »Warum nicht?«

»Du erinnerst dich doch an die Geschichte von Salazar Glyck, oder?«, fragte der Hund. »Er fing einfach damit an, Pflanzen auszureißen, und hat damit fast das Gefüge von Raum und Zeit aus den Fugen geraten lassen. Wenn du das Wandelröschen ausreißt, das die Marchesa so sorgfältig gehegt hat, könnte das sogar noch gefährlicher für die Leute von Bontemps werden.«

Zitternd steckte Emma den Kopf durch die Gitterstäbe. »W-was meinst du mit *gefährlich*?«

»Die Pflanze hat jahrzehntelang Zeit aus den Bewohnern von Bontemps gesaugt«, erklärte der Hund. »Darum ist jeder rückwärts gealtert, darum läuft die Zeit zurück. Wenn die Pflanze nicht fachmännisch geerntet wird, dann ergießen sich all die Jahre aus ihr und jeder, der jünger wurde …« – er vermied es, Rose oder Emma anzusehen – »… wird auf der Stelle alt und stirbt.«

Kapitel 15
Hefe der Unvergänglichkeit

Es brauchte eine Weile, bis Rose die bittere Wahrheit begriffen hatte. Alle Leute, die Rose in Bontemps kennengelernt hatte – Cosmo und Silver und Emma –, alle wirkten so frisch und jugendlich; man konnte leicht vergessen, dass sie in Wirklichkeit ziemlich alt waren. Emma, die bei den Worten des Hundes vor Schreck auf den Po geplumpst war und jetzt fassungslos gluckste, war eigentlich hundert Jahre alt.

Draußen in der normalen Welt wurden die Leute heutzutage ja schon mal hundert Jahre alt. Aber nur die wenigsten. Und wenn das magische Wandelröschen abgeschnitten wurde, würde das so wirken, als ob man einen Stöpsel aus einer übervollen Badewanne zog:

All die Jahre würden herausströmen und die Leute in Bontemps ertränken.
»I-ich habe sehr lange gelebt«, stammelte Emma. »Es ist vielleicht an der Zeit für mich. Aber für die anderen kann ich nicht reden ... Wir können nicht ...«
Rose ließ sich vor dem Laufstall auf ein Knie sinken und umklammerte die Stäbe. »Ich werde nicht zulassen, dass dir das passiert, Emma, versprochen.«
Emma rieb sich die Augen. »Danke, Rose.«
Rose wandte sich an den Hund. »Wie also sollen wir das Wandelröschen daran hindern, weiterhin jedem in der Stadt die Jahre zu entziehen, und es gleichzeitig hinbekommen, dass nicht jeder auf einen Schlag alt wird?« Sie hob drohend den Finger. »Und sag jetzt bloß nicht, dass es gegen die Regeln verstößt, wenn du mir hilfst.«
Der Hund zog die buschigen Brauen hoch. »Ich stimme dir zu, Rosmarin: Wichtiger als die Prüfung ist es, dieses Problem zu lösen.« Er lief auf und ab. »Die Pflanze muss ausgerissen werden, denn nur so kann die Zeit wieder in die richtige Bahn gelenkt werden. Aber ehe das geschieht, müssen wir einen Weg finden, um die Stadt zu impfen.«
»Impfen?«, fragte Rose. »Wie gegen Masern?«
Emma schlang die dicken Ärmchen um sich. »Oh, bitte keine Spritze. Ich hasse Spritzen!«

Der Hund schüttelte den haarigen Kopf. »Nein, Emma, zaubern können wir nur, indem wir backen. Also keine Spritze.« Der Hund schnupperte an dem roten Rucksack auf Roses Schultern. »Für unsere Lösung benötigen wir wahrscheinlich deine restlichen *Gaben der Liebsten,* Rosmarin. So läuft das bei solchen Prüfungen – die Gaben müssen alle benutzt werden. Was hast du noch übrig?«

Rose schüttelte den Rucksack ab und sah hinein. »Nicht viel«, sagte sie verzweifelt. Von allen Gaben, die sie von ihrer Familie erhalten hatte, waren nur noch zwei vorhanden. »Das Schnurrhaar von Gus ist *eines* seiner neun Leben, und ich schätze mal, das reicht nicht für alle Leute in Bontemps. Ach ja, und ich habe noch das hier.« Sie zog das kunstvoll geschnitzte Stundenglas heraus. »Das kann man ja wohl mehrmals benutzen.«

Der Hund betrachtete es. »Das hat vielleicht ein genaueres Hinsehen verdient.«

Rose drehte es zwischen den Händen herum. Das Erbstück der Familie Glyck hatte ein Gestell aus Holz, in das Blätter geschnitzt waren, die sich anmutig um das Glas schmiegten. Es war das Gegenteil der scharfkantigen, dornigen Zweige, die die Buchseiten des *Magischen Gärtners* im Würgegriff gehabt hatten.

Als Rose das Stundenglas auf den Kopf drehte, entdeckte sie, dass etwas in den Boden geritzt war.
»Ich sehe etwas«, sagte sie und kniff die Augen zusammen. »Da steht: *Könnte ich nur die Zeit zurückdrehen.*«
»Zeit!«, sagte Emma aufgeregt. »Natürlich! Das Stundenglas kann uns in Sachen Zeit helfen!« Sie biss sich auf die Lippe. »Äh, oder?«
»Ich glaube tatsächlich, dass du da recht hast«, sage der Hund. »Sonst noch was?«
Rose drehte die Sanduhr wieder zurück und sah am oberen Ende zwei Symbole, die ihr bisher nicht aufgefallen waren.

酵母

Rose hielt dem Hund das Stundenglas hin. »Weißt du, was das für eine Sprache ist?«
Der Hund musterte die Zeichen gründlich, wobei er den Kopf mal zur einen, mal zur andren Seite neigte. »O je, das ist etwas peinlich. Trotz meiner jahrhundertelangen Erfahrung kann ich mich nicht entsinnen, dieser Art von Schrift je begegnet zu sein.«
Emma reckte die Händchen danach. »Darf ich mal sehen? Wenn es tatsächlich eine Schrift ist, dann besteht die Chance, dass eine Bibliothekarin sie erkennt.«
Rose legte Emma das Stundenglas in die Hände, die

die Schriftzeichen mit ihren kleinen Fingern nachfuhr. »Chinesisch!«, verkündete sie. »Traditionelles Chinesisch, um genau zu sein. Hier in der Bücherei gibt es ein chinesisches Wörterbuch.« Sie sah Rose drängend an. »Ist das ein Hinweis? Hilft er uns weiter?«

»Es ist ein Anfang«, sagte Rose und legte das Stundenglas in ihren Rucksack. »Komm, Hund, wir müssen das Wörterbuch finden!«

Roses erster Impuls war, nach einem Computer zu suchen und dort nach der Signatur des Buches, das sie brauchten – aber so etwas gab es ja nicht in dieser altmodischen Bücherei. Also suchten Rose und der Hund nach Cosmos Freund Simon, damit er ihnen helfen würde – was dieser gerne tun wollte. Und wenig später beobachteten sie hinter einem Bücherwagen versteckt (damit sie nicht von den anderen jungen Bibliothekaren gesehen wurden), wie Simon in dem riesigen Schrank, den er Katalog nannte, die Karten durchblätterte.

Einen Augenblick später kam er zurück mit einer Karte, auf der eine Zahlenreihe stand.

»Freut mich, euch helfen zu können«, sagte er. »Aber sagt mal, was ich euch noch fragen wollte – warum sucht die Marchesa eigentlich nach euch?«

Rose versuchte sich krampfhaft eine Lüge einfallen zu

lassen. »Äh, Emma hat eine große Überraschung für ihre Mutter geplant, später beim Traditionstagsball. Ich und mein Hund führen etwas Besonderes auf. Aber du weißt ja, wie die Marchesa ist – allen gegenüber misstrauisch!«

»Kann man wohl sagen«, stimmte Simon zu und tätschelte dem Hund den Kopf. »Eine Überraschung klingt klasse, genau das, was die Stadt gebrauchen kann.«

Rose lächelte Simon zu, dann sah sie schnell weg. Lügen war nicht ihre Stärke, auch wenn sie von wahren Meistern gelernt hatte – nämlich von ihren Brüdern.

Die Signatur auf der Karte funktionierte genauso wie die in Roses Schulbücherei. Rose fand den Gang mit der richtigen Nummer, dann ging sie an dem Regal entlang und strich mit dem Finger über die Buchrücken, bis sie gefunden hatte, wonach sie suchte.

Chinesisches Wörterbuch. Es war ein dicker Band, der in rotes Leinen gebunden war. Rose legte ihn auf den Boden und setzte sich davor. Dann holte sie das Stundenglas aus ihrem Rucksack, sah sich die ins Holz geritzten chinesischen Schriftzeichen darauf an und suchte in den Seiten nach einer Übersetzung.

Der Hund streckte sich neben ihr aus, während sie suchte, und blickte zu ihr hoch. »Ich bin sehr beeindruckt von deiner Entschlossenheit, Rosmarin Glyck«, sagte er.

»Danke« erwiderte Rose. »Heißt das, dass ich eine gute Note für die Prüfung bekomme?«

»Nicht unbedingt«, sagte der Hund. »Mach weiter.«

Es dauerte eine Weile, aber schließlich fand sie die Symbole und konnte sie entziffern. »Hier«, sagte sie. »Die Zeichen bedeuten … *Hefe*?«

»Hefe«, wiederholte der Hund. »Ich *dachte* schon, dass mir die Körner in dem Stundenglas irgendwie bekannt vorkamen.«

»Die Körner!«, sagte Rose. Sie war so aufgeregt, dass sie fast vergaß, leise zu sprechen. Sie drehte die Sanduhr um und sah zu, wie die silbrig-blauen Körner von einer Hälfte in die andere rieselten. »Das ist also gar kein Sand, was? Das ist eine Art Spezialhefe!«

Wieder ließ Rose den Finger über den geschnitzten Boden der Sanduhr gleiten. Sie hatte angenommen, die Kerben hier seien einfach Teil des Musters, aber nach näherem Hinsehen erkannte sie, dass es ein Schraubengewinde war.

Rose packte den Boden des Stundenglases und drehte daran, und das runde Stück ließ sich abdrehen. So einfach wie der Deckel eines Marmeladenglases.

Sie schraubte den Deckel wieder zu, da sie nichts von

der Hefe darin verschütten wollte. »Wir müssen herausfinden, was diese Hefe kann. Vielleicht hat Emma ein Buch, das uns in dieser Frage weiterhilft.« Der Hund reagierte nicht. Rose sah auf. »Hund?«
Der Hund saß starr im Schatten des hohen Mahagoniregals. Ein Schauer überlief Rose, wie beim Einsetzen eines beginnenden Regens, und dann begann der Hund mit leisem, hypnotischem Ton zu reden.
»*Mantou des Fortbestehens*«, sagte er. »*Für die Verlängerung der Zeit, nachdem Zeit verloren wurde.*
Es war im Jahr 1888, als Theodor Glyck im Hafen von Tianjin in China gelandet war. Dort belauschte er die traurige Geschichte von der Großmutter eines Matrosen, die auf dem Totenbett lag. Sie würde mit Sicherheit bis zum Morgen sterben, und der Matrose klagte, dass die vielen Kinder und Enkel und Urenkel der alten Frau nicht genug Zeit hätten, um an ihr Sterbebett zu eilen.
Die Geschichte machte Theodor Glyck traurig, daher erfand er ein Rezept für ein einfaches Mantou, ein in Dampf gegartes Brötchen nach chinesischer Art. Theodor ließ Hefe der Unvergänglichkeit in warmem Wasser Blasen werfen und vermengte sie mit Mehl. Der Teig ging zum doppelten Umfang auf, und Theodor knetete all seine Hoffnung in die Mischung. Schließlich

teilte Theodor Glyck den Teig in Kugeln und dämpfte die Brötchen – die Mantou – in einem Bambuskorb, bis sie warm und weich waren.
Die Mantou des Fortbestehens machten die Großmutter des Matrosen fünf ganze Tage und fünf Nächte unempfindlich gegenüber dem Lauf der Zeit. Die Stunden vergingen, jedoch nicht für sie – ihre Krankheit kam zum Stillstand. Die Urenkel und Enkel und Kinder der alten Dame und all ihre Freunde reisten mit Karren und Booten nach Tianjin, einige Mutige sogar mit der neuen Eisenbahn, bis jeder von ihnen die alte Frau liebevoll in die Arme nehmen konnte. Und als der Zauber der Mantou nachließ und die alte Frau sich schließlich mit dem Lauf der Zeit vereinigte und in die nächste Welt einging, lag ein zufriedenes und dankbares Lächeln auf ihrem Antlitz.«
»Hefe der Unvergänglichkeit«, sagte Rose. Sie kraulte den Kopf des Hundes, und er hätte vor Wohligkeit am liebsten mit dem Hinterfuß auf den Boden geklopft. »Wie kann es sein, dass du all diese Geschichten aus dem Backbuch Wort für Wort erinnerst?«
Der Hund lächelte hinterlistig. »Ich kenne das Backbuch in- und auswendig«, sagte er. Hintersinnig setzte er hinzu: »Einige würden vielleicht sagen, dass ich das Backbuch *bin.*«

»Ich schätze, deshalb bist du der Großmeister«, sagte Rose. Sie streckte sich und stellte das chinesische Wörterbuch mit einem Ächzen ins Regal zurück. »Mit dieser Hefe« – sie hielt das Stundenglas hoch – »können wir also etwas erzeugen, das die Leute in der Stadt unempfindlich gegen den Strom der Zeit macht, so wie die alte Frau, dic die Mantou-Klöße gegessen hat, richtig? Aber was passiert, wenn der Zauber nachlässt?«

»Dann sind die Leute wieder dem normalen Strom der Zeit unterworfen.« Der Hund schüttelte den Kopf. »Aber egal – die Gefahr von der Wandelröschenpflanze der Marchesa ist dann versiegt. Die gehorteten Jahre und Jahrzehnte bleiben nicht bestehen. Bis der Zauber erlischt, haben sie sich einfach aufgelöst.«

Rose starrte den Hund an, der ihr zuzwinkerte, wie es aussah. »Aber wie bekommen wir einen Haufen alter Kinder dazu, chinesische Dampfbrötchen zu essen?«, fragte sie. »Sie hören sich ja echt lecker an, aber *alle* müssen davon essen.«

»Cosmo konnte es sich doch gar nicht verkneifen, ein Stückchen von dem Buch-Kuchen zu essen«, überlegte der Hund. »Warum also chinesische Brötchen machen? Stattdessen –«

»Kuchen!« Rose lächelte. »Welches Kind mag keinen Kuchen?« Sie packte das Stundenglas in ihren Rucksack, rappelte sich hoch und wollte hinausstürmen. »Wir müssen in den Diner zurück. Ich weiß das perfekte Biskuit-Rezept.«

Doch ehe sie drei Schritte machen konnte, entstand am anderen Ende der Bücherei Unruhe.

Mit lautem Knall wurde die Tür des Hauptbüros offenbar eingetreten, dann war lautes Protestgeschrei von Emma zu hören.

»Emma!«, rief Rose. Doch bevor sie losrennen konnte, spürte sie die Zähne des Hundes an ihrem Gürtel.

»Nur eine Person würde es wagen, solch einen Lärm zu machen«, knurrte der Hund. »Wir müssen vorsichtig sein.«

»Stimmt.« Rose duckte sich mit dem Hund hinter ein Regal. Sie schob ein paar Bücher weg, bis genug Raum war, um durchzuspähen.

Die Wachen der Marchesa standen ungerührt rechts und links an der Bürotür und starrten die kindliche Bibliothekarin finster an, die im Laufstall kauerte. Die Stimme der Marchesa schallte aus Emmas Büro.

»Wo ist sie?«, verlangte die Marchesa zu wissen. »Wo ist die Prophezeiung? Sag es mir!«

»Ich – ich habe sie nicht!«, rief Emma mit piepsiger Stimme. »Ich habe alles abgesucht, aber sie ist nicht zu finden, Mutt–, ich meine, Marchesa.«

»Lügnerin!«, kreischte die Marchesa. »Du hilfst diesem schlimmen Mädchen und ihrem bösartigen Tier, stimmt's? Hast du ihr gesagt, wie sie in mein Haus kommt? Meine wertvolle Habe durcheinanderbringt?«

»N-nein«, stotterte Emma. »I-i-ich würde niemals –«

Emmas Worte wurden unterbrochen von einem erschreckten Aufkreischen.

Die Marchesa tauchte mit Emma auf dem Arm aus dem Büro auf. »Nehmt sie«, befahl sie. Ihre Nase war vor Abscheu gerümpft.

Einer der Wachleute kam herbeigehumpelt – *er ist wohl auf die Metallhaken von dem Jacks-Spiel getreten,* dachte Rose. Die Miene des Jungen wurde milde, als er Emma übernahm.

Emma fuchtelte mit den kleinen Fäusten und trat mit den kleinen Füßen um sich, aber im Griff des Jungen konnte sie nichts ausrichten. Die Marchesa kam drohend näher, und Emma wurde ruhig. »Töchter hintergehen ihre Mütter *immer.*«

Emma weinte und barg den Kopf in den Händen.

»Hört mir zu!«, befahl die Marchesa den verängstigten Büchereiangestellten, die mitten in ihrer Arbeit aufgehört hatten, als die Marchesa aufgetaucht war, und sich jetzt zu kleinen Häufchen duckten. »Ich, die Marchesa, werde heute Abend beim Traditionstagsball an Emma Tilley ein besonderes Exempel statuieren. Ich erlasse den Befehl, dass ihr alle anwesend seid, um ihre wohlverdiente Demütigung mitzuerleben. Und dass mir keiner fehlt …« Sie krümmte ihre lackierten Finger zu Klauen. »Sonst könnt ihr was erleben.«

»Jawohl, Marchesa«, erwiderten die verängstigten Angestellten im Chor.

Die Marchesa hob Emmas Kinn an und zwang sie, ihr in die Augen zu sehen. »Wenn deine Angestellten und alle Bürger der Stadt erst mal sehen, was ich mit dir mache«, sagte sie höhnisch, »dann werden sie das Prophezeiungs-Mädchen nur zu gerne herausgeben. Und du kannst *nichts* tun, um mich davon abzuhalten.«

Die Marchesa führte ihre Wachen mit der immer noch weinenden Emma den Gang entlang und zum Ausgang hinaus. Rose sah von ihrem Versteck hinter dem Bücherregal mit geballten Fäusten zu.

Als sie nach Bontemps gekommen war, hatte sie nichts anderes gewollt, als ihre Prüfung so schnell wie möglich hinter sich zu bringen, um rechtzeitig zu ihrem ersten Ball zurückzukehren. Das alles schien jetzt nicht mehr so bedeutungsvoll zu sein. Das Einzige, was jetzt zählte, war, Emma und Bontemps zu retten. Nicht we-

gen dieser blöden Prüfung. Sondern weil es das einzig Richtige war.
Das einzig Richtige, was eine *Glyck* tun musste.
Rose marschierte in die entgegengesetzte Richtung von Emmas verhallenden Schreien zum Hinterausgang der Bücherei. Der Hund trottete dicht hinter ihr her, vorbei an den Regalen.
»Mir scheint, du hast einen Plan«, schnaubte er.
Rose bog um eine Ecke und erblickte die Tür, die zur Gasse führte. »Wenn die Marchesa befiehlt, dass jedermann heute Abend dem Fest beiwohnen muss, bedeutet das, dass wir die perfekte Gelegenheit haben, alle mit der Hefe der Unvergänglichkeit zu impfen. Und wir können Emma retten.«
Rose stieß die Tür auf. Die kühle Abendluft umfing sie. »Jetzt lass uns an die Arbeit gehen«, sagte sie. »Es ist an der Zeit, endlich was Richtiges zu backen.«

Kapitel 16
Auftritt des Clowns

Während Rose und der Hund zum Silver Spoon zurückkehrten, flackerten die Straßenlaternen in der ganzen Stadt auf und vertrieben die Schatten des frühen Abends.

Ganz Bontemps wurde in einen gelblichen Schein getaucht, der – hätte Rose nicht von dem bösen Fluch der Marchesa gewusst – alles friedlich und schön aussehen ließ. Dutzende fein herausgeputzter Leute bevölkerten die Straßen, bereit für die Feierlichkeiten des Abends. Die Jungen trugen Anzüge in leuchtenden Farben wie Himbeer oder Kobaltblau, und auch die Mädchen hatten ähnlich bunte Kleider aus Seide und Spitze an. Rose entdeckte sogar ein Mädchen in einem knielangen gelben Blumenkleid mit einer weißen Schärpe um die Taille – das fast dem Kleid glich, das sie zu ihrem Tanzabend mit Devin getragen hätte.

Inzwischen war der Schulball zu Hause bestimmt vorbei, während der Traditionstagsball erst noch beginnen sollte.

Überraschenderweise war das Silver Spoon leer, als Rose und der Hund eintraten. Silver hatte sein fleckiges weißes T-Shirt gegen einen grauen Anzug und ein dunkelblaues Hemd eingetauscht – dazu trug er eine Krawatte, auf der Hummeln abgebildet waren.

»Wir haben heute früher geschlossen«, sagte er, ohne den Blick zu heben, während er mit einem Putzlappen von Tisch zu Tisch eilte. »Alle müssen zum Ball. Sonst können wir *was erleben*, wie die Marchesa angedroht hat!«

»Ich bin's nur!«, sagte Rose und rannte am vorderen Tresen vorbei. »Wir treffen uns beim Ball!«

Sie wartete nicht auf eine Antwort von Silver, sondern stürzte zusammen mit dem Hund in die Küche. Die war fast noch genauso unordentlich, wie sie sie verlassen hatte. Cosmo saß auf dem Klappstuhl neben der Tür. Seine großen braunen Augen wurden durch seine Brille noch vergrößert. »Ich bin kaputt«, verkündete er. »Ich könnte schwören, dass sich dieses Durcheinander wie von Zauberhand verdoppelt, sobald ich ihm den Rücken zukehre.«

Rose räumte sich einen Platz auf der Arbeitsfläche frei und stellte ihren Rucksack ab. Zu ihrer Erleichterung stand der *Magische Gärtner*-Kuchen noch unversehrt auf dem Abkühlgitter – mit Ausnahme der Ecke, die Cosmo vorhin schon abgebissen hatte.

»Ach, hab vergessen zu fragen!« Cosmo sprang auf. »Wusste Emma, wo die Farm der Marchesa ist?«

Rose holte schnell Mehl und Eier heraus, dazu zwei Plastikschüsseln, die groß genug für riesige Mengen Teig waren. »Nein, aber wir sind hinter den Plan der Marchesa gekommen, und Emma ist in Gefahr. In *großer* Gefahr.«

»Das klingt nicht gut«, sagte Cosmo nervös. »Was ist denn passiert?«

»Hund!«, rief Rose. »Willst du es ihm erzählen?« Aber der Hund achtete nicht auf sie, sondern schnupperte auf dem Boden nach Krümeln herum.

»Mach du mal, Rose«, sagte der Hund und rollte sich neben dem Backofen zusammen. »Ich brauche eine kleine Ruhepause.«

Während sie sich an die Arbeit machte, erzählte Rose, was alles in der Bücherei passiert war – die Entdeckung der zeitverschlingenden Pflanze, die chinesische Hefe der Unvergänglichkeit und dass sich die Marchesa mit Emma davongemacht hatte.

»Die Marchesa nimmt uns ja wirklich in die Mangel«, sagte Cosmo, band sich eine saubere Schürze um und stellte sich neben Rose. »Aber haben wir Zeit, genug Kuchen für die ganze Stadt zu backen?«

»Das haben wir, Cosmo«, sagte der Hund von seinem Plätzchen auf dem Boden. »Aber wir dürfen nicht trödeln. Da wir die Sanduhr nicht mehr als Zeitmesser benutzen können, passe ich auf die Backzeit auf.«

Rose stellte die beiden großen Plastikschüsseln mitten auf die Arbeitsfläche. Während Cosmo das Mehl abwog, bereitete sie die Hefe vor. Sie hatte Erfahrung mit Hefe, aber sie war trotzdem sehr gespannt, weil sie vermutete, dass die Wirkung – wie bei vielen Zauberzutaten – äußerst heftig sein würde. Sie füllte eine Glasschüssel mit Wasser – weder zu heiß, noch zu kalt – und streute Zucker hinein.

Dann drehte Rose den Boden der Sanduhr ihrer Mutter ab. Die Hefe darin schimmerte silbrig und blau. Hefe roch ja eigentlich wie alte Milch, aber der Duft, der aus dem Stundenglas stieg, war angenehm und warm. Rose konnte sich plötzlich genau erinnern, wie sie als Vierjährige in der Essnische der Backstube ihrer Familie saß. Sie knetete Teig – eine Kugel, die ihre

Mutter nicht brauchte –, während Polly das Gleiche auf der Arbeitsfläche tat. Die Erinnerung daran, wie sie gemeinsam arbeiteten, war wie eine warme Decke, die Rose umhüllte, oder wie ein Becher warmer Schokolade an einem kalten Wintertag; sie war so intensiv, dass Rose Tränen in den Augen spürte.

Töchter hintergehen ihre Mütter immer, hatte die Marchesa Emma angeherrscht.

Rose konnte sich nicht vorstellen, Polly jemals etwas zuleide zu tun, oder dass ihre Mutter sie so behandelte, wie die Marchesa Emma behandelte. So sollten Mütter und Töchter sich nicht verhalten. Eines Tages, so hoffte Rose, würde Emma das auch verstehen.

»Was jetzt?«, fragte Cosmo und starrte die Mischung vor ihnen an.

»Tritt etwas zurück.« Rose zögerte noch, ehe sie einen Messlöffel der schimmernden Hefe in das warme Wasser schüttete. »Ich weiß nicht genau, was passiert.«

»Das musst du *mir* nicht zweimal sagen«, erwiderte Cosmo. Er kauerte sich neben den Hund und tätschelte ihm den Kopf.

Rose hielt den Atem an und schüttete die Hefe in die Schüssel mit Wasser und Zucker, dann machte sie schnell einen Satz zurück und hielt die Hände vors Gesicht.

Nichts geschah.
Rose linste zwischen den Fingern durch. Die silbrige Hefe schwamm auf dem Wasser, träge und ganz ohne Reaktion. Rose geriet in Panik. Das war doch ihr einziger Plan. Wenn er nicht funktionierte, dann –
»Ach, das war ja ein bisschen enttäusch–«, begann Cosmo.
Ein langer Seufzer stieg aus der Schüssel auf, und die Oberfläche wallte zu einem Hügel winziger türkisfarbener Bläschen auf. Die Mischung schäumte, die Blasen türmten sich immer höher, quollen über den Schüsselrand und liefen auf die Arbeitsplatte.
»Heiliger Bimbam!«, rief Cosmo. »Das ist ja wie bei einem Essig-und-Backpulver-Vulkan – wie bei dem, den ich für die Chemievorführung in der ersten Klasse gemacht habe!«
»Die Zeit läuft!«, heulte der Hund. »Backe, Rosmarin, backe!«
Rose kam in Fahrt. Cosmo schlug Eier auf, sie rührte ordentlich Zucker und ein wenig Salz in die Mehlschüsseln. Dazu kamen die Eier, Milch und die Hefe, was die überquellenden Blasen nur noch mehr aufschäumen ließ – bald waren Rose, Cosmo und der Boden von weißem Schaum umgeben. Der Hund hatte sich jetzt aufgerichtet – sein Fell war gesträubt.

»Ich mag nicht gerne nass werden, Rosmarin Glyck«, sagte er.
»Dann musst du eben ausweichen!«, brüllte Rose.
Sie und Cosmo rührten flüssige Butter ein, bis der Teig glatt wurde – was schwierig war, denn Luftblasen aus der hinzugefügten Hefe blubberten und platzten und spritzten ihnen die Teigmischung ins Gesicht. Gerade noch rechtzeitig hatten sie alles untergerührt, als die Teigschüsseln aufzusteigen begannen. Richtig gehört: die Teigschüsseln – nicht nur der Teig.
Sie schwebten in der Luft, als sei der Teig mit Helium gefüllt. Wie riesige Pilzschirme hingen die Teigmassen über den Rand der Bottiche.
»Lasst sie nicht davonschweben!«, bellte der Hund. »Fangt die Schüsseln wieder ein!«
Cosmo bückte sich und machte mit den Händen eine Räuberleiter. Rose klemmte einen Fuß hinein, und er hievte sie hoch in die Luft. Sie packte den Rand von einer der Schüsseln mit beiden Händen, aber die Schüssel ließ sich nicht herunterziehen. Stattdessen hing Rose in der Luft, und ihre Sneaker baumelten einen halben Meter über dem Boden.
Jetzt zerrte Cosmo den Klappstuhl durch die Küche, stieg hinauf und packte die andere Schüssel, kurz ehe der gurgelnde Teig an die fettverspritzte Decke stieß.

»Äh, wie lange schweben die Dinger so herum?«, fragte Cosmo unter Keuchen.
»Ich weiß es nicht!«, rief Rose. »Vielleicht habe ich zu viel Hefe beigegeben. Wir –« Sie schrie auf, denn ihre Schüssel ruckte nach oben und zog sie noch ein Stück höher in die Luft. »Äh, Hund?«
Der Hund starrte mit Laserblick auf die schwebenden Schüsseln. »Es sollte gleich auf–«
Plötzlich sanken die Schüsseln und landeten mit einem Knall auf der stählernen Arbeitsfläche. Rose und Cosmo stürzten mit ihnen ab und schrien auf, als sie sich unsanft abgesetzt auf der Gummimatte wiederfanden.
»–hören«, beendete der Hund seinen Satz.
Rose holte tief Luft und starrte das Chaos an, das sie angerichtet hatte. Nichts liebte sie mehr als eine saubere Küche, aber das musste warten. »Es wird Zeit, die Dinger in den Ofen zu schieben«, sagte sie, richtete sich auf und fing an, den Teig in Kuchenformen zu füllen. »Wir dürfen keine Sekunde verschwenden.«
»Auf keinen Fall«, sagte Cosmo. »Nicht, solange Emma in Gefahr ist.«
Rose siebte Zucker über die Kuchen. Sie wusste, dass er durch das Backen zu einer süßen Kruste werden würde, die den Leuten in der Stadt hoffentlich himmlisch schmecken würde. Wenn sie wollten, dass jeder

einzelne Bürger von Bontemps etwas davon aß – was absolut notwendig war –, dann mussten diese Kuchen die leckersten werden, die sie je gemacht hatte.

Nachdem sie damit fertig war, reichte sie die Kuchenformen nacheinander an Cosmo weiter, der sie in die Backöfen schob.

»Und wie sieht denn nun dein Plan aus?«, fragte Cosmo. »Alle müssen von diesem Kuchen essen, damit sie nicht vergreisen und abkratzen?«

»Genau«, bestätigte Rose. »Sobald die Kuchen fertig sind, schaffen wir sie schnurstracks zu dem Tanzfest und –« Rose verstummte, denn ihr ging plötzlich ein Licht auf. »O je, aber wenn mich jemand erkennt, werden sie Alarm schlagen.«

»Du brauchst eine Verkleidung«, sagte Cosmo und wischte sich den Schweiß von der Stirn. »Mir gefällt meine Broomenthal-Idee eigentlich immer noch.«

Der Hund bellte lachend. »Was hast du doch unlängst angemerkt, guter Junge? Dass Rose am wenigsten auffallen würde, indem sie auffallen würde?«

Cosmo lachte ebenfalls. »Hey, du hast recht! Sag mal, Rose, wie würde dir eine Clownsbemalung gefallen?«

Rose schüttelte sich. »Nicht so gut.«

»Falsche Antwort!«, sagte Cosmo und tätschelte ihr die Schulter. »Ganz falsche Antwort.«

»Ich komme mir albern vor«, verkündete Rose eine Dreiviertelstunde später. Sie stand mit ausgebreiteten Armen da und begutachtete ihr knallbuntes Outfit.
»Du *sollst* albern aussehen, Püppi!«, krähte Cosmo. »Du bist ein Zirkusclown!«
Rose steckte in einem weiten gelben Overall mit einer weißen Halskrause und großen Pompomknöpfen. Über ihre Sneaker hatte sie riesige, schlabberige rote Schuhe gezogen, und ihr Gesicht war weiß geschminkt mit einem dicken roten Kreis um ihre Lippen. Der Clou, so fand Cosmo, war die runde Ballnase und eine ausladende Perücke aus knallroter Wolle.
Wie anders war das doch als das hübsche Kleid, das sie zu dem Schulball hätte tragen sollen.
»Wieso hast du diese peinlichen Sachen eigentlich in deinem Büro gehabt?«, fragte Rose.
»Vor einiger Zeit«, sagte Cosmo wehmütig, »wollte ich weglaufen und mich dem Zirkus anschließen. Deshalb weiß ich alles über die Broomenthals.« Er seufzte. »Aber sie fanden mich nicht ulkig genug.«
»Die Verkleidung ist super«, sagte der Hund. »Ich würde dich im Leben nicht wiedererkennen. Es sei denn, ich würde speziell auf einen Clown achten, dann vielleicht schon.«

»Grässlich«, sagte Rose. »Gibt es denn wirklich keine andere Verkleidung für mich?«

»Rosmarin«, sagte der Hund, »jetzt vergiss doch bitte mal, wie du aussiehst. Die Kuchen sind fertig! Wir müssen uns beeilen!«

Die Kuchen waren schön geworden. Sie erfüllten die Küche mit einem warmen, süßen Duft. Idealerweise hätten sie noch einige Zeit auskühlen sollen, aber diesen Luxus konnten sie sich nicht leisten – Rose und Cosmo schnitten die Kuchen rasch in mundgerechte Happen und stapelten sie in Takeaway-Tüten aus dem Silver Spoon.

»*Verdammt* lecker.« Cosmo stöhnte genüsslich auf, als er ein Stück Kuchen verschlang. »Und ich fand schon den Gartenbuch-Kuchen gut!«

»Schön, dass es dir schmeckt«, sagte Rose und stopfte ein letztes Stück in eine prall gefüllte Takeaway-Tüte. Sie winkte dem Hund. »Jetzt lasst uns losgehen und die Stadt mit Kuchen beglücken.«

Rose setzte den Rucksack auf. Mit zwei übervollen Kuchentüten in den Armen schlappte sie in ihren riesigen roten Clownsschuhen aus der Küche. Cosmo folgte ihr mit weiteren Tüten, während der Hund brav das Schlusslicht machte.

Draußen war es dunkel und kühl – aber im gegenüberliegenden Park war es lebendig geworden. Weiße Lichterketten waren zwischen den Bäumen gespannt, und da und dort baumelten gelbe Papierlampions von den Zweigen. Muntere schwungvolle Swing-Musik schwebte über den Marktplatz, und den Hunderten von Stimmen hörte man an, dass alle Spaß hatten.

Die Kinder von Bontemps waren überall, lagerten auf Decken unter den Bäumen und scharten sich um den Pavillon. Seltsamerweise wurde Rose keines Blickes gewürdigt, während sie umherstreifte. Vielleicht hatte Cosmo ja recht, man fiel nicht auf, wenn man ausgefallen daherkam. Sie nickte Cosmo und dem Hund stumm zu, als sie dem Platz mit der Bühne und der Statue der Marchesa näher kamen. Dann trennten sie sich, und Cosmo begann sofort, Kuchenstücke auszuteilen. »Kostenlose Proben des besten und leckersten Kuchens, den ihr je gegessen habt«, verkündete er immer wieder. Der Hund flitzte hinter ihm her.

Rose ging Richtung Bühne und reichte jedem Jugendlichen, der ihr begegnete, ebenfalls ein Stück Kuchen. »Kostproben aus dem Silver Spoon, gratis und umsonst!« Jungen und Mädchen quietschten vor Genuss, während sie die Kuchenstücke fast so schnell verschlangen, wie Rose sie austeilte.

Rose drängte sich durch die Menge und kam zu einem

dünnen Holzboden, der vor der Bühne auf den Rasen gelegt worden war.
Eine Tanzfläche.
Während Rose beobachtete, wie einige der jüngeren Kids herumtollten, musst sie heftig schlucken, denn wieder kam die Sehnsucht nach dem Schulball mit Devin in ihr hoch. Doch dann schüttelte sie den Gedanken ab. Nein, *das hier* war viel wichtiger.
Ein halbes Dutzend Fackeln beleuchteten eine Band aus vier Kleinkindern. Alle vier trugen die gleichen Hosenträger, hochgeknöpfte Hemden und gepunktete Fliegen. Einer klimperte auf einem Banjo, das fast so groß war wie er, ein anderer fuhr mit den Armen über ein Waschbrett, das in einer großen Tonne stand. Ein dritter schaffte es irgendwie, eine flotte Melodie auf einer Trompete zu spielen, die er nur mit Mühe hochhalten konnte. Das vierte Bandmitglied war ein kleines Mädchen, das Rose sehr an Nella erinnerte. Die Kleine trällerte ein altertümliches Liedchen.
»He, du! Warte mal!«
Rose, die gerade einem Sechsjährigen, der sie mit großer Zahnlücke angrinste, ein Stück Kuchen reichen wollte, blieb wie erstarrt stehen. Sie schluckte, gab dem Jungen den lebensrettenden Kuchen und wandte sich nach demjenigen um, der nach ihr gerufen hatte.

Es war einer der Wachen.

Rose erkannte ihn wieder, er war im Haus der Marchesa gewesen – der Junge mit der hochrasierten Frisur, der in den Salon geschaut hatte. Er kam mit finsterem Gesicht auf sie zu. Seine violette Schärpe flatterte ihm um seinen Uniformrock.

»Hallo!«, sagte Rose und versuchte eine möglichst alberne Komikerstimme zu machen. »Gönnen Sie sich ein Stück Kuchen an diesem schönen Abend!« Sie quetschte ihre Clownsnase, die *huup-huup* machte, genau wie Cosmo es versprochen hatte. Ein zum Kind gewordener Senior, der unter der Menge stand, kicherte.

»Die Marchesa sucht nach dir!«, schrie der jugendliche Wächter gegen die Musik an.

Rose blieb fast die Luft weg. Sie sollte wohl lieber davonrennen! Aber in den lächerlichen Clownsschuhen würde sie in der Dunkelheit wahrscheinlich stolpern.

»Sucht nach mir?«, sagte Rose mit ihrer Doofi-Stimme. »Aber ich bin doch hier!« Sie versuchte einen lahmen Spaß von ihrem Bruder Basil nachzumachen und deutete mit der rechten Hand nach links. »Oder war ich hier?« Jetzt deutete sie mit der linken Hand nach rechts, dann sah sie sich verwirrt in beide Richtungen um. Sie breitete die Arme aus und drehte sich wild im

Kreis. »Wow-au-weh! Ich war an so vielen Stellen, dass mir ganz schwindelig ist!«

Zustimmendes Gelächter brandete auf, und einige der Leute wandten den Blick von der Tanzfläche ab und beobachteten sie. »Schaut mal, der verrückte Clown dort!«, sagte ein winziger Junge mit weitaufgerissenen Augen.

Rose stellte fest, dass sie alle Kuchenkrümel von den Fingern leckten. Über ihren Köpfen entdeckte sie Cosmo und den Hund, die durch die Menge gingen und weitere Kuchenstücke verteilten.

Der Plan funktionierte.

Der Wächter blickte Rose eine Weile finster an. Roses Herz pochte im Takt zu der Ragtime-Musik. Schließlich ging ein Grinsen über das Gesicht des Jungen. »Die Marchesa *liebt* Clowns. Sie ist ganz unglücklich, dass sie noch nie zum Lager der Broomenthals eingeladen wurde. Sag mal, jonglierst du auch?«

Rose stieß erleichtert den Atem aus. »Nicht mehr seit meinem Versuch, mit einer Axt zu jonglieren«, stotterte sie. »Sie glauben gar nicht, was ich *angerichtet* habe.«

Der Wächter verzog das Gesicht. »Vielleicht solltest du dir diese blutrünstige Geschichte für später in der Kneipe aufsparen.« Er beugte sich zu ihr und flüsterte:

»Je jünger die Leute werden, desto empfindlicher werden sie auch.«

»Das vergess ich manchmal«, sagte Rose. Sie konnte kaum glauben, dass sie mit ihrem Trick davongekommen war.

In dem Moment verstummte die Kinderband mit einem hastigen Aufjammern der Trompete, und die Tänzer blieben stehen. Unwilliges Gemurmel brandete auf, dann gingen Scheinwerfer an, die auf die hohe goldene Statue gerichtet waren.

»Hört zu, Leute von Bontemps!«

Die Stimme der Marchesa hallte aus Lautsprechern, die in den Bäumen verborgen waren, und die versammelte Menge wurde still. Rose schlängelte sich durch die andächtig stehen gebliebenen Tänzer, bis sie die andere Seite der Tanzfläche erreichte und sehen konnte, was jetzt passierte.

Mit wildem Blick stand die Marchesa vor ihrer goldenen Statue. Sie hatte sich dem Anlass entsprechend herausgeputzt und trug ein smaragdgrünes Kleid, das in stufenförmigen Volants bis auf den Boden fiel. Mit beiden Händen hielt sie Emma hoch. Die Baby-Bibliothekarin, deren Widerstandskraft nachgelassen hatte, strampelte nur noch schwach mit den Beinen.

Das leuchtend orangefarbene Gebüsch des Wandelröschens erhob sich hinter der Marchesa und ihrer Tochter vom Fuß der Statue. Rose erblickte etwas Spitzes, Silbernes auf dem Boden, direkt neben der Marchesa – eine Gartenschere.

Das Ernten der Zeit stand kurz bevor.

Und Emma hatte noch nichts von dem weltweit einzigen Kuchen gegessen, der ihr das Leben retten konnte.

Kapitel 17
Erntezeit

»Seid gegrüßt, Bürger von Bontemps!«, rief die Marchesa mit triumphierender Stimme. »Ich, eure Marchesa, heiße euch zum fünfzigsten Traditionstagsball willkommen!«

Die versammelten Einwohner reagierten mit verhaltenem Beifall.

»Um die heutigen Feierlichkeiten zu eröffnen, habe ich eine besondere Demonstration vorbereitet.« Sie hob Emma noch höher, damit sie auch die am weitesten entfernten Bürger im Park sehen konnten. »Ihr werdet alle Zeugen, wie meine geliebte, meine hinterhältige Tochter vor euren Augen altert!«

Die Menge stöhnte erschrocken auf, dann folgte aufgeregtes Flüstern. Rose versuchte, Emmas Aufmerksamkeit zu erregen, um ihr zu versichern, dass sie nicht im Stich gelassen würde, doch die kleine Bibliothekarin war entweder zu verzweifelt, um ihre Freundin zu sehen, oder sie konnte Rose in ihrem Clownskostüm nicht erkennen.

Die Marchesa setzte Emma unsanft ins Gras, dann strich sie über die zeitverschlingende Pflanze und ließ die Finger über die Blüten gleiten. »Das überrascht euch jetzt vielleicht, aber diese Pflanze ist keine gewöhnliche Pflanze. Im Gegenteil. Während der vergangenen fünfzig Jahre, in denen ihr alle jünger geworden seid, hat dieses Kraut eure verlorenen Jahre aufgesaugt.«

»Unsere Jahre aufgesaugt?«, sagte ein kleines Mädchen neben Rose zu ihrer Freundin. »Was meint sie nur damit?«

»Ich bitte um Ruhe, während ich rede!«, befahl die Marchesa. »Ich dulde keine Zwischenbemerkungen!« Mit loderndem Blick sah sie die Menge an. »Wo war ich stehengeblieben? Ach ja: Eure Lebenskraft, eure Zukunft, euer Leben allgemein – alles ist von jeder einzelnen Blüte dieser Pflanze aufgesaugt und darin gespeichert worden. Für jeden von euch gibt es eine Blüte. Und diese hier« – sie schnipste an eine der orangefarbenen Blüten, die aus dem Strauch herauswuchs – »ist die meiner werten Tochter Emma Tilley.«

Das verwirrte Murmeln um Rose wurde lauter. Die Kinder betrachteten die glatten jungen Hände der Marchesa im Schein der Papierlampions, und Rose hörte Seufzer der Bestürzung, als den Leuten nach und nach dämmerte, was die Marchesa meinte.

»Ach du Schreck«, murmelte ein Junge. »Sie glaubt, dass ihre Pflanze da unsere Zeit kontrolliert!«

»So ein Quatsch«, erwiderte sein Freund, aber an seinem besorgten Blick konnte Rose erkennen, dass er sich nicht ganz sicher war.

»So, ich *könnte* diese kleine Blüte abknipsen«, sagte die Marchesa und hob die blinkende Gartenschere auf. Sie ließ die scharfen Klingen auseinandergleiten und legte sie an den Stängel der Blüte. »Mit einem Schnitt würden all die Jahre, die aus Emma gesaugt wurden, mit einem Schlag zurückkehren. Sie würde wieder ihr wahres Alter annehmen, nämlich neunundneunzig – und wahrscheinlich sterben, um ehrlich zu sein. Alt zu werden ist nicht leicht, vor allem dann nicht, wenn es auf einen Schlag passiert.«

Die gesamte Stadt hielt den Atem an. Spürte Gefahr. Genau wie Cosmo hatte offenbar noch niemand begriffen, dass es doch seltsam war, wie man hier in

Bontemps alterte – bis die Marchesa allen plötzlich die Augen geöffnet hatte.

»*Oder*«, sagte die Marchesa mit einem hinterhältigen Grinsen, »ich könnte mit euch allen ein Abkommen treffen. Wir haben den heutigen Tag damit verbracht, nach der gefährlichen Fremden in unserer Stadt zu suchen. Diese Fremde ist in mein Haus eingedrungen und hat ein unschätzbares Erbstück gestohlen. Und doch will niemand von euch sie und den Hund, der sie begleitet, gesehen haben.« Die Marchesa nahm die Gartenschere fester in den Griff, und die Schneiden ritzten den Stängel an. »Es ist noch nicht zu spät, dass ihre Helfershelfer jetzt hervortreten und verraten, wo sich das Mädchen versteckt. Tut das, dann werde ich das Leben meiner Tochter, eurer geliebten Bibliotheksleiterin, verschonen!«

Natürlich meldete sich keiner zu Wort, denn niemand außer Cosmo, Rose und dem Hund wusste, dass in dem Clownskostüm Rose steckte.

»Wir haben sie nicht!«, schrie eine Frau. »Lassen Sie Emma frei!«

»Ja«, stimmten die Leute ein, »lassen Sie Emma frei!« Man schien die Tochter der Marchesa in ganz Bontemps zu lieben – was der Marchesa selbst jedoch rein gar nichts bedeutete.

Schluchzend kroch Emma durch das Gras … direkt auf Cosmo zu, der leise um die Menge herum nach vorne gekommen war.
»Schämen Sie sich, Marchesa«, sagte er, hob Emma auf und wandte sich ab.
»Ich kenne keine Scham!«, sagte die Marchesa und hob einen Arm hoch. »Okay, ihr habt es so gewollt. Lebe wohl, liebe Tochter.«
Die Marchesa drückte die Griffe der Gartenschere zusammen und war kurz davor, Emmas Blüte abzuknipsen.
Rose wusste, dass Emma noch kein Stück Kuchen gegessen hatte. An alle hatten sie die Stücke verteilt, doch Emma war von der Marchesa bewacht worden.
»Halt!«, rief Rose. Sie trat mit erhobenen Händen vor. »Nicht schneiden! Bitte!« Sie riss sich die rote Wollperücke ab und ließ sie ins Gras fallen, dann nahm sie die rote Nase ab. »Ich bin das Mädchen aus der Prophezeiung. Tun Sie mit mir, was Sie wollen, aber bitte verschonen Sie Emma.«
»Du?« Die dünnen Augenbrauen der Marchesa fuhren hoch, unbeeindruckt. »Ich hatte erwartet, dass du größer wärst.« Sie schnipste mit den Fingern, und im Nu war Rose von vier jungen Wachen umgeben.
»Ich weiß, was Sie vorhaben«, sagte Rose, während die

Wachen ihr die Arme auf den Rücken drehten und sie voranschubsten. Ihr Blick wurde flehend. »Aber Sie müssen das Wandelröschen nicht ernten. Ich kann Ihnen helfen.«

Die Marchesa hörte jedoch nicht zu. Ihre Lippen waren zu einem abfälligen Grinsen verzogen. »*Du?* Das Mädchen aus der Prophezeiung? *Mir* helfen?« Sie deutete mit der Scherenspitze auf Rose. »Wohl kaum. Meine Tochter hat mich hintergangen, und an ihr muss ich ein Exempel statuieren, damit niemand jemals wieder mein Vertrauen missbraucht!«

»Ich kann einen anderen Weg finden, um Sie wieder glücklich zu machen«, flehte Rose. »Das ist die Aufgabe meiner Familie. *Meine* Aufgabe.«

»Wie süß«, sagte die Marchesa mit höhnischem Grinsen. Sie drehte sich nach der Staude um und legte die Schere an die Blüte, die sie als Emmas Blüte bezeichnet hatte.

Die Menge war so still, dass Rose nur das metallische Knipsen hören konnte, als die Schere durch den Stängel schnitt.

Ein Brausen schien durch ganz Bontemps zu dröhnen, eine eisige Schockwelle fuhr durch den Ort. Es waren fünf Jahrzehnte eingeschlossener Zeit, die in den Abend hineinrauschten. Alle traten einen Schritt zurück und wandten sich Cosmo zu, der Emma immer noch im Arm hielt. Und sie entsetzt anstarrte.

Aber nichts geschah.

Emma verwandelte sich nicht. Sie blieb das rosige (wenn auch erschreckte) Baby, das sich an Cosmos grüne Strickjacke klammerte.

Und wie Rose feststellte, *kaute* die kleine Frau, die zum Baby geworden war.

Cosmo hatte sie gerade noch rechtzeitig mit Kuchen gefüttert.

Erleichtert seufzte Rose auf, während sich das magische Rauschen in Luft auflöste.

Die Marchesa stand erwartungsvoll neben der Statue, die Hände in die Hüften gestemmt. Als klarwurde, dass Emma nicht auf der Stelle alterte und verwelkte, knirschte sie mit den Zähnen. Ihr Gesicht lief rot an, und ihre Augen traten aus den Höhlen.

»Da –«, sie schäumte und bebte vor Wut, »da stimmt was nicht. Ich hätte –« Sie stürzte sich auf die Staude und starrte sie verbissen an. »Ich muss die falsche Blüte abgeschnitten haben. Deine Zeit wird kommen, Emma, mein Liebling! Und zwar *gleich.*« Wieder ein Abknipsen. Eine weitere orangefarbene Blüte fiel ins Gras, wieder strömte ein prickelnder Zauberstrom durch die Kinder von Bontemps.

Und wieder passierte nichts.
»Das kann nicht sein!« Die Marchesa schnippelte wild an dem Strauch herum. Blätter, Stiele und Blüten fielen um sie herum zu Boden, als würde ein Rasenmäher durch ein Blumenbeet fahren. »Die Zeit hat angehalten und ist rückwärtsgelaufen, so wie ich es vorgesehen hatte. Das Ernten der Pflanze soll die Zeit wieder in die Welt zurückbringen. Es *muss* funktionieren!«
»Sie meint es ernst«, stieß die Stimme eines jungen Mädchens hervor. Rose entdeckte, dass es das Mädchen mit der Katzenaugenbrille war, das sie bei der Parade kennengelernt hatte. »Habt ihr es nicht gespürt? Au Backe, die Marchesa hat uns unsere Zeit gestohlen, und jetzt versucht sie uns umzubringen, indem sie uns die Zeit zurückgibt!«
Irgendwo weiter hinten rief ein Junge: »Sie will uns alle alt machen, wie sie es bei Emma versucht hat!«
Die Menge wurde von Panik ergriffen, und alle stürzten nach vorne. Die Wachen ließen Rose los und versuchten, die Meute zurückzuhalten, doch es waren ja nur vier Teenager gegen Hunderte.
»Hindert sie daran!«, rief der kleine Chef der Truppe, den Rose früher am Tag bereits gesehen hatte.
Die Marchesa, in deren wilden Strähnen schwarzer Locken sich Blätter verfangen hatten, ließ die Garten-

schere fallen und kletterte auf die Bühne. Mit einer raschen Bewegung riss sie eine Fackel aus der Halterung und schwenkte sie in Richtung der Leute, als würde sie versuchen, wilde Tiere zu vertreiben.

Die Leute von Bontemps hielten inne, lange genug, dass die Marchesa das lodernde Ende der Fackel mitten in den riesigen Busch des Wandelröschens stoßen konnte.

Die Zauberpflanze ging in Flammen auf.

Das Feuer breitete sich so rasch und heftig aus, als habe jemand die Staude in Benzin getränkt. Sie brannte gleißend und dunkelrot, und die Funken schossen wie Feuerwerkskörper in die Luft. Im gleißenden Licht des brennenden Busches sah Rose den Schrecken auf den Hunderten von Gesichtern um sie herum – Menschen, die schluchzten und vor Angst schrien. Auch die Marchesa selbst schien überrascht, was sie da ausgelöst hatte. Still stand sie da und starrte auf ihr loderndes Machwerk. Die gesamte Stadt sah hilflos zu, wie die Pflanze inmitten der Flammen allmählich verkohlte und schwarz wurde.

Dann schoss die Zauberkraft wie eine Schockwelle hervor.

Die Druckwelle war unsichtbar, aber mächtig, sie warf die am nächsten stehenden Kinder glatt um. Ein

Windstoß fuhr Rose ins Gesicht und wehte ihr die Haare zurück.

Und dann war es vorbei.

Die Zeitpflanze ging inmitten des zischenden Feuersturms ein.

Die Marchesa auf der Bühne bebte sichtlich, als sie in die Menge blickte. Keines der Kinder hatte sich verändert – die Flut der Jahre war spurlos an ihnen vorübergegangen, abgewendet von dem Kuchen, den sie gegessen hatten, genau wie Rose gehofft hatte. Die Hefe der Unvergänglichkeit, die von ihr unter den Teig gehoben worden war, hatte ihr Werk getan.

»Warum passiert nichts?«, schrie die Marchesa. »Ich habe doch alles richtig gemacht!«

Aber wie Rose sah, täuschte sich die Marchesa: Es passierte *doch* etwas. Nämlich mit der einzigen Bewohnerin von Bontemps, die nichts von Roses Kuchen gegessen hatte.

»Was geht da vor sich?« Der Wächter neben Rose deutete auf die Bühne hinauf. »Seht sie euch an!«

Die Marchesa wankte, erleuchtet von den flackernden Fackeln. Sie veränderte sich tatsächlich. Die Schatten, die die Fackeln warfen, ließen es aussehen, als würde sich die Haut der Marchesa kräuseln.

Und auf einmal erkannte Rose, dass das nicht an dem

flackernden Licht lag. Es ging tatsächlich eine Veränderung mit ihr vor.

Mit aufgerissenen Augen stieß die Marchesa ein markerschütterndes Heulen aus. Aber niemand konnte etwas tun, alle konnten nur zusehen. Sie fiel auf die Knie und hob die Hände zum Himmel. Sie schrumpfte, ihre Knochen und Muskeln schnurrten ein, ihre schimmernden schwarzen Locken wurden zu dünnen grauen Strähnen und fielen dann ganz aus. Schon konnte man sie kaum noch wiedererkennen. Ihre Züge sanken ein wie ein verschrumpelter Apfel, und in ihren wässrigen, verschleierten Augen lag Furcht. Es lief so schnell ab wie ein Film, der auf Schnelldurchlauf gestellt war – jede Millisekunde war wie ein Jahr, das den Körper der Marchesa verwüstete.

Rose wurde von Trauer ergriffen. Die Marchesa war so schrecklich gewesen, hatte diesen Menschen so schlimme Dinge angetan – sogar ihrer eigenen Tochter. Nur um ihre verlorene Jugend wiederzuerlangen! Und doch war es unmöglich, jetzt etwas anderes als Mitleid für diese verzweifelte Frau zu empfinden.

Die Marchesa sank in den Volants ihres Kleides zusammen und rang keuchend nach Luft.

Rose überlegte, was Polly oder ihr Vater tun würden. Großvater Balthasar, Tante Lily, ihre Geschwister, Gus,

Jacques, Devin – und ohne den Anflug eines Zweifels wusste sie, dass keiner von ihnen, trotz allem, was geschehen war, die Geschichte so schrecklich enden lassen würde.

Rose streifte die albernen Clownsschuhe ab und trat neben die Marchesa auf die Bühne. Die Frau – die sehr, sehr alte Frau – winkte geschwächt nach oben mit ihren Fingern, die dürr wie kleine Zweige waren und kraftlos von ihrem zerbrechlichen Handgelenk baumelten.

Rose nahm die verschrumpelten Hände der Gärtnerzauberin in ihre.

Die Marchesa versuchte, etwas durch ihre blinden Augen zu sehen. »Wer ist da?«

»Ich bin es«, sagte Rose. »Das Mädchen aus der Prophezeiung.«

»O Mutter«, hörte sie Emma sagen. Cosmo hatte Emma auf die Bühne gesetzt. Das kleine Mädchen krabbelte an die Seite ihrer Mutter.

»Lasst mich allein«, flüsterte die Marchesa.

Rose spürte etwas Warmes und Schweres an ihrer Seite – der Hund, der mit den Zähnen eine volle Kuchentüte umklammerte.

Rose zog ein Kuchenstück aus der Tüte. »Bitte, essen Sie das hier. Es ist ein Biskuitkuchen. Er macht Sie unempfindlich gegen all die angehäuften Jahre des Wandelröschens. Essen Sie davon, ehe es zu spät ist.« Aber sie hatte noch nicht ausgeredet, da wusste sie: Es war schon zu spät.

Die Marchesa presste die Lippen aufeinander und wandte den Kopf ab. »Du bist schlau, Prophezeiungs-Mädchen.«

»Bitte iss davon, Mutter«, flüsterte Emma und strich der Marchesa mit ihren plumpen Fingern über die pergamentene Wange.

»Essen Sie davon, Marchesa!«, rief jemand aus der Menge, und die anderen stimmten ein: »Essen Sie den Kuchen!«

Doch mit der wenigen Kraft, die ihr verblieben war, stieß die Marchesa Roses Hand beiseite. »Jetzt nicht mehr, Prophezeiungs-Mädchen. Ich würde nur für immer so … so wie jetzt bleiben. Nein.« Sie hustete. »Wenn ich nicht jung und kräftig und schön bleiben kann, dann will ich überhaupt nicht leben.«

Die Marchesa wandte das Gesicht wieder dem Himmel zu und sagte leise nur noch einen überraschenden Satz: »Es tut mir leid, Emma.«

Und dann wurde ihr verwelkter Körper still.

Kapitel 18
Ein neues Leben

Emma brach das Schweigen. Die kleine Bibliothekarin rief laut »*Mom!*« und barg ihr Gesicht in den Falten des zusammengefallenen Gewandes der Marchesa. Selbst nach allem, was ihr die Marchesa angetan hatte, liebte Emma ihre Mutter noch immer.

»Das ist nicht richtig«, murmelte Rose vor sich hin. Die Stadt war von dem Fluch befreit. Aber Rose konnte das Gefühl nicht abschütteln, dass diese Prüfung zur Meisterbäckerin total danebengegangen war.

Die Bewohner der Stadt traten näher an den Bühnenrand.

»Ist sie … tot?«, fragte jemand.

»Sie rührt sich nicht mehr.«

»Die Marchesa? Tot?«

»So hat das nicht ausgehen sollen«, sagte Rose zu dem Hund. »Dass jemand *sterben* würde, war nicht vorgesehen. Das ist nicht der Sinn der Glycks-Zauberei.«

Cosmo kniete sich neben sie und Emma hin. »Hey, Püppi, du hättest nichts anders machen können. Die ganze Geschichte war schlimm. Was ich durch diese Guckerchen hier« – er tippte an seine dicken Brillengläser – »gesehen habe, ist doch, dass die Marchesa sich das selbst zuzuschreiben hat.«

»Das spielt keine Rolle«, sagte Rose. »Von mir wurde erwartet, dass ich *alle* rette. Auch vor sich selbst.«

Cosmo tätschelte ihr den Rücken – oder besser, ihren Rucksack.

Und da fiel Rose ein, dass sie darin noch eine letzte Gabe der Liebsten hatte.

»Wartet«, sagte sie und streifte atemlos den Rucksack von den Schultern. »Vielleicht bin ich ja noch nicht ganz fertig. Vielleicht kann ich noch was retten.«

Ganz unten in ihrem Rucksack, gut verwahrt in einer Plastiktüte, lag das Schnurrhaar, das sie Gus aus dem Kinn gezupft hatte.

Rose hielt dem Hund das Tütchen hin. »Mit dem hier kann ich doch was backen, nicht?«, fragte sie verzweifelt.

Sie berührte die verschrumpelte Hand der Marchesa, die so kalt war, dass Rose zurückzuckte. »Allerdings haben wir nicht genug Zeit, oder? Ich hätte eher daran denken sollen.« Sie blinzelte die Tränen zurück.
Der Hund stupste sie sanft an. »Hat dir Asparagus das nicht gesagt? Der Zauber der neun Leben einer Katze ist so mächtig, dass er nicht gebacken werden muss. Alles, was du brauchst, ist ein Glas Wasser.«
Rose wandte sich an die Jungen und Mädchen, die sich um die Bühne drängten und sie mit ernsten Gesichtern ansahen. Keiner hatte die Marchesa besonders *gemocht*, aber es wollte auch keiner von ihnen, dass sie starb. »Wasser!«, rief Rose. »Hat jemand von euch Wasser?«
»Ich!« Ein Mitglied der jungen Ragtime-Band – das kleine Mädchen mit den Hosenträgern und der Fliege – kroch über die Bühne. In der Hand hielt sie einen gelben Schnabelbecher aus Plastik. »Hilft das vielleicht weiter, Miss?«
»Danke.« Rose nahm den Becher und schraubte den Deckel ab. Sie zog das schwarze Schnurrhaar von Gus aus der Plastiktüte und lies es hineinfallen.
Unter Roses aufmerksamem Blick sank das Schnurrhaar auf den Boden des Bechers. In dem flackernden Licht der Bühnenfackeln konnte man nicht gut sehen –

doch auf einmal wurde das Schnurrhaar ganz deutlich, denn es begann zu schimmern.
An den Enden bildeten sich goldene Lichtpunkte, dann leuchtete das ganze Haar auf, immer heller, bis sich Dampf aus der Flüssigkeit kräuselte. Der Duft nach Sonnenschein und Morgenröte stieg Rose in die Nase.
Rose kniete sich hin und beugte sich vorsichtig über die Marchesa. Emma blickte mit tränenüberströmtem Gesicht zu. Mit den Fingerspitzen öffnete Rose sanft die toten Lippen der Marchesa und flößte ihr die wärmende Flüssigkeit ein.
Die Reaktion folgte sofort.
Ein kräftiges Leuchten schimmerte durch die durchsichtige Haut der Marchesa, und Rose konnte verfolgen, wie das Wasser durch ihre Brust und in ihren Magen sickerte. Es wirbelte schimmernd auf, dann erlosch es.
»Donnerwetter!«, sagte Cosmo mit gedämpfter Stimme.
»Was passiert?«, fragte Emma.
»Ich weiß nicht«, erwiderte Rose.
Die Hand der Marchesa zog sich in ihre Kleider zurück, und Rose stellte erschrocken fest, dass die Frau nicht zum Leben zurückgekehrt war, wie sie gehofft hatte. Stattdessen schrumpfte sie weiter.

»Wir kommen zu spät«, jammerte Rose und barg den Kopf in den Händen. »Es hat nicht geklappt.«

Der Hund stupste sie erneut an. »Geduld, Rosmarin Glyck.«

Geduld. Großvater Balthasar sagte das ja auch immer, und sie fragte sich, ob das vielleicht eine Lektion war, die der alte Mann früher einmal von dem Hund gelernt hatte.

Roses Mutter hatte sich in dem Hund getäuscht – er war nicht nur ein Proktor, ein Aufsichtsführender, ein strenger und gefühlloser Beobachter, der nur dazu da war, das Können einer Bäckerin zu beurteilen. Er war ein Freund und Lehrer und jemand, auf den man sich verlassen konnte. Obwohl ihr ihre Familie immer noch fehlte, war Rose doch dankbar, den Hund an ihrer Seite zu haben.

Daher wartete Rose ab und sah zu, wie die Marchesa schrumpfte und ganz in den Falten ihres smaragdgrünen Traditionstagskleides verschwand.

»Ist sie tot?«, fragte Emma.

Ein leises Weinen stieg aus dem Stoffberg, der die Marchesa umhüllte.

»Donnerkeil!«, sagte Cosmo. »Rose, hast du etwas mit deiner Zauberkraft –«

Emma hüpfte aufgeregt auf und ab. »Sie hat, sie hat!

Ach, was du da machst, ist einfach unglaublich, wirklich unglaublich, Rosmarin Glyck!«
Ohne zu zögern griff Rose in die Falten des Gewandes und hob etwas heraus –
Ein Neugeborenes.
Winzig und glatt lag die Marchesa in Roses Händen. Sie hatte einen runden Babykopf, und ihre blassblauen Augen waren weit aufgerissen. Sie sah zu Rose empor, als würde sie sie zum ersten Mal erblicken, und sie gluckste vor Lachen und fuchtelte aufgeregt mit den rundlichen, kleinen Stummelärmchen.
Die Marchesa war keineswegs ganz verschwunden. Gus' Schnurrhaar, möglicherweise die wertvollste unter den *Gaben der Liebsten*, hatte der Marchesa tatsächlich ein neues Leben geschenkt – ein Leben, das mit dem Augenblick der Geburt begann. Sie war als rosenwangiges, flaumiges, gesundes Baby wiedergeboren.
»Wie niedlich sie ist«, staunte Rose. Cosmo legte die Hände um den Mund und rief der Menge zu. »Sie lebt!«
»Sie lebt!«, wiederholten Dutzende Stimmen, die über den Platz hallten.
Das Mädchen mit der Katzenaugenbrille streckte die Hand hoch. »Entschuldigung! Ist das denn … etwas Gutes?«

»Auf jeden Fall!«, bestätigte Rose. Sie sah den Hund an. »Also, das *ist* doch eine gute Sache, oder?«
Der Hund nickte mit seinem weißen Fellkopf. »Eine *grandiose* Sache. Wie oft bekommt jemand solch eine zweite Chance? Sie wird als ganz neues Mädchen aufwachsen, als ganz neue Frau.« Er nickte zu der Menschenmenge hin. »Genau wie ihr alle in Bontemps.«
»Hört mal, habt ihr gewusst, dass der Hund da reden kann?«, fragte jemand.
»Hätte nie geglaubt, so was zu erleben!«, erwiderte ein anderer. »Aber ich hätte auch nie geglaubt, die Marchesa als wiedergeborenes Baby zu sehen!«
»Ein ganz neues Leben«, sagte Rose. Sie strich dem kleinen Mädchen das flaumige dunkle Haar zurück, und die neugeborene Marchesa krähte vergnügt.
»Vielleicht schafft sie es dieses Mal«, sagte der Hund, »die Zeit, die ihr gegeben ist, besser zu nutzen.«
»Ach, bestimmt«, sagte Emma. »Ich passe drauf auf. Mutter war nicht immer so, wie ihr sie erlebt habt.« Sie streckte einen dicken Finger aus, und die kleine Marchesa umklammerte ihn fest mit der Faust. »Nicht wahr, Edith?«
Die kleine Marchesa – *Edith* – gluckste und strampelte mit den Beinchen.
»Verdammich«, sagte Cosmo. »Wir machen also alle

kehrt wie ein Bumerang und fangen wieder an, älter zu werden? Das ist ja echt verrückt.« Er kratzte sich das Kinn. »Aber das heißt, dass wir ein neues Stadtoberhaupt brauchen.«

Jemand in der ersten Reihe der Menge hüpfte auf und ab: Simon aus der Bücherei. »Ich schlage Emma Tilley vor! Sie ist eine großartige Bibliotheksleiterin. Sie kümmert sich mehr um andere als um sich selbst!«

»Ich?«, sagte Emma und drückte die Hand auf ihr Herz. »Ich fühle mich geehrt. Aber wollt ihr nicht jemanden, der etwas älter ist?«

»Sie sind hundert!«, rief jemand. »Das ist uralt!«

Gelächter rauschte durch die Menge, und Emma grinste zustimmend. »Na gut, ich mache es.«

»Drei Hochs für die neue Marchesa!«, sagte Cosmo und streckte die Faust in die Luft.

»Nein!«, rief Emma. »Eine Marchesa wird es in dieser Stadt nicht mehr geben. Betrachtet das als meinen ersten Beschluss. Ich würde lieber weiterhin als Bibliotheksleiterin Emma Tilley bezeichnet werden.«

Cosmo nickte. »Na gut. Ein dreimaliges Hoch auf die Chefin der Bücherei!«

Laute Zurufe stiegen aus der Menge auf, und die Musik fing wieder zu spielen an. Rose drehte sich um. Die Kinderband hatte sich wieder zusammengefunden.

Sie stimmte eine neue, feierliche Weise an, und zwei Teenager in den vorderen Reihen der Menge fingen im Kreis zu tanzen an.

»Ganz genau!«, rief Emma. »Lasst uns wieder tanzen! Meine erste offizielle Amtshandlung als Chefbibliothekarin von Bontemps ist, Rosmarin Glyck und ihren treuen Hund als Königin und König des Traditionstagsballes auszurufen!«

»Ich unterstütze den Antrag!«, brüllte Cosmo.

Die Menge jubelte, doch keiner schien sich besonders um die Leute auf der Bühne zu kümmern. Die Jugendlichen zogen ab und feierten wieder. Bald tanzten fast alle – zumindest diejenigen Jugendlichen, die alt genug dazu waren.

Es war zwar nicht ganz die Tanzveranstaltung, bei der Rose sein wollte, aber sie konnte nicht umhin, sich darüber zu freuen, wie die Dinge in Bontemps gelaufen waren.

»So, *jetzt* erzählst du mir aber dein ganzes Leben, damit ich es für den *Anzeiger* aufschreiben kann, in Ordnung?«, fragte Cosmo. »Ach so, warte mal. Ich bin ja als Reporter gefeuert worden.«

»Wie ich dich schon mehrfach erinnert habe«, sagte der Hund, »bist du nicht gefeuert worden. Du hast nur verdeckt ermittelt.«

»Genau, stimmt ja!« Cosmo starrte auf die feiernde Menge. Ein Baby mit säuerlicher Miene und einer schwarzgeränderten Brille krabbelte am Rand des Tanzbodens entlang, hielt ab und zu inne und kritzelte Notizen auf einen Block.

»Wenn man vom Teufel spricht – da ist ja auch Miss Hedda Penny. Ich sollte ihr von meinem heißen Knüller erzählen. Ganz sicher befördert sie mich jetzt zum richtigen Reporter!« Er zwinkerte Rose zu. »Und wenn das nicht klappt, dann beeindrucke ich sie einfach mit meinen Tanzkünsten. Ich bin nämlich das, was die Kids einen süßen Zehentreter nennen.«

Rose hatte keine Ahnung, was er meinte, aber Cosmo legte eine kesse Sohle aufs Gras, die tatsächlich ganz ansehnlich war.

»Haben wir … haben wir Bontemps tatsächlich erlöst?«, fragte Rose den Hund.

Der Hund setzte sich auf seine Hinterbeine und deutete mit der Schnauze auf den großen Uhrenturm. »Sieh doch selbst.« Die Zeiger der Uhr wanderten jetzt in die richtige Richtung, immer weiter in eine niegelnagelneue Zukunft.

»Die Stadt ist in der Tat erlöst«, bestätigte der Hund. »Und daher ist es an der Zeit, dass wir zurückkehren.«

Cosmo machte ein enttäuschtes Gesicht. »Oooch, ihr wollt schon abhauen?«
Rose bemühte sich nach Kräften, die Freude zu unterdrücken, die in ihr hochstieg. »Ja, ich muss in mein eigenes Leben zurück. Aber vielen Dank, Cosmo, für alles. Ohne dich hätten wir es nicht geschafft.«
»Hey, kein Problem, Püppi.« Er griff in die Hosentasche und zog einen Stift und eine kleine Karte heraus. Er kritzelte etwas darauf und reichte sie Rose. »Ruf mich an, wenn du dich wieder eingelebt hast. »Wir müssen noch einen Interviewtermin vereinbaren!«
Es war eine Visitenkarte, darauf stand:

COSMO CORDWAINER
~~JUNIOR~~-STARREPORTER.

»Das mach ich, Cosmo«, sagte Rose und steckte die Karte in ihre Jackentasche.
Cosmo tippte sich an die Mütze und salutierte, dann schlenderte er zu Hedda Penny hinüber. Wie es aussah, würde der Traditionstagsball noch bis spät in die Nacht dauern – oder, korrigierte sich Rose, lange in den brandneuen Tag hinein, denn die Zeit lief ja wieder vorwärts.
Der Hund drehte Rose den Schwanz zu und wedelte.

»Wo ist der denn hergekommen?«, fragte Rose. Sein Schwanz war irgendwie nachgewachsen, obwohl er doch nach dem Herausziehen des Seils zu einem Stummel geworden war. »Ich musste ihn doch aufräppeln und –«

»Selbst wenn man einen Schwanz abspult«, erwiderte der Hund, der in Rätseln sprach, »gibt es immer einen neuen. So ist das mit dem Backbuch.« Er wedelte wieder. »Jetzt halt dich fest, liebes Mädchen. Deine Prüfung ist vorüber.«

Also gehorchte Rose – und befand sich mir nichts, dir nichts auf dem Heimweg.

Epilog
Zweite Chance

Im nächsten Moment waren Rose und der Hund wieder zurück in Calamity Falls in der stillen Ruhe des sehr frühen Morgens. Sie befanden sich auf einer leeren Straße am Rande der Stadt.

Rose stürzte fast auf das gesprungene Pflaster – erleichtert, wieder daheim zu sein, und gleichzeitig ein bisschen durcheinander von der Reise am Hundeschwanz.

»Ich glaube nicht, dass ich mich je mit dieser Art zu reisen anfreunden kann.«

»Nicht mal ich bin daran gewöhnt«, erwiderte der Hund, »und ich reise immer so.«

Es lag noch ein kurzer Weg vor ihr, ehe sie die Glücksbäckerei erreichen würde und wirklich zu Hause war.

Als würde er Roses Gedanken auf magische Weise erraten, drehte sich der Hund um und ging in die entgegengesetzte Richtung die Straße entlang. »Komm mit, Rosmarin Glyck.«

»Wo gehen wir hin?«, fragte Rose. Doch als sie keine Antwort erhielt, folgte sie ihm einfach.

Rose stapfte durch raschelndes Laub und folgte dem Hund um eine Ecke. »Leider kannst du noch nicht sofort nach Hause. Verstehst du, die Zeit ist nicht nur für die Leute von Bontemps rückwärtsgelaufen. Sie ist auch für *uns* rückwärtsgelaufen. Wir sind hier also zwei Tage *vor* deiner Abreise angekommen.«

»Halt mal.« Die Vorstellung machte Rose ganz wuschig. »Du meinst, dass es mich jetzt gerade *zweimal* in Calamity Falls gibt?«

»Ganz genau«, bestätigte der Hund. »Und wie du dir sicher vorstellen kannst, wäre es eine echte Kalamität, also ein riesengroßer Schlamassel, wenn ihr zwei euch begegnen würdet.« Nach ein paar Schritten setzte er hinzu: »Allerdings musst du die Grundlagen legen für die *Gaben der Liebsten.*«

»Was meinst du?«, fragte Rose. »Die sind doch alle aufgebraucht.«

»Nein, noch nicht«, sagte der Hund. »Denk dran, wir sind doch vor deiner Abreise nach Hause gekommen.

Mit dem richtigen Vermittler kannst du dafür sorgen, dass deine Familie genau begreift, was sie dir geben soll.«

»Der richtige Vermittler. Okay.« Verwirrt ließ Rose den Hund durch die dämmrigen Straßen vorangehen. Sie spürte eine seltsame Traurigkeit in sich aufsteigen.

»Was ist los, Rosmarin?«, fragte der Hund.

»Ich muss dauernd an meine Fehler denken«, erwiderte Rose. »Ich bin froh, dass die Marchesa – ich meine, dass Edith – lebt, aber sie hat ihre gesamte Vergangenheit verloren. Alles verloren, was sie zu ihrer Person gemacht hat, Gutes und Böses. Ich habe alles vermasselt.«

»Im Gegenteil«, sagte der Hund. Sie kamen an der leeren Tankstelle vorbei. Noch nie war der eklige, aber vertraute Gestank nach verschüttetem Benzin so tröstlich gewesen. »Du hast deine Prüfung mit Auszeichnung bestanden. Um genau zu sein, ich habe beschlossen, dass du meine beste Note verdienst. Du, Rosmarin Glyck, bekommst eine Eins mit Sternchen.«

Rose blieb mitten auf der Straße stehen. »Wirklich? Wie kommt das?« Sie hielt die Hände hoch. »Ich hab ja nichts dagegen! Aber ich habe mich ohne meine Familie so allein gefühlt, und wir haben es doch fast nicht geschafft, die Marchesa daran zu hindern, jeden zu vernichten.«

Der Hund gluckste. »Ah, Rosmarin, der Zweifel ist Teil dessen, was eine weise Bäckerin ausmacht. Die *wahre* Prüfung besteht darin, dass du dich überfordert fühlst, keine Ahnung hast, doch dann in dein Inneres blickst und trotz allem einen neuen Weg findest.« Er trottete weiter. »Selbstgewissheit ist ein wertvolles Ding. Aber zu wissen, wann man diejenigen, denen man vertraut, um Hilfe bittet, ist genauso wertvoll, ebenso wie zu erkennen, dass sie einem die Antworten bereits gegeben haben, die man brauchte. Ich glaube nicht, dass du jemals wirklich allein warst, Rosmarin.«

Und Rose stellte fest, dass er total recht hatte. Die Familie Glyck war zwar nicht *körperlich* bei ihr gewesen, aber alle bis zum Letzten hat sie in ihrem Herzen und in ihren Gedanken dabeigehabt. Die Lektionen, die sie von ihnen gelernt hatte, verloren sich nicht einfach, nur weil sie nicht bei ihr sein konnten.

Die wahren *Gaben der Liebsten* waren weder Gummihühner noch schmutzige Schürzen, ein gesprungener Spiegel oder ein redendes Buch. Die wahren Gaben waren ihre eigenen Erinnerungen an jeden, den sie liebte, sie trugen sie durch den Tag. Egal, wie viele Hundert

Meilen entfernt sie war, ihr Team war immer dicht bei ihr gewesen.

Rose rannte, um den Hund einzuholen, der einen Hügel hinauflief. Rose konnte den süßen Duft von brutzelnden Donuts riechen und merkte, wohin es ging. Dankbar tätschelte sie dem Hund den Kopf.

»Heißt das also, dass ich jetzt Meisterbäckerin bin?« Sie musterte ihr rechtes Handgelenk und stellte fest, dass das Mal der Pfote irgendwann während ihres Aufenthaltes in Bontemps verblichen war. »Ich bin ja nicht mehr gebrandmarkt.«

»Dein Rang als Meisterbäckerin stand schon lange fest, ehe du mir begegnet bist«, sagte der Hund. »Was *nicht* feststand, war deine Platzierung auf meinen Seiten.«

Rose runzelte die Stirn. »Auf *deinen* Seiten? Was meinst du damit?«

Der Hund trottete von der Straße ab, um an einem Hydranten neben dem Gehweg zu schnüffeln. »Ich bin nicht nur ein magischer Großmeister, der den Auftrag hat, die Familie Glyck zu prüfen«, sagte er wie nebenbei. »Du musst dir doch schon gedacht haben, was des Rätsels Lösung ist, oder?«

Rose neigte den Kopf. »Also, ich habe schon die ganze Zeit gewusst, dass du ein magisches Wesen bist, das ist klar.«

»Ah, aber nicht jedes magische Wesen kennt sich so gut mit dem Backbuch aus«, sagte der Hund mit einem Schwanzwedeln. »Ich *bin* das Backbuch.«

Rose machte große Augen. »Du bist … ein Buch?«

Der Hund nickte mit seinem struppigen Kopf.

»Ein Buch, das sich in einen Hund verwandelt hat?«

Lachend setzte der Hund den Weg bergauf fort. »Im Laufe der Jahrhunderte, während sich die Rezepte im Backbuch der Familie Glyck anhäuften, verquickte sich ihre geballte magische Energie zu einem … geistigen Wesen, sagen wir mal. Ich bin dieses geistige Wesen. Jedes Rezept, das den Seiten des Backbuchs hinzugefügt wurde, machte mich stärker, bis ich inzwischen nicht mehr nur der Geist des Buches geworden bin, sondern auch sein Bewacher. Ich habe es mir zur Pflicht gemacht, darauf zu achten, dass meinen Seiten kein neues Rezept hinzugefügt wird, dem ich nicht ausdrücklich zustimme. Immerhin bin ich es, dem ihr was hinzufügt.«

»Das … klingt ziemlich logisch«, räumte Rose ein.

»Ich freue mich zu verkünden, dass dein Rezept, die *Lebkuchen der Brüderlichkeit*, nun seinen offiziellen Platz in den geheiligten Seiten des magischen Backbuchs der Familie Glyck gefunden hat.« Der Hund neigte den Kopf zur Seite. »In meiner derzeitigen Hirtenhund-Version liegt es direkt dort, wo mein Ohr herauskommt.«

Rose kraulte ihn hinter dem Ohr, und der Hund hechelte genussvoll. Ihr Rezept fühlte sich ganz weich an, befand sie.

»Ich fühle mich geehrt«, sagte Rose. »Wie sich herausstellt, bist du gar nicht so ein schlechter Aufpasser.«

»Und du, Rosmarin«, sagte der Hund, »bist die beste Glücksbäckerin, die ich jemals die Ehre hatte, mit in die Wildnis zu nehmen.«

Rose und der Hund erreichten den Gipfel des Hügels. Die Lichter in *Stetsons Donut und Automobilwerkstatt* waren an, und Dampf stieg aus den Entlüftungsschächten in die frische Morgenluft.

Devin stand draußen und machte an seinem Moped herum, eingemummelt in ein graues Hoodie, das mit Motoröl verschmiert war. Roses Herz machte einen Satz, als sie ihn sah, und obwohl sie kurz zuvor noch so müde gewesen war, rannte sie über den Parkplatz.

»Wow!«, rief Devin, der von Roses stürmischer Umarmung fast umgeworfen wurde. Sie gab ihm einen Kuss auf die Wange und schmiegte sich in seine Arme.

»Wofür war das denn?« Er verzog die Lippen zu einem schüchternen Grinsen. »Nicht, dass ich was dagegen hätte oder so.«

Mit dem richtigen Vermittler hatte der Hund gesagt. Und deshalb hatte er sie zu Devin geführt.

»Ich gebe dir ein Versprechen zurück«, sagte Rose seufzend. »Egal, was wir durchmachen müssen, ich verspreche dir, dass uns nichts und niemand jemals trennen wird.« Ihre Wangen waren rot geworden, und sie rückte ein kleines Stück von ihm ab. »Ich hoffe, das klingt nicht kitschig, aber es ist meine Art, um einen Gefallen zu bitten. Ich muss dir nämlich eine ganz lange, ganz verrückte Geschichte erzählen. Erst mal möchte ich dir jemand vorstellen –«

Sie drehte sich um, denn sie wollte den Hund herbeiwinken, doch die Straße hinter ihr war leer. Ein Wirbel Blätter flog über die verlassene Stelle, wo sich der Hund noch vor einem Augenblick niedergelassen hatte.

»Ich kann eine Menge Verrücktheiten glauben, wenn es um die Glycks geht«, sagte Devin. »Wen wolltest du mir vorstellen?«

»Einen neuen Freund«, sagte Rose, die immer noch auf die Stelle starrte, wo der Hund gewesen war. »Aber anscheinend ist er noch nicht da.«

Devin rieb Roses Hände zwischen seinen. »Deine Finger sind ja eiskalt. Lass uns reingehen. Wir haben gerade frische Donuts mit Zuckerguss rausgeholt. Ach ja, und mein Dad hat 'ne Krawatte für den Tanzabend ausgesucht! Du sollst mir sagen, ob sie auch bestimmt die richtige Farbe hat.«

Der Schulball! So viel war geschehen, dass es Rose gar nicht in den Sinn gekommen war, dass sie ja nun doch an ihrem ersten großen Ball da sein und ihr erstes hübsches Ballkleid tragen und ihren ersten Schmusetanz in den Armen ihres Freundes tanzen konnte.

Rose war zwar klar, dass es der Zauberfluch war, der sie ein paar Tage zu früh nach Calamity Falls hatte zurückkommen lassen. Sie *wusste* es. Aber tief im Herzen hatte sie das Gefühl, dass etwas ganz anderes dafür Dank verdiente: der Hund selbst nämlich. Was hatte er doch über die kleine Edith Tilley gesagt?

»Wie oft im Leben erhält man eine zweite Chance?«, überlegte sie laut.

»Was meinst du?«, fragte Devin und grinste verwirrt.

Fest nahm sie ihn bei der Hand. »Hab nur laut gedacht. Jetzt lass uns ein paar Zuckerguss-Donuts holen, und ich erzähl dir alles, was passiert ist. Wir haben so viel Zeit gewonnen – lass sie uns nicht vergeuden.«

Die ganze Welt in Zuckerguss

Winter in Calamity Falls. Familie Glyck hat es in ihrer Backstube kuschelig warm, als es draußen anfängt zu schneien – und nicht wieder aufhört. Die Zauberbäcker werden zur Hilfe gerufen, um ein schon fast ganz eingeschneites Städtchen mit magischen Törtchen zu retten. Doch als sie ankommen ... hat ein anderes Mädchen das schon getan! Rose, die es gewöhnt ist, immer die alleinige strahlende Heldin zu sein, hat plötzlich eine Rivalin. Doch nur gemeinsam können die beiden die Welt vom Winterchaos befreien!

Zum Anbeißen – der 7. Band der »Glücksbäckerei«!

Kathryn Littlewood
Die Glücksbäckerei
Das magische Fest
Aus dem Amerikanischen von
Eva Riekert
Mit Vignetten von Eva
Schöffmann-Davidov
384 Seiten, gebunden

Weitere Informationen zum Kinder- und Jugendbuchprogramm der S. Fischer Verlage finden sich auf *www.fischerverlage.de*

AZ 7373-4127/1

Die leckerste Schule der Welt!

Unglaublich – Rose ist in ein Zauberbäcker-Internat aufgenommen worden! Zusammen mit Jugendlichen aus aller Welt wetteifert sie um den begehrten Ausbildungsplatz bei einem Großmeister – und das ist nur eine von vielen Herausforderungen, die die junge Glücksbäckerin erwarten. Noch kniffliger ist es, die drei Gespenster zu erlösen, die Rose auf Schritt und Tritt verfolgen. Und fast unlösbar das Problem, eine Mitschülerin zu retten, die sich mit schwarzer Magie eingelassen hat. Ohne Zweifel: eine der schwierigsten Backprüfungen, die Rose je meistern musste!

Schrecklich schön und unheimlich lecker – der 8. Band der »Glücksbäckerei«!

Kathryn Littlewood
Die Glücksbäckerei
Die magische Schule
Aus dem Amerikanischen von
Eva Riekert
Mit Vignetten von Eva
Schöffmann-Davidov
400 Seiten, gebunden

Weitere Informationen zum Kinder- und Jugendbuchprogramm der S. Fischer Verlage finden sich auf *www.fischerverlage.de*

AZ 7373-4165/1

Alle Bücher von Kathryn Littlewood

Habe ich		Wünsche ich mir
	›Die Glücksbäckerei – Das magische Rezeptbuch‹ (Band 1)	
	›Die Glücksbäckerei – Die magische Prüfung‹ (Band 2)	
	›Die Glücksbäckerei – Die magische Verschwörung‹ (Band 3)	
	›Die Glücksbäckerei – Die magische Verwandlung‹ (Band 4)	
	›Die Glücksbäckerei – Die magische Rettung‹ (Band 5)	
	›Die Glücksbäckerei – Die magische Zeit‹ (Band 6)	
	›Die Glücksbäckerei – Das magische Fest‹ (Band 7)	
	›Die Glücksbäckerei – Die magische Schule‹ (Band 8)	
	›Die Glücksbäckerei – Die magischen Zwillinge‹ (Band 9)	

Aus Verantwortung für die Umwelt hat sich der S. Fischer Verlag zu einer nachhaltigen Buchproduktion verpflichtet. Der bewusste Umgang mit unseren Ressourcen, der Schutz unseres Klimas und der Natur gehören zu unseren obersten Unternehmenszielen.

Gemeinsam mit unseren Partnern und Lieferanten setzen wir uns für eine klimaneutrale Buchproduktion ein, die den Erwerb von Klimazertifikaten zur Kompensation des CO_2-Ausstoßes einschließt.

Weitere Informationen finden Sie unter:
www.klimaneutralerverlag.de